BASTEI
LÜBBE

Über das Buch:

Mit *Mord auf Malta* liegt der dritte Band der zwölfteiligen Krimi-Serie des renommierten dänischen Autors Dan Turèll auf Deutsch vor. Seine Romane gelten zu Recht als »Klassiker der Kriminalliteratur«.

Über den Autor:

Dan Turèll, geboren 1946, war Schriftsteller und Journalist. Er hat sich in Dänemark zur Kultfigur entwickelt. »Onkel Danny« hat ein riesiges Œuvre aufzuweisen. Die Krimi-Serie über den namenlosen Journalisten brachte ihm den Durchbruch. Mit viel Ironie, schwarzem Humor und Gespür für die dänische Seele hat er dem Land seinen ersten klassischen »Privatschnüffler« geschenkt und die amerikanische Tradition des Genres kongenial ins Dänische verpflanzt.

»Dan Turèll ist:
der Lou Reed des Kriminalromans,
der Charlie Parker des Kriminalromans,
der Baudelaire des Kriminalromans.«
Kvällsposten

Dan Turèll

MORD AUF MALTA

Krimi

Aus dem Dänischen von
Christel Hildebrandt

BASTEI LÜBBE

BASTEI LÜBBE TASCHENBUCH
Band 15 106

1. Auflage: März 2004
2. Auflage: April 2007

Vollständige Taschenbuchausgabe

Bastei Lübbe Taschenbücher in
der Verlagsgruppe Lübbe

Die dänische Originalausgabe erschien 1982
unter dem Titel *Mord på Malta* im Borgens Forlag, Kopenhagen

Umschlaggestaltung: Tanja Østlyngen
Titelbild: Geoff du Feu/Mauritius Agefotostock
Satz: hanseatenSatz-bremen, Bremen
Druck und Verarbeitung: Nørhaven Paperback A/S/Viborg
Printed in Denmark
ISBN 978-3-404-15106-6

Vorbemerkung:

Der guten Ordnung halber möchte der Autor gern betonen, dass dieses Buch in keiner Weise ein loyales, touristisch korrektes Bild des Maltas darstellt oder darzustellen versucht, das er persönlich so schätzt. ›Pot of Gold‹ existiert und liegt in Mellieha, und der Besitzer heißt wirklich Freddie, aber er hat nichts mit diesem Buch zu tun (und wird es auch niemals lesen, also who cares?) … Ronnie hat auch eine Bar in Bahar-ic-Caghaq, aber diese sieht nicht aus wie die Bar im Buch, und Ronnie auch nicht, ganz und gar nicht. Und so ist es mit allem. Würden alle Malteser geschildert als die liebenswerten Engel, die sie sind, wäre ein Kriminalroman nicht möglich.

1

Es war ein widerwärtiger Morgen.

Nicht, weil ich einen Kater hatte – oder, um es ehrlich zu sagen: Einen Hinterhof samt zweihundert jaulenden Katern mit Wohnberechtigungsschein unter meiner Schädeldecke. Das war es nicht, was diesen Morgen so verdammt widerwärtig machte. Wenn man seit zwanzig Jahren mit der gleichen notorischen Regelmäßigkeit seinen Kater hatte wie die Frauen ihre Menstruation, regt man sich über so etwas nicht mehr auf. Man begrüßt ihn auf die gleiche Art, mit der ein Mädchen seine Binden heraussucht. »Na, da bist du ja wieder, alter Quälgeist.«

Man bleibt fünf Minuten liegen und denkt friedlich darüber nach, ob man besser nie geboren worden wäre. Man schickt seinen längst verstorbenen Eltern ein paar verspätete Vorwürfe hinterher, wohl wissend – selbst im Halbschlaf –, dass dies nicht einen einzigen Wurm daran hindern würde, durch ihre Schädel tief unten in der Erde des Friedhofs zu kriechen. Man bedauert die Tatsache, dass man am Leben ist. Es gibt so vieles, was man sein könnte.

Tot, zum Beispiel.

Aber man wacht dennoch auf, Stück für Stück, Minute für Minute, und jeden Tag ist es wie eine Geburt – man kämpft sich aus seinem eigenen Unterbewusstsein (und dem der Nacht) hervor, schält sich langsam (wie ein Baby) aus den Traumschichten und gewinnt genügend Kraft, um seinen Rasierapparat zu finden, die übliche Routine wieder aufzunehmen und von vorn zu beginnen.

Stark im Zweifel über den Sinn des Ganzen. Was soll die Welt mit all den unnützen Menschen?

Aber, wie gesagt: Nicht das machte den Morgen so widerwärtig. Der Kater war eine Gewohnheit, die Todesvisionen beim Erwachen ebenso. Jeden Morgen ist man wieder genauso verblüfft aufzuwachen, der Welt ins Auge zu sehen und festzustellen, dass es sie immer noch gibt.

Nein, das Schlimmste war, dass das Telefon mich weckte.

Es gibt viele gute Argumente für Telefone. Telefone sind prima. Sie ermöglichen es den Leuten von dem einen Ende der Welt mit denen am anderen Ende zu reden. Sie vereinen rund um die Uhr Familien, Liebende und Geschäftsfreunde.

Telefone sind kurz gesagt ziemlich praktisch.

Und dennoch: Sie sind nicht immer das, was man sich gerade am innigsten wünscht. Vor allem nicht, wenn sie einen aus den Federn jagen, wenn man gerade in aller Ruhe mit sich selbst vereinbart hat, dass das einzig Vernünftige und Fortschrittliche wäre, noch mindestens eine Stunde liegen zu bleiben.

Beim dritten Klingeln gelang es mir, aufzustehen und den Hörer zu ergreifen. Es gelang mir sogar, nicht zu knurren, als ich »Hallo« sagte.

Danach wurde der Morgen noch schlimmer.

Polizeiinspektor Ehlers vom Halmtorvet war am Apparat, Ehlers, mit dem ich in einigen Fällen zusammengearbeitet hatte, Ehlers, den ich eigentlich sehr schätzte, und zu dem ich bis zu einem gewissen Grade Vertrauen hatte, soweit man das überhaupt zu Menschen haben kann.

»Deine Frau ist tot«, sagte er.

Ich wollte gerade losheulen, als mir klar wurde, dass ich gar keine Frau hatte, und das schon seit längerer Zeit.

»Ich bin nicht verheiratet.«

»Deine geschiedene Frau.«

»Welche von beiden?«

»Helle.«

»Helle Nyman?«

»Ja.«

Im Laufe einer Sekunde liefen bei mir zehntausend Hollywoodfilme ab. Ich sah Helle und mich selbst, wie wir im Kopenhagener Rathaus getraut wurden, ich sah das Gesicht des Standesbeamten, als er mich mit einem Pokerface fragte, ob ich »diese Frau ehelichen« wollte. Ich sah Helles Gesicht damals. Ich sah all die Blumen, die unsere Freunde mitbrachten – genügend Blumen für ein Dreisternebegräbnis, Blumen, von denen wir nicht wussten, was wir mit ihnen anfangen sollten, viel zu viele Blumen für unsere beschissene Zweizimmerwohnung. Ich sah unsere damalige Wohnung vor uns, die beiden armseligen Zimmer mit Küche und Toilette. Ich sah ihre Augen vor mir, ihre großen blauen, glänzenden Augen.

Helle hatte so fantastische Augen gehabt. Augen, die immer signalisierten, dass es mehr auf der Welt gab, als man dachte. Augen, bodenlos, endlos, ozeanisch – gleichzeitig der Atlantik und das Mädchen neben einem auf der Schulbank, in das man unsterblich verliebt war und dem man kein Wort davon sagen konnte.

Ich sah unsere Wohnung vor uns, unsere Wohnung Anno 1966, mit all den Puppen und Stofftieren, die sie schon als Kind hatte und seitdem pietätvoll für das Kind aufbewahrte, das sie so gerne gehabt hätte und das wir nie bekamen. Ich dachte an den Tag, als wir uns trennten – geschieden wurden –, als sie weinte und ich alles unternahm, was in meiner Macht stand, damit ich es nicht auch tat, weil alle Träume, die zerbrochen waren, zu viel für mich waren, auch wenn es – oder gerade weil es – ihre waren. An diesem Tag konnte ich in ihren Augen sehen, was sie sich gewünscht hatte. An diesem Tag konnte ich sehen, dass nicht ich es war, den sie sich gewünscht hatte.

Was sie wollte, war ein zärtlicher Ehemann. Was sie bekommen hatte, das war ich.

Ich liebte sie und konnte ihr nicht geben, was sie wollte. Es war wie in dem alten Jazzsong: »*You always hurt the one you love/the one you shouldn't hurt at all.*«

Ich sah ihren Vater, Abteilungsleiter einer Versicherungsgesellschaft. Ich sah ihre ›repräsentative‹ Mutter, die perfekte Gastgeberin bei Geschäftsessen ›daheim‹. Ich sah ihren Bruder, den – zumindest in den Augen der Familie – unglaublich talentierten Architekten, der es leider nie zu einem Job gebracht hatte, mit dem er seine Miete bezahlen konnte, weshalb er zu Hause bei Mama und Papa blieb und seine Zeit damit verbrachte, sie zu tyrannisieren.

Ich sah mehrere Jahre unseres gemeinsamen Lebens in kurzen, scharfen Bildern. Es waren einige Jahre meines Lebens, einige Jahre ihres Lebens. Man trifft sich und taucht in ein anderes Leben ein, dann verschwindet man wieder – immer mit dem

Gefühl, nicht gut genug gewesen zu sein. Zu wenig geboten zu haben.

Die Sekunde war vergangen, und mir wurde klar, dass Ehlers mich angerufen hatte. Ich vergaß die vielen verwirrenden Bilder unseres – Helles und meines – Doppelbetts, unserer Regale, unseres kleinen Austin Mini, den sie immer fuhr, während ich auf dem Rücksitz saß. Ich riss mich zusammen und war erwachsen.

»Helle ist tot?«

»Ja«, sagte Ehlers. »Helle Nyman ist tot. Auf Malta.«

»Auf Malta?«, wiederholte ich dumm, als wäre es vollkommen schwachsinnig, dass ein Mädchen aus Frederiksberg wie Helle dort sterben könnte. Was es auch war.

Nicht zuletzt, weil Helle und ich unsere Hochzeitsreise nach Malta gemacht hatten. Glücklich und berauscht voneinander, von der Existenz des anderen, dem Körper des anderen, davon, einander gefunden zu haben, waren wir dorthin gereist. Mehrere Wochen waren wir auf der kleinen Mittelmeerinsel herumgestreift und hatten sie und uns selbst genossen.

»Ja«, sagte Ehlers und weckte mich aus meinen melancholischen Erinnerungen mit seiner beharrlichen Sachlichkeit. »Sie ist ermordet worden.«

»Ermordet?«

Ich konnte nichts anderes sagen.

»Ja, in Mellieha, so heißt die Stadt. In einem Ferienzentrum.«

»Mellieha Holiday Center«, sagte eine Stimme mechanisch. Es war meine Stimme.

»Ja«, sagte Ehlers. »Und ich rufe eigentlich an, um zu fragen, ob du mit runterkommst. Ich soll mir den

Fall mal ansehen. Natürlich führt die maltesische Polizei die Untersuchung durch, da es sich aber um eine dänische Touristin aus einer dänischen Reisegesellschaft handelt, möchten sie gern ein wenig Hilfe von uns haben. Und die bin ich.«

»Würg.«

Ich weiß nicht, ob ich das Wort »Würg« ausgesprochen habe, zumindest hatte ich es im Kopf. Schließlich passiert es nicht jeden Tag, dass die frühere Ehefrau auf Malta umgebracht wird und der lokale Polizeiinspektor anruft, um einem das zu erzählen.

In gewissen Augenblicken weiß man nicht, was man sagen soll. Ich wollte selbst fast sterben bei dem Gedanken, dass Helle tot war. Ich hatte es bei allen Göttern nicht gut mit ihr gemeint, vielleicht abgesehen von den ersten drei, vier Tagen nach unserer Hochzeit, aber dennoch ... Der Tod ist so fürchterlich. Bis er eintritt, scheint es, als könne man alles noch ändern, am nächsten Tag in Ordnung bringen. Danach: Stopp. Totalstopp.

Ich sah Helles Körper vor mir, groß, schlank, zerbrechlich. Ich sah ihr blondes Haar und ihre kleinen, spitzen Brüste.

»Wie?«, fragte ich. Das war der längste Satz, den ich zu Stande bringen konnte.

»Messer«, antwortete Ehlers. »Mit dem Messer im Bungalow Nr. 107 niedergestochen. Gestern gefunden.«

Ich holte tief Luft, wie ein Mensch, der sich nur darauf konzentriert, Luft zu holen.

Die Luft ging durchs Telefon, und Ehlers bekam sie ab.

»Es tut mir Leid«, sagte er vorsichtig. »Aber du hättest es ja so oder so erfahren.«

»Wie kommt es, dass du anrufst?«

Ich wachte allmählich auf.

»Du stehst in ihren Reisepapieren«, sagte Ehlers trocken. »Du weißt, da gibt es einen Paragrafen mit ›nächsten Angehörigen‹, die im Falle eines Unglücks unterrichtet werden sollen. Sie hat dich als nächsten Angehörigen angegeben.«

›Nächster Angehöriger‹!

Fünf Jahre nach unserer Scheidung war ich immer noch ihr ›nächster Angehöriger‹. Das sagte einiges über Helle.

Ich weinte.

Ich weinte offenbar so laut – entgegen allen männlichen Traditionen –, dass es durchs Telefon zu hören war.

Ehlers sagte: »Wach erst mal auf und komm zu dir. Wenn du mitwillst, treffen wir uns um 13 Uhr am Flugplatz – um 14 Uhr geht ein Flug nach Malta. Ich hoffe, wir sehen uns.«

Dann legte er den Hörer auf.

Ehlers ist ein guter Mensch.

Ich war bereits viel wacher, als mir lieb war. Während ich mein Bad nahm, konnte ich schwer unterscheiden, was Wasser und was Tränen waren. Ich heulte wie eine Frau.

Oder besser: Wie eine bestimmte Frau.

Wie Helle.

Wie es Helles Gewohnheit war. Wie Helle an dem Tag heulte, als wir geschieden wurden.

Vor fünf Jahren. Fünf Jahre, die plötzlich nie existiert hatten.

Fünf Jahre, die plötzlich vom Nichts verschluckt wurden. Fünf Jahre, die es nicht gab.

Ich sah ihren Körper vor mir. Ich dachte an ihre

Bewegungen, wenn sie im Bad war. Ich dachte daran, wie schlecht ich sie behandelt hatte.

Es war kurz gesagt ein typischer Montagmorgen.

2

Ich setzte mich in einen Sessel, während ich automatisch registrierte, dass die Uhr 8.00 anzeigte. Ehlers musste verdammt früh aufgestanden sein.

Als ob das irgendwas bedeutete, wann Ehlers aufstand! Aber bisweilen, nach einem emotionalen Schock, scheint es, als ob das Gehirn absichtlich die unwichtigsten, langweiligsten Banalitäten denkt. Wenn man in ein großes, schwarzes, bodenloses Loch stürzt, gibt es nichts Beruhigenderes als einen Teller abzuwaschen oder die Blumen zu gießen.

Draußen öffneten die Geschäfte in der Istedgade ihre Türen. Der Morgenverkehr war schnell und laut. Es war Dezember, und gewaltige Tannengirlanden hingen über der Straße und sollten alle Welt daran erinnern, rechtzeitig ihr Kleingeld für Weihnachtsgeschenke auszugeben.

Ich öffnete das Fenster. Es war verflucht kalt, alles war mit Raureif bedeckt.

Ich sah nur Helles Gesicht vor mir. Helle ist tot ... Helle ist tot ... Helle ist tot ... klingelte eine sinnlose Alarmglocke in meinem Kopf. Helle ist weg. Helle kommt nie wieder zurück. Helle wird mich nie wieder anrufen, nur um in ihrer bescheidenen Art zu fragen, ›wie's geht‹. Helle werde ich nie wiedersehen. Ihre bodenlosen Augen sind für immer verschlossen.

Es ist eine verfluchte Ungeheuerlichkeit des Lebens, der Tatsache ins Auge zu sehen, dass die nächsten Menschen sterben, dass alle sterben werden. Man weiß es, es ist so banal wie eine Morgenzeitung, aber dennoch erstarrt alles, wenn es passiert, und es erweist sich als noch viel schlimmer, als der gesunde Menschenverstand gedacht hat. Man muss es sich immer wieder selbst klar machen, und gleichzeitig wehrt man sich dagegen, ungefähr als wenn man einem kleinen Kind zu erklären versucht, was es bedeutet, dass der Wellensittich Pip tot ist, während das Kind die ganze Zeit vor dem Käfig steht und dem leblosen kleinen Vogel zuruft: »Komm Pip! Iss doch was, Pip!« – nichts wissend über den Tod, über Pips Tod, den Tod der Mutter und des Vaters, seinen eigenen zu erwartenden Tod ...

Was ich alles für Helle hätte tun können und tun sollen, all die Aufmerksamkeit, die ich ihr hätte schenken sollen ...

Stimmen, Bilder und Szenen tanzten über den Boden meiner Wohnung, sodass kaum noch Platz für mich blieb. Helle stand an der Wand, Helle ging ans Telefon, Helle legte eine Schallplatte auf.

Das war wahrscheinlich der Zustand, den die Psychiater als Katatonie bezeichnen.

Aber einen bestimmten Gefühlsdruck kann man nur eine bestimmte Zeit lang aushalten. Danach weigert sich der Körper, ihn weiterhin zu ertragen, und zurück bleibt nur ein dumpfer, starker Schmerz, der in keiner Art und Weise ausgedrückt werden kann.

Die Toten sind so weit entfernt. Die Lebenden haben alle diese infamen, idiotischen Bedürfnisse, die ihnen ihr Körper diktiert.

Plötzlich wurde mir klar, dass mein Unterbewusstsein an so etwas Schwachsinniges wie Kaffee dachte. Ich musste hysterisch über mich selbst lachen. Helle ist ermordet, und hier sitzt ihr ehemaliger Ehemann und denkt an Kaffee!

Aber wie die alten Weiber von Vesterbro immer sagen: Das Leben muss weitergehen. Das Leben geht mit dem Morgenkaffee weiter. Dieses Leben, bestehend aus Telefonanrufen, Rabattkarten und Belegen für den Steuerberater, dieses Leben sozialer und integrativer Institutionen mit festen Öffnungszeiten.

Erst als ich unten bei Ronnie im Café Frieden am Gasværksvej saß, wurde mir überhaupt klar, dass ich meine Wohnung verlassen haben musste. Meine klugen Beine hatten mich ohne Zögern dorthin getragen. Meine aufmerksamen Hände hatten automatisch nach der Post und den Zeitungen gegriffen und diese Dinge in den Jackentaschen verteilt.

Ronnie kam an den Tisch, den gewohnten Tisch mit Blick auf die Stapel von lila und grünen Kanistern vor der kleinen Klitsche des Petroleumhändlers.

»Was ist los?«, fragte er, während er den Kaffee auf den Tisch stellte. »Du siehst aus, als könntest du einen großen Schnaps gebrauchen. Mann, du bist ja ganz bleich. Ist es gestern hoch hergegangen?«

Gestern? Gestern hatte ich vollkommen vergessen. Was war gestern geschehen? Wohin war gestern verschwunden?

»Meine frühere Frau ist tot«, sagte ich. »Sie ist ermordet worden. Auf Malta.«

Ronnie ist ein wahrer Gentleman, dieser kleine dicke, Filterzigaretten qualmende, kitteltragende, kaffeeduftende Schauermann war ein Goldstück. Er gab mir einen aufmunternden Schlag auf die Schulter, sagte, dass es ihm Leid täte, und brachte einen großen Schnaps, mit dem er mich allein ließ, während er sich hinter seinen Tresen mit Blick auf den Gasværksvej zurückzog, auf den er von diesem Tresen aus seit zwanzig Jahren starrte.

Im Radio, das direkt hinter ihm stand, spielte ein Geigenensemble ›Over the Rainbow‹.

So war das. Helle hatte das andere Ende vom Regenbogen erreicht.

Aus dem Schnaps wurden mehrere. Draußen begann es zu schneien, still, ruhig und bedächtig, als sähe der Schnee sich gründlich um, bevor er sich niederließ.

Die Routine gewinnt immer die Oberhand. Ich schlug die Morgenzeitung auf, aber Helle war noch nicht drin. Die Headline des Tages handelte von einem Japaner, der sein Mädchen ermordet hatte. Ihren Körper hatte er in diverse Stücke zerteilt und in ein paar Koffer gepackt. Einige der Stücke hatte er gegessen.

Er sagte, er hätte schon immer Lust gehabt, ein junges Mädchen zu essen.

Es wurde zur psychiatrischen Untersuchung eingewiesen.

Solche Menschen gibt es.

Mir war so schwindlig, ich war so müde wegen meiner Ohnmacht, dass in mir ein enormer Hass gegen diesen Japaner aufstieg. Dieses Mädchen, das er zerteilt und gegessen hatte, hätte ebenso gut Helle gewesen sein können, irgendwie war es Helle, er hatte sie ermordet.

Ich krümmte meinen Finger um den nicht existierenden Abzug eines unsichtbaren Revolvers.

Und warum musste Helle denn, fragte ich unlogisch und blöd mich selbst, warum musste sie ausgerechnet auf Malta sterben? Warum auf unserer kleinen Glücksinsel, auf der wir die schönsten Dinge erlebt hatten, die zwei Menschen einander bieten können – solange sie es eben können. Warum nicht irgendwo anders? Warum musste sie ausgerechnet dort ihre Ferien verbringen? Um die alten Plätze zu sehen, unsere alten Plätze? Jagte sie Gespenstern, Erinnerungen, einem Abglanz von uns beiden hinterher, oder gab es eine andere Erklärung?

Ein Gedanke durchfuhr mich: War sie vielleicht mit jemandem dort, einem ›neuen Mann‹? Viele nutzen eine kleine Urlaubsreise, um festzustellen, ob sie es zusammen aushalten können. Helle und ich hatten auch so eine Probereise unternommen, kurz nachdem wir uns kennen gelernt hatten.

Das Radio spielte ›Bye-Bye Blackbird‹. Das Radio war wirklich Spitze an diesem Tag.

Make my bed
and light the light
for I'll be home
late to-night ...

Helles Lieblingslied, natürlich. Das ich damals so oft für sie gespielt habe.

Der Boden schwankte. Die Wände bewegten sich. Ich war da und doch wieder nicht.

Irgendeine mysteriöse Macht aus dem äußeren Weltraum lieh meinem Zombiekörper eine Stimme und sorgte dafür, dass er Ronnie bezahlte. Die gleiche mystische Macht schickte mich – nach einem weiteren freundschaftlichen Schlag auf die Schulter – wieder auf die Straße hinaus.

Es war fast 12 Uhr, und es gab keinen Zweifel, was ich zu tun hatte. Es war meine Pflicht, mit Ehlers nach Malta zu fliegen. Helle selbst hatte darum gebeten, indem sie mich als ihren ›nächsten Angehörigen‹ angegeben hatte. Das würde bedeuten, eine Hölle durchzumachen, aber es gab keinen Weg an der Hölle vorbei.

Aber um reisen zu können, muss man vieles tun, und wenn man unter Schock steht, erscheinen die Dinge umso schwieriger. Ich ging ›nach Hause‹ – wie man es nun mal nennt, auch wenn es nur eine trostlose provisorische Höhle ist –, um zu packen. Ich fand meinen Pass, und drei Minuten später war er wieder verschwunden, während ich nach einer Zahnbürste suchte. Ich hatte nur noch ein sauberes Hemd, das ich mitnehmen konnte. Ich hatte nicht genug Geld im Haus, um ein Ticket zu bezahlen. Es gab zehntausend kleine schwachsinnige Banalitäten, die erledigt werden mussten, damit ich Helle tot und steif sehen konnte.

Und ich musste Gitte anrufen. Fast das Schwierigste.

Seit die schöne, schwarzhaarige Rechtsanwältin Gitte Bristol vor einem halben Jahr in mein Leben getreten war, als ich als Korrespondent vom Bladet eine Reihe von Masseusen-Morden in Rodby bearbeitete, hatte ich ihr treu und brav – für meine Verhältnisse ungewöhnlich treu und brav – den Hof gemacht. Sie war als Dank dafür, nach einem glühenden Anfang, zurückhaltender geworden, scheuer – wie Frauen ihrer Sorte es oft werden, wenn sie einmal von einem Mann ernsthaft enttäuscht wurden und dann feststellen, dass sie wirklich ein weiteres Mal Feuer gefangen haben. Manchmal dachte ich, nicht ohne einen bitteren Beigeschmack von Galgenhumor, sie wäre vielleicht glücklicher gewesen, wenn ich nur auf ein paar unkomplizierte heiße Nächte aus gewesen wäre, statt sie am liebsten auf Ganztagesbasis zu haben.

Ich hatte ihr nie von Helle erzählt. Und auch nie von der Frau, die Helle »deine erste Gattin« nannte, Annemarie. Auch nicht von Barbara und diversen anderen. Ich bin prinzipiell der Meinung, dass nichts eine Frau mehr langweilt, als von den früheren Frauen ihres Mannes zu hören.

Was natürlich eine Lüge ist. Es langweilt sie nicht, sie sind im Gegenteil äußerst interessiert daran. Aber das rächt sich später, und meistens auf sehr ungesunde Art und Weise. Die klassische Replik: ›Na, du sitzt wohl da und denkst, dass diese Rothaarige viel witziger war als ich, was?‹

Aber es gab keine andere Wahl.

Gitte klang am Telefon sehr kühl, aber das tat sie immer am Telefon – vielleicht nur, weil sie in ihrem Rechtsanwaltsbüro saß, wo sie zweifellos einen Termin mit irgendeinem Klienten und ganz sicher eine maschinenklappernde Sekretärin im Hintergrund hatte.

»Verstehst du«, sagte ich, »ich denke, ich muss sehen, ob ich irgendwas tun kann.«

»Das verstehe ich gut«, sagte sie ruhig.

Viel zu ruhig.

Diese Frau kann ein Ozean der Leidenschaft sein, das hatte ich bereits erlebt, aber auch ein einziger Eisberg. Ihr »Das verstehe ich gut« klang, als wollte sie überhaupt nichts verstehen.

»Ich liebe dich«, sagte ich monoton.

»Danke. Bist du sicher, dass du nicht eher sie liebst?«

»Verflucht nochmal, ich habe sie seit Monaten nicht gesehen, ich habe nicht einmal mit ihr gesprochen.«

»Nun gut, aber das musst du mit dir selbst ausmachen. Gute Reise.«

»Danke.«

Ich war stinksauer.

»Weißt du, wann du wieder zurückkommst?«

»Ich weiß gar nichts. Ich weiß nur, dass ich fliegen muss, und du selbst bist ein Pflichtmensch und würdest dasselbe tun.«

»Okay, mein Schatz«, sagte sie mit etwas mehr Wärme in der Stimme. »Schreib oder ruf an. Ich mag dich furchtbar gern.«

›Furchtbar gern mögen‹, das war Gittes romantischster Ausdruck.

Ich schmiss meinen Rasierapparat in den Koffer, sah mich fluchend in der Wohnung um, trat nach einem zufällig dastehenden, fürchterlich hässlichen, blöden Sessel und knallte die Tür so effektiv hinter mir zu, dass es sicher in Valby zu hören war.

3

Um 12.30 Uhr war es mir mit einer gut geplanten Mischung aus Lächeln und Knurren gelungen, meine Bank dazu zu bringen, eine weitere Überziehung meines bereits stark beanspruchten

Kontos zu akzeptieren, und ich fuhr mit einem Taxi zum Flughafen hinaus. Ich öffnete das Fenster, um die Frostluft zu mir einzuladen. Es gibt im Leben eines jeden Mannes Momente, in denen die Frostluft stärker und gesünder als Whisky und Kaffee ist.

Wir fuhren die Vesterbrogade hinunter. Als wir am Rådhuspladsen stadtauswärts abbogen und ich instinktiv (als alter Journalist) auf den ›Waschzettel‹ des Bladets guckte, stand dort: ›Dänische Frau auf Charterreise ermordet.‹

Das konnte sie sein. Das konnte ebenso gut eine Bäckereiverkäuferin aus Valby sein, die in einer Nachtdiskothek in Palma de Mallorca umgebracht worden war.

Auf jeden Fall gab es keine Zeit, das herauszufinden. Das größte und wichtigste Problem überhaupt war jetzt, ein Ticket für Malta zu bekommen. Eine klarsichtigere und konstruktivere Person hätte zweifellos zum Telefon gegriffen und das bereits vor vielen Stunden erledigt, aber Menschen sind nun mal so erfrischend unterschiedlich.

Außerdem hätte eine klarsichtigere und konstruktivere Person höchstwahrscheinlich das Ganze schon von vornherein als absolute Zeitverschwendung aufgegeben, da Helle sowieso schon tot war.

Ich zündete mir eine Zigarette an und starrte auf die schneebedeckten Straßen von Christianshavn, Amager und Kastrup hinaus. Wir fuhren an Marktplätzen, Kanälen, Grillbars, Cafés, Kirchen und Krankenhäusern vorbei – sowie an tausenden ganz gewöhnlicher Wohnungen, in denen bis jetzt noch glückliche, normale Menschen wohnten, deren frühere Ehefrauen nicht ermordet worden waren und die – im Gegensatz zu jemand anderem – selbst wussten, was sie mit ihrem Leben anfingen und warum.

Quatsch, solche Leute gibt's gar nicht. Niemand ist sich ernsthaft über sein Leben im Klaren. Es gibt welche, die Kontrolle über ihre Versicherungspapiere oder ihre Briefmarkensammlung haben, das ist aber auch schon alles.

»Inland oder Ausland?«, fragte der Taxifahrer mit einer gewissen Gereiztheit im Tonfall. Er mochte ganz offensichtlich keine Frostluft im Auto.

»Ausland«, antwortete ich.

»Ja, manche haben eben Glück«, antwortete er. Dann stellte er das Autoradio auf den ewig quasselnden Diskjockey im dritten Programm ein.

Der Rest der Fahrt verlief bis auf den Diskjockey schweigend.

Auf dem Flughafen empfing mich das übliche Durcheinander von Männern, die die gesammelte Garderobe ihrer Gattinnen auf einem Gepäckwagen schoben, schreienden Touristenguides, die einem Messias ähnelten, der seine Herde für die Wanderung zum See Genezareth sammelte (oder wo immer sie hinstapften), monotonen Ansagen, Leuten, die in alle Richtungen eilten. Von oben sicherlich ein ebenso absurder Anblick wie eine Fernsehsendung, die zeigt, wie Ameisen mit ihrem Vorrat auf ihrem Haufen herumkrabbeln. Mitten im Gewimmel erblickte ich sofort Ehlers. Er stand vor Schalter 30 und sprach mit einem kleinen nervösen Mann. Selbst auf zehn Meter Abstand konnte ich sehen, dass der Mann nervös war, denn er rieb sich ununterbrochen die Hände – nicht wie ein froher Jude in einer Pfandleihe, sondern eher wie ein Mitglied der Christlichen Abstinenzlerbewegung, der auf der öffentlichen Herrentoilette mit einer Flasche Whisky in der Innentasche erwischt worden war.

Ich ging zu ihnen. Der kleine Mann war ein interessantes biologisches Objekt.

Er ähnelte einer Qualle, vielleicht einer Wasserqualle, so einer, wie ich sie aus den Sommerferien meiner Kindheit erinnere: Große, weiche, matschige, formlose Wesen, eine Masse, die sich von einer Seite zur anderen wälzt wie eine Art perverser Ball aus wässrigem fettem Fleisch, Fleisch ohne Muskeln, Nerven und Sehnen.

Als ich die beiden erreicht hatte, rieb er sich immer noch die Hände, das Einzige, was aus einem riesigen Mantel herausragte, und sagte zu Ehlers: »Nein, so etwas ist uns noch nie passiert, niemals ... Dort noch nie! Ich weiß wirklich nicht ...«

Zu diesem dramatischen Zeitpunkt stockte er offensichtlich, sodass ich mir erlaubte, mich an Ehlers zu wenden.

Ehlers hatte sich in dem knappen halben Jahr, in dem ich ihn nicht gesehen hatte, nicht verändert. Er war noch ebenso klein, breit und viereckig wie immer, ein Hauklotz, dessen physische Monotonie nur von einem wirren Haarschopf und einem struppigen Bart unterbrochen wurde, dem einzigen Bart, den ich jemals gesehen habe, der wirklich aussah, als wäre er aus dem Zusammengekehrten bei einem Friseur nach der Tagesarbeit zusammengeklebt. Zum ersten Mal kam mir die Idee, er könnte sich vielleicht sehr gut für die Wikingerspiele in Frederikssund eignen.

Ehlers nickte.

»Hallo«, sagte er. »Gut, dass Sie kommen. Haben Sie schon Ihr Ticket?«

»Nein«, antwortete ich, leicht verwirrt durch den formellen Ton, obwohl ich doch wissen musste, dass es Ehlers' Ton während der Arbeit war. »Nein, ich wollte gerade ...«

»Das können wir gleich erledigen«, sagte Ehlers. »Der Herr hier möchte gern mit, er ist ein Angehöriger der Verstorbenen. Könnten Sie dafür sorgen?«

»Mit dem größten Vergnügen«, antwortete der Dicke blöd, während er mir die Hand reichte. »Es tut mir außerordentlich Leid, das müssen Sie mir glauben, ich hätte nie gedacht, dass so etwas während unserer Reisen passieren könnte. Wenn es eine Spies-Reise gewesen wäre ... Aber entschuldigen Sie bitte. Ich werde mich sofort um Ihr Ticket kümmern.«

Er watschelte zu einem Schalter.

»Das ist der Vertreter der Reisegesellschaft«, sagte Ehlers mit leiser Stimme. »Abteilungsleiter Tirstrup von den ›Folke-Rejser‹, mit denen Helle Nyman gereist ist.«

»Ein entzückender Anblick.«

»Man sucht sich nicht selbst sein Äußeres aus.«

»Okay, schon gut, du hast ja Recht. Was erzählt er?«

»Nichts, nichts, außer dass das Ticket bestellt und bezahlt war, und zwar als Einzelkarte. Es gab also keine Begleiter. Bezahlt hat sie mit einem gültigen Scheck. Nichts weiter, und der Idiot hat auch noch die Liste der Reisegruppenteilnehmer vergessen, eine Liste, um die ich ihn gebeten hatte. Aber er hat versprochen, sie zu besorgen, bevor wir losfliegen.«

Es war 13.20 Uhr, und eine Mitteilung schnarrte aus den Lautsprechern des Flughafens genau während einer Pause in unserem Gespräch, genau in so einem Luftloch, dass wir zuhörten.

Es war eine ›persönliche Mitteilung für …‹ – mich. Ich wurde gebeten, mich so schnell wie möglich an einen genau benannten Schalter zu wenden.

»Was zum Teufel soll das denn nun?«, fragte ich verärgert.

Ehlers zuckte mit den Schultern. »Woher soll ich das wissen?«

Jeder hat sein Bündel zu tragen.

Ich kämpfte mich durch die Menschenmenge zum Schalter Nr. 23 und stellte mich dort vor. Eine hübsche junge Blondine in blauer Uniform betrachtete mich mit einem leicht überheblichen Lächeln in den Augenwinkeln, so eins, das einen Mann fürchten lässt, dass seine aktive Zeit vorbei sein könnte, und sagte:

»Da ist ein Gespräch für Sie. Es eilt.«

Sie reichte mir den Hörer.

»Ja?«, sagte ich tonlos.

»Mein Junge, es tut mir so Leid, was ich da gehört habe …«

Ich brauchte nicht länger als ›Mein Junge‹, um zu erkennen, wem die Stimme gehörte – Chefredakteur Otzen, Chefredakteur Otzen vom Bladet, der Zeitung, für die ich arbeitete, falls ich überhaupt arbeitete. Chefredakteur Otzen, den seine Mitarbeiter gern abwechselnd – in detaillierten Beschreibungen – mit den Obergefreiten verglichen, die sie kannten, Nazifolterern, von denen sie gehört hatten, und gigantomanischen historischen Herrschern, deren Namen sie nur schwach aus dem Geschichtsunterricht ihrer Schulzeit erinnerten.

»Ja«, sagte ich. »Schon gut. Wie zum Henker hast du mich hier erwischt?«

»Telepathie, mein Junge«, begann Otzen mit der jovial dozierenden Stimme, die er einzusetzen pflegte, wenn er seinen Vorstand oder seine Mitarbeiter überreden wollte. »Angewandte Telepathie. Ich habe die Nachricht gehört, und ich kannte Helle ja auch, und weil du nicht zu Hause warst ... Es gibt nicht so viele Flüge nach Malta, also habe ich es einfach probiert ...«

Otzen hatte in seiner aktiven Zeit als Redakteur den Ruf gehabt, es immer zu versuchen – und mindestens jedes zweite Mal einen Treffer zu landen, heute noch Rekord in der dänischen Presse.

»Und ich habe nur gedacht, du weißt schon ... Wo du sowieso runterfliegst ... Und du hast ja die besten Voraussetzungen dafür, über den Fall zu berichten.«

Nun ja, ich bin keine Mimose. Ich habe schon einiges in meinem Leben gesehen und mitgemacht, darunter diverse Sachen, von denen ich möglichst niemandem etwas erzählen möchte.

Dennoch fand ich Otzens Bemerkung, ich solle für Bladet über den Mord an Helle schreiben, na ja, sagen wir mal: geschmacklos. Ich wollte ihm gerade erzählen, was ich von Hyänen und Haien halte, als er – der überlegene Stratege, der er ist – seiner Stimme einen abschließenden Tonfall gab und fortfuhr:

»Nun ja, überleg's dir, mein Junge, wenn du wieder klar denken kannst. Ich will dich nicht bedrängen, aber wenn du drüber weggekommen bist ... Und vergiss nicht, falls es Probleme gibt, kannst du ruhig anrufen. Tschüs dann und Auf Wiedersehen.«

Ich legte auf, sprachlos über Otzens kolossale

Frechheit – als würde ich ihn nicht seit zehn Jahren kennen.

»Gute Neuigkeiten?«, fragte die Blondine lächelnd, als sie routinemäßig das Telefon vom Tresen nahm und zu sich stellte.

»Nein«, sagte ich.

»Das verstehe ich nicht«, sagte sie mit einem schelmischen Geschäftslächeln. »Der Herr, der anrief, sagte doch, es gehe um Ihre Schwester, die einen Sohn bekommen habe, und deshalb wollte er unbedingt mit Ihnen sprechen.«

»Warum haben Sie mir das nicht gleich gesagt?«, fragte ich halb wütend, halb Otzens Frechheit bewundernd.

»Oh nein«, antwortete sie, »es ist doch selbstverständlich, dass Ihr Vater der Erste ist, der Ihnen das erzählt. Viel Glück.«

4

Als ich zu Ehlers zurückkam, stand er wieder mit dem Abteilungsleiter Tirstrup zusammen, der seine schweißigen Hände mit der gleichen Unermüdlichkeit wie zuvor rieb.

»Hier haben Sie Ihr Ticket«, sagte er. Er überreichte mir einen Umschlag.

»Danke«, sagte ich.

Im gleichen Augenblick kam die reizende Lautsprecherstimme wieder, und dieses Mal schnarrte sie – so hörte es sich jedenfalls an – doppelt so laut wie zuvor, als wäre ihre Besitzerin auf dem Trip mit einer Gin-Preludin-Mischung. Es gab zwei Mitteilungen: die Maschine nach Berlin, planmäßiger Abflug 13.45 Uhr, verspätete sich wahrscheinlich um 45 Minuten, und der Flug nach Malta, planmäßiger Abflug um 14 Uhr, verspätete sich wahrscheinlich um eine Stunde.

Es war 13.40 Uhr.

Ehlers zuckte mit den Schultern.

»Wir können ebenso gut die Passkontrolle hinter uns bringen«, sagte er.

Ehlers, Tirstrup und ich nahmen jeder unseren Koffer. Ehlers Koffer passte zu ihm. Er war alt, verbeult und reichlich abgenutzt, sah jedoch aus, als böte er genügend Platz für alles Mögliche. Tirstrup hatte einen dieser entzückenden imitierten Lederkoffer, mit denen die Geschäftsleute so gern herumrennen, mit reichlich glänzendem Metall drum herum.

Wir gingen zur Gepäckkontrolle Nr. irgendwas. Ehlers und Tirstrup schienen beide zu wissen, was zu tun war und in welcher Reihenfolge, deshalb gab es also keinen Grund für mich, mir darüber Sorgen zu machen. Sie beförderten unsere Koffer schwungvoll auf irgendein Fließband. Alle Gepäckstücke waren mit kleinen blauen Etiketten versehen, die aussahen, als gehörten sie zu einem Kinderspiel.

»Ich will nur eben das Ticket bezahlen«, sagte ich Ehlers, als er zur Passkontrolle ging.

»Vergiss es fürs Erste«, sagte Ehlers. »Ich hab's ausgelegt.«

»Dann kriegst du die Kohle. Wie viel macht es?«

»Nein, ich meine: Die Polizei hat es ausgelegt. Kurz und brutal gesagt: Du bist ein Zeuge. Du sollst sie identifizieren. Wir haben ihre Familie noch nicht informiert, weil wir erst sicher sein wollen. Jeder kann sich ein Ticket besorgen, einen Pass organisieren und ihn benutzen – und dann umgebracht werden. Du aber kennst sie.«

»Ich kannte sie.«

»Wo hat sie gearbeitet.«

»Warum sagst du ›hat gearbeitet‹, wenn du nicht glaubst, dass es sich um sie handelt?«

»Nun hör auf. Wo arbeitet sie?«

»In der Werbefirma Scan-Ad. Am Nytorv.«

»'ne große Firma?«

»Eine von den vier, fünf Größten in der Branche.«

»Was hat sie da gemacht, äh, macht sie?«

»Art director.«

»Was heißt das?«

»Das heißt, dass sie das Bildmaterial und das Layout in den Anzeigen verwaltet.«

»Verflucht, wie ihr Medienleute euch ausdrücken könnt.«

»Ihr Bullen habt auch euren eigenen Jargon.«

»Hm.«

Wir zeigten unsere Pässe vor, und die Kontrolleure grüßten Ehlers respektvoll. Meine Begrüßung war bei weitem nicht so respektvoll, aber da ich nun mal mit ihm zusammen war, wurde mir dennoch eine zuteil.

Nachdem wir auf tödliche Waffen, versteckte Neutronenbomben in den Manteltaschen und einträgliche Drogen in den Unterhosen durchleuchtet worden waren, hätten wir unser Gespräch fortsetzen können, aber als wir in die Abflughalle kamen, wo die Leute auf der Spezialität aller Flughäfen dieser Erde saßen, auf diesen klebrigen, unmöglichen Plastikstühlen, einer neben dem anderen, und auf ihren Aufruf warteten, erklärte Ehlers sofort, dass er noch ›etwas regeln müsste‹. »Bis gleich«, sagte er, wobei er – fast wie Ronnie – mir eine beruhigende Bärentatze auf die Schulter legte.

Ich stöhnte auf und ging zur Bar.

Ich trank einen Whisky, und ich trank einen zweiten Whisky. Ich trank ziemlich viel Whiskys.

Es war nicht meine Schuld. Ich hatte nur einfach nichts anderes zu tun. Ich hatte mein Exemplar von T. S. Eliots Gesammelten Werken vergessen.

Ich wartete auf einen Flug, und die Maschine startete einfach nicht. Nicht, dass man über die Abflugfrequenz meckern könnte – es starteten an diesem Tag viele Flugzeuge vom Kopenhagener Flughafen, viele flogen sonst wo hin, für viele Flüge wurden die Passagiere zum Gate 13, 23, 37 und 48 aufgerufen. Es gab einen Flug nach Kalkutta, einen nach Barcelona, einen nach Seattle. Es gab einen Flug nach Brüssel, einen nach Stockholm, einen nach Moskau. Es gab einen weiteren Flug nach Buenos Aires und einen nach Johannesburg.

Aber keine der verfluchten Maschinen ging nach Malta. Diese wurde ein ums andere Mal verschoben. Jedes Mal um eine Viertelstunde.

Und jede Verspätung brachte einen neuen Whisky mit sich.

Als die Maschine endlich um 16.30 Uhr abflog, schien es mir, als wäre ich gar nicht mehr anwesend, jedenfalls nicht richtig. Ich war nur eine Person in einem Film. Ich war eine Person, der die Rolle zugeteilt worden war, zum Gate 29 zu gehen – das allein schon eine Schwindel erregende Sportleistung – und in ein Flugzeug zu steigen.

Das tat ich auch. Ich stieg ein und setzte mich. Es

war in letzter Minute, und ich konnte Ehlers nirgends entdecken.

Zwei Minuten später hießen der Flugkapitän Nielsen and his Crew uns an Bord der Scanair soundso willkommen und berechneten für uns die Flugentfernung, der Kapitän erzählte uns, dass er mit drei Stunden Flugzeit rechne, wünschte uns eine gute Reise und machte uns darauf aufmerksam, wo die Rettungswesten zu finden waren.

Als wir uns in die Wolken erhoben, große, massiv aussehende Wolken, Wolken, die aussahen, als warteten sie nur darauf, dass jemand auf ihnen Hotels erbauen wollte, nickte ich ein, allein auf meinem Sitz. Ich kam erst eine halbe Stunde später wieder zu mir und begann von vorn auf dieser Welt.

Einer Welt, die sich in einem Flugzeug befand. In einem spärlich besetzten Flugzeug. Einem Flugzeug, das höchstens zu zwei Dritteln gefüllt war.

»Das ist der einzige Abflug direkt nach Malta«, sagte Ehlers, der plötzlich direkt neben mir stand. »Sonst muss man über London oder Rom fliegen, und das dauert viel länger.«

»Weiß ich.«

»Woher? Ich wusste gar nicht, dass du auch in der Flugbranche warst.«

»Ich war schon mal auf Malta.«

»Wann?«

»Das ist lange her.«

»Erzähl mir was übers Land.«

»Malta ist eine Insel, oder genauer eine Ansammlung von Inseln, deren Gebiet ungefähr so groß ist wie das der Insel Alsen. Die Malteser sprechen maltesisch und englisch. Die Malteser sind eine Mischung aus allem Möglichen zwischen Himmel und

Erde. Sie haben historisch gesehen zu den Phöniziern gehört, den Griechen, den Römern, den Arabern, den Spaniern, den Franzosen und den Engländern. Erst 1974 wurden sie selbstständig.«

»Du hörst dich an wie ein Reiseführer.«

»Ich war mal ein Reiseführer.«

»Auf Malta?«

»Nein.«

Ich war zu müde, um ihm von dem halben Jahr zu erzählen, in dem ich Guide in Rom war und tausenden blöden Quatschköpfen den Vatikan, das Colosseum und die Villa Borghese gezeigt hatte – ganz zu schweigen von den Tagesausflügen zu den echten italienischen Weinbauern in der Umgebung, bei denen ich 25 % Provision bekam.

Die Stewardess kam mit kleinen Plastiktabletts mit Speisen und einem kleinen Wagen mit den Getränken. Das Essen war ausgesucht abstoßend, aber ich düngte es mit Pfeffer und Salz. Die frühere Frau ist tot, aber man benutzt unverdrossen sein Salz und seinen Pfeffer. Die frühere Frau ist tot, aber man füllt unverdrossen ein Stück Karton aus und bestellt zollfreie Waren.

Ehlers war wieder weg, er saß irgendwo hinten, anscheinend in der Nichtraucherabteilung. Ich konnte nicht länger still sitzen. Ich latschte den Mittelgang auf und ab und versuchte mich umzusehen, als schlenderte ich die Strøget an einem sonnenbeschienenen Sonntagnachmittag entlang.

Die Gruppe der Folke-Rejser, die an diesem Montag abflog – wie rücksichtsvoll von Helle, sich an einem Sonntag ermorden zu lassen, und wie typisch für sie, auf diese Art und Weise niemandem Unannehmlichkeiten machen zu wollen – sah äußerst normal aus. Wahrscheinlich handelte es sich um den so genannten Querschnitt der gegenwärtigen dänischen Gesellschaft. Sie erschienen zumindest bescheuert genug dafür.

Auf den Sitzen direkt vor mir saßen zwei Vegetarier verschiedenen Geschlechts, die – nach ihren Plastiktabletts zu urteilen – bereits im Voraus Gemüse für ihren Flug bestellt hatten. Sie diskutierten darüber, ob Champignons oder Bohnen proteinhaltiger seien. Beide, der Mann wie die Frau, sahen blass, geschlechtslos und proteinlos aus, wie kümmerliche Spargel, die trotz allem stolz darauf waren, nicht einem tierischen Beefsteak ähnlich zu sehen. Sie konnten in all ihrer gesegneten Selbstzufriedenheit eine gewisse Sympathie für den Abteilungsleiter Tirstrup wecken.

Ihnen gegenüber saßen ein paar Gewerkschaftsbonzen mit Nadeln im Revers, roten Wangen, Bier und Gammel Dansk und großen Mappen mit Konferenzpapieren zwischen sich. Sie diskutierten zufrieden und einträchtig, während sie in regelmäßigen Abständen ein Glas ums andere hinunterkippten. Offensichtlich waren sie auf Geschäftskosten unterwegs zu irgendeiner gut bezahlten Konferenz und äußerst zufrieden, während sie sich im Flugzeug langsam auf das wartende – und zweifellos umfangreiche – Mittagessen vorbereiteten.

Man soll sich nicht drüber lustig machen, dass die internationale Zusammenarbeit auf Mittagessen und Toasts basiert. Mahlzeiten und Toasts sind bekanntermaßen die internationalsten und menschenverbindendsten Dinge, die es gibt.

Vor den Bonzen – noch ziemlich jungen Bonzen – saßen zwei ältere Volksschullehrerinnen, die beide aussahen, als hießen sie Ebba. Sie kennen doch diese Ebbas, solche geschlechts- und klassenbewussten Lehrerinnen so um die 50, die das Haar stramm zu einem Knoten im Nacken gebunden haben, eine Brille tragen und Zigarillos rauchen, während sie unablässig Autoritäten zitieren, die zu lesen sie viel zu viel Zeit hatten. Sie sind immer Mitglied in siebzehn Ausschüssen und Aufsichtsgremien, sie wissen einfach alles, sie langweilen alle zu Tode, sodass alle das gleiche schlechte Gewissen bekommen. Sie werden deshalb als ›äußerst interessante Damen‹ bezeichnet – was niemand von einer Dame behaupten würde, die wirklich interessant ist. Die beiden, von denen die eine unbedeutend älter war als die andere, sahen aus, so wie sie dasaßen, als befänden sie sich in einem Lesesaal. Sie diskutierten über die Frauenfrage mit dem gleichen Eifer wie die anderen über Champignons bzw. Geschäftsessen.

Ich konnte eine nette Stewardess dazu überreden, mir einen Whisky zu bringen, den ich herunterkippte, während ich im Mittelgang stehend auf etwas unter den Wolken schaute, von dem Kapitän Nielsen behauptete, das sei die Schweiz. Ich ging davon aus, dass Kapitän Nielsen seine guten Gründe für diese Behauptung hatte. Ich war nicht der Meinung, dass ich genügend Sachkenntnis besaß, es zu bestreiten.

Ich litt unter Klaustrophobie. Ich war eingesperrt. Ich wäre am liebsten direkt aus diesem verfluchten Flugzeug rausgesprungen. Ich hielt es nicht mehr aus.

Dennoch begnügte ich mich damit, den Mittelgang auf und ab zu gehen und meine Mitpassagiere zu betrachten. Es gab noch ein paar langhaarige junge Typen, die sich gegenseitig die ganze Zeit versicherten, wie affengeil das Ganze sei. Ich hatte das Vergnügen, ihrem Wortwechsel beizuwohnen:

»Das ist geil, Mann!«

»Das ist obergeil!«

»Der reine Wahnsinn! Stellt euch vor, in einer Stunde sind wir da!«

»Saustark.«

Es handelte sich um ein paar junge, arbeitslose Typen, die von den zu erwartenden ›Mösen‹ sprachen. Sie mussten arbeitslos sein, sie sahen aus wie Menschen, die einfach zu viel Zeit haben, ohne reich zu sein.

»Die sind auf so einer Tour verdammt einfach aufzureißen, Mann, die Weiber, die so eine Reise mitmachen, sind doch nur drauf aus, ey. Wir werden uns schon welche angeln. Hast du schon was entdeckt?«

Ich war kurz davor, die Volksschullehrerinnen vorzuschlagen. Andererseits war ich auch kurz davor, mich zu übergeben, und wie so viele andere vor mir – Cäsar und Macbeth zum Beispiel – musste ich einsehen, dass ich vor der Wahl stand und mich für eins von beiden entscheiden musste.

Die Biologie siegte. Als ich wieder aus der Toilette kam, nachdem ich mir die Stirn getrocknet hatte, waren wir über Rom, und ich wäre fast über die Beine eines netten älteren Ehepaars in abgetragener Kleidung gestolpert, deren Konversation ebenso anregend wie die aller anderen war.

Sie hießen Kaj und Vera. Nicht, dass ich hellseherisch bin – wie Chefredakteur Otzen –, aber das war ganz offensichtlich. Es klang wie ein altmodisches Hörspiel, wie sie miteinander redeten.

»Hast du auch dran gedacht, dem Nachbarn den Schlüssel zu geben, Kaj? Meine Blumen …«

»Ja, das habe ich dir doch schon gesagt, Vera.«

»Hoffentlich vergisst er sie nicht. Wir sind trotz allem eine ganze Weile weg, Kaj.«

Sie klang, als wäre sie bereit, ein Telegramm nach Hause zu schicken, um ihre fleißigen Lieschen wohl behütet zu wissen.

Außerdem gab es noch ein paar kichernde Teenager weiblichen Geschlechts, eine verhärmte mittelalte Dame, die sich mit der Miene eines gierigen Geiers auf der Suche nach Beute in einer mexikanischen Wüste umsah, und ein paar an Fußgicht Leidende aus Vanløse, die sich – vermutlich mit Krankenkassenzuschuss – einbildeten, dass die Sonne des Südens gegen ihre Zipperlein helfen würde. Im Dezember.

Schwachsinn und Wahnsinn. Sie waren alle in Ordnung, jeder Einzelne. Ich war es, mit dem etwas nicht stimmte. Sie waren alle zusammen gesunde, normale, nette Menschen mit ihren jeweiligen Interessen und ihren Erwartungen ans Leben, sowie auch an eine Charterreise mit ›Folke-Rejser‹.

Wie auch die, denen ich jetzt gegenüberstand, ein rotwangiges, nervöses und eifriges junges dänisches Pärchen, das sehr vorsichtig miteinander umging – genau wie Helle und ich es einmal gewesen waren. Sie hielten einander bei der Hand und schauten auf die Wolken, und es war ihnen ganz offensichtlich vollkommen gleichgültig, ob die Wolken deutsch, tunesisch oder türkisch waren.

In einem Anfall von Menschenverachtung, akuter Menschenverachtung, abgrundtiefer Gleichgültigkeit gegenüber der ganzen Rasse, wie sie nur Alkoholiker, Drogensüchtige, Diktatoren und Sadisten bekommen, dachte ich an die Titanic und die Menschen, die an Bord der Titanic gewesen waren. Ich dachte daran, wie diese Menschen wohl gewesen sein mögen, die Menschen, die ertranken, während das Orchester spielte: ›Näher, mein Gott, zu dir‹.

Ich sah unseren Scanair Maltaflieger brennen, abstürzen und verschwinden wie die Titanic. Ich überlegte, ob das wohl überhaupt ein Verlust für die Welt sein würde. Ich kam zu dem Schluss, dass dem nicht so sei. Es würde keinen Unterschied machen. Die Menschen auf der Titanic waren nicht unentbehrlich gewesen. Helle war es nicht. Wir waren es nicht.

Mir kam in den Sinn, wie Helles Vater, der Abteilungsleiter, einmal während eines aufgezwungenen Familienessens mit seiner üblichen Miene anonymer wortloser Autorität gesagt hatte, dass ›der, der andere verachtet, sich selbst am meisten verachtet‹.

Wie aus ›Das Beste von Reader's Digest‹. Aber sicher wahr.

Irgendwo, im mittleren Teil des Flugzeugs, gegenüber einem anderen jungen Paar, aber dieses Mal mit einem Kind, beide in Jeans und Baumwollhemden, mit Holzschuhen und großen Tüchern, fand ich Ehlers. Helles Vater hatte mich an etwas erinnert. Ich sagte:

»Ey, da ist etwas, was ich vergessen habe, dir zu erzählen. Ich habe am Rådhusplads gesehen, dass das Bladet die Story bereits hat. Ihre Eltern werden also bald davon erfahren ... Die Zeitung kommt natürlich erst morgen raus, aber die Fernsehnachrichten ...«

»Das weiß ich auch«, sagte Ehlers trocken, während er mit den Händen in den Taschen aus dem Fenster starrte. »Aber die Geschichte, die sie da haben, das ist nicht unsere. Das ist ein ganz anderer Fall. Eine Parfümerie-Verkäuferin aus Glostrup, die auf Gran Canaria ermordet wurde.«

Im gleichen Augenblick bat der Flugkapitän uns, die Zigaretten auszumachen und die Sicherheitsgurte anzulegen, denn jetzt begann der Anflug auf den Flughafen von Luqa, wo das Wetter mild war und die Sonne schien.

Was unter den Passagieren, unter denen vielleicht auch eine neue Parfümerie-Verkäuferin aus Glostrup war, die üblichen Applaussalven auslöste.

5

Es war dunkel, als wir in Luqa ausstiegen. Der Flughafen sah genauso aus, wie ich ihn in Erinnerung hatte: leer, trostlos, ohne besondere Kennzeichen. Rundherum hingen Anzeigen für Kinnie (das hiesige 7-Up), Hopleaf und Cisk (die hiesigen Carlsberg und Tuborg) an ganz genau denselben Plätzen wie letztes Mal. Damals waren sie spannende, romantische Versprechungen von etwas Unbekanntem. Jetzt waren sie nur Bilder, die man kannte, aber lange nicht mehr gesehen hatte.

Die Reisegruppe kämpfte sich voller Eifer zu den Zoll- und Passschranken durch, als drehe es sich um die Befreiung der Welt – eine besondere Eigenschaft, die die meisten Menschen sogar an einer Bushaltestelle entwickeln können. Ich ließ sie passieren.

Plötzlich befand ich mich gemeinsam mit Ehlers

ganz am Ende. Ehlers unterhielt sich mit Abteilungsleiter Tirstrup, dessen Quallenkörper vor Verzweiflung bebte.

»Das bedeutet weitere Verzögerungen«, sagte er. »Und wir sind heute schon verspätet genug. Das ist sehr schlecht für uns ...«

»Es handelt sich um einen Mord«, sagte Ehlers. »Und ich habe jede offizielle Ermächtigung. Außerdem bin ich überzeugt, dass die maltesische Polizei der gleichen Meinung sein wird.«

»Dann werde ich dem Flugkapitän Bescheid geben«, sagte Tirstrup resigniert.

»Einen Augenblick«, sagte Ehlers.

»Er muss sich doch mit dem Flughafen Kastrup in Verbindung setzen, um eine spätere Landegenehmigung zu bekommen.«

»Ich weiß nicht, wie lange es dauern wird.«

Tirstrup fiel zwei Schritte hinter Ehlers' soldatenhaftem Schritt über den Flughafenboden zurück und sah aus, als verberge er sein Gesicht in den Händen, weil eine nie wieder gutzumachende Schande über ihn gekommen wäre.

Ich nahm die Chance wahr.

»Was ist denn los?«, fragte ich.

»Verhöre«, antwortete Ehlers kurz. »Die Maschine soll zurück nach Kopenhagen, muss aber noch warten. Es gibt nur jeden Montag eine direkte Verbindung, hin und zurück, und die Leute buchen eine, zwei oder drei Wochen hier unten, jeweils von Montag bis Montag. Das bedeutet, dass wir die Leute verhören müssen, die wieder zurück wollen. Sie waren alle mit Helle Nyman hier unten.«

»Willst du sie alle verhören? Das wird ja die ganze Nacht dauern.«

»Nicht alle. Wir haben ihre Namen und Adressen, und Tirstrup hat eine Liste von denen, die hier auf der Insel in den Hotels wohnten, und von denen, die im Mellieha Holiday Centre waren. Zumindest die wollen wir verhören. Das ist unsere Pflicht.«

Als wir durch die Passkontrolle gekommen waren, wartete ein Repräsentant der maltesischen Polizei auf uns, leicht erkennbar an seiner blauen Uniform.

»Mr. Ehlers?«, fragte er in sehr gepflegtem Englisch, wobei er eine Hand hervorschob und zu raten versuchte, wer von uns beiden zivilen Herren es wohl sein könnte.

Ehlers ergriff sie: Eine dunkle, behaarte Hand. Eine dunkle, behaarte, kräftige Hand, die zu einem kleinen, kompakten Mann mit gepflegtem Schnurrbart gehörte.

»Tony Muscat, Polizeiinspektor. Willkommen auf Malta, wenn es auch in so einer traurigen Angelegenheit ist.«

Er neigte seinen Kopf ganz leicht vor, und Ehlers erwiderte diese Geste. Sie sahen aus wie zwei Pinguine, die sich auf den Eismassen der Antarktis trafen.

Ehlers stellte mich in einem ausgezeichneten Englisch vor, was meinen Respekt vor der dänischen Polizei noch einmal erhöhte.

»Kommen Sie hier rein«, sagte Mr. Muscat und deutete auf ein kleines Büro links von dem Geldwechselschalter.

»Einen Augenblick«, sagte Ehlers. »Ich bin der Meinung, dass wir erst mal den Passagieren, die nach Dänemark zurückfliegen wollen, mitteilen sollten, dass sich ihr Flug um einige Stunden verspäten wird.«

Mr. Muscat lächelte, die Hand auf dem Türgriff, während er sagte: »Wir haben sie bereits informiert.«

Ehlers erwiderte das Lächeln wortlos.

Ich hatte den Eindruck, dass die beiden sich gut vertragen würden.

Ich war bei dem Spiel nicht dabei. Ehlers schob mich freundlich, aber bestimmt von der Tür fort.

Stattdessen wechselte ich etwas Geld und starrte intensiv auf die maltesischen Pfund, £M, während die Leute sich um das Laufband scharten, um möglichst schnell ihre Koffer und zollfreien Waren zu ergreifen und mit ihnen zum Reiseleiter zu stürzen. Der war ein Schrank von einem Schweden und stand unerschütterlich mitten in der Ankunftshalle, wo er der gesamten Gruppe einzeln, einem nach dem anderen mitteilte, dass die Busse draußen hielten, und dass auf ihnen geschrieben stehe, wohin sie führen, es sei also ganz einfach.

»Fahren Sie auch nach St. Julian's?«

»Ich hätte nicht gedacht, dass es so dunkel ist.«

»Glaubst du, dass wir noch etwas zu essen kriegen, wenn wir ins Hotel kommen?«

Die übliche Routine. Das übliche Gedränge beim Geldwechseln. Mid-Med Bank, wie sie auf Malta heißt.

Die Halle leerte sich langsam, als Ehlers und Muscat wieder herauskamen.

»Dann nehmen wir uns die Abreisegruppe gleich vor und fahren erst hinterher nach Mellieha, ja?«, fragte Muscat.

Ehlers nickte zustimmend.

Beide gingen sie mit schnellen, energischen Schritten zum Ausgang, gefolgt von einer kleinen

Gruppe von Muscats ›*polizia*‹, ernsthaft und zielbewusst aussehende junge Männer mit Pistolen im Gürtel.

Am Ausgang fiel Ehlers' Blick auf mich. Ich saß auf einer Bank mit meinem zollfreien Whisky und rauchte eine zollfreie Zigarette, die Füße auf meinem Koffer. Die Zöllner hatten bereits mehrmals misstrauisch zu mir hinübergeschaut.

Ehlers gab Muscat ein Zeichen und kam zu mir.

»Meinetwegen könntest du gern bei den Verhören dabei sein« (Jetzt, wo nur Malteser da waren, konnte er es sich erlauben, mich zu duzen, dachte ich), »aber Muscat ist der Meinung, das wäre nicht korrekt. Fahr du lieber schon ins Hotel, ich komme später nach.«

»Hotel? Welches Hotel?«

»Ach, habe ich dir das nicht gesagt? Wir wohnen im Mellieha Holiday Centre, dort, wo es passiert ist – das ist das einzig Vernünftige. Tirstrup hat dafür gesorgt, dass wir zwei Bungalows nebeneinander bekommen, aber ich weiß nicht die Nummern. Frag an der Rezeption und sage ihnen, dass ich später komme und mit ihnen reden möchte, sei so gut.«

Ich nickte und nahm einen Schluck aus der Flasche.

»Findest du den Weg?«, fragte Ehlers, mit einem Mal besorgt.

»Ich kenne den Ort. Ja, ja, ich werde schon hinfinden. Ich nehme ein Auto. Was denkst du, wann du kommst?«

»Das weiß der Himmel«, sagte Ehlers, aber er sah dabei gar nicht so müde aus und mir fiel auf, dass das bisher der erste Fall war, in dem ich Ehlers noch nicht hatte fluchen hören. Das unterließ er sicher aus Feingefühl, weil meine Frau die Leiche war. Man kann über wildfremde Leichen fluchen, aber nicht über eine Leiche, die die Frau eines Freundes gewesen ist. Takt und Anstand für Polizeibeamte im gehobenen Dienst.

Muscat und er verschwanden wieder wie zwei Busenfreundinnen aus einer fernen Teenagerzeit, und ich lehnte mich zurück und starrte auf meine Whiskyflasche mit einer Konzentration, als wäre ich Auktionator und sollte ein seltenes Exemplar einschätzen.

Die Flasche grinste fast ein wenig höhnisch zurück, aber es war trotz allem schön, sie anzuschauen, und sie lag gut in der Hand.

Ich sah keinerlei Grund, mich zu beeilen. Im Mellieha Holiday Centre standen die Leute sicherlich Schlange, warteten darauf, dass ihnen ihre Schlüssel und Nummern ausgehändigt wurden, und fragten nach Preisen, Ausflügen und der Temperatur des Swimmingpools, und danach, wie das Wetter morgen sein würde und ob es in der Nähe einen Tennisplatz gäbe.

Nette Leute, die gern redeten. Nette Leute, die fragen würden, warum man hierher gekommen war. Nette Leute, die sicher im Laufe von zehn Minuten das Gerücht von einem Mord hören würden, der einen Tag vor ihrer Ankunft in ihrem Ferienort begangen worden war. Nette Leute, die sich zuerst ein wenig erschrecken und unsicher fühlen würden, dann aber im Verlauf der nächsten zehn Minuten, nachdem sie einen Drink genommen, ihr Gepäck kontrolliert und ihre Kinder durchgezählt hatten, es in Wirklichkeit äußerst spannend finden würden, etwas so Brutalem so nahe zu kommen. Und sicher würden sie nach ihrer Rückkehr und für den Rest ihrer Zeit mehr über den Mord als über Malta erzählen.

Dafür wäre morgen noch Zeit genug. Der heutige Abend musste nur erst überstanden werden.

Manchmal hatte ich das Gefühl, dass das, was man ›Erwachsenwerden‹ nennt, eigentlich nur bedeutet, dass alles überstanden werden muss. Die Tage werden zu einem langen Parforce-Ritt, der einfach überstanden werden muss samt den Hürden, die übersprungen werden müssen – bis dann alles überstanden ist. Wie für Helle.

Helle war viel zu gut für diese Welt, dachte ich sentimental, wie irgendein armer Schlucker mit seiner Flasche in der Hand. Helle war auch viel zu gut für die Art und Weise, auf die sie diese verließ.

Aber so ist die Welt. Mir fiel plötzlich ein Schweizer Biologe ein, der einmal behauptete, dass es nur zwei Arten von Säugetieren gab, die sich gegenseitig umbrachten: Ratten und Menschen.

Ehrlich gesagt: Genau da gehört unsere Rasse hin.

Ich sank etwas auf der Bank zusammen. Ein freundlicher älterer Zöllner kam zu mir und fragte, ob ich krank sei und er mir irgendwie helfen könne.

Ich bat ihn, mir ein Auto zu besorgen.

6

Der Fahrer war ein junger Mann mit flaumigen, leicht schmuddeligen Wangen, einer Hornbrille und einem intellektuellen Gesicht, das deutlich zeigte, dass es unter seiner Würde war, etwas so Kleinbürgerliches wie einen Rasierapparat zu kaufen. Dennoch ergriff er meinen Koffer, als wäre ich gehbehindert.

»Ich will nach Mellieha«, sagte ich.

»In Ordnung«, erwiderte er.

Wir fuhren aus Luqa hinaus und weiter in eine äußerst maltesische Landschaft auf einer dieser Landstraßen, auf die man unweigerlich früher oder später stoßen wird, wenn man auf Malta Auto fährt – auf der einen Seite: Steine, Staub und Klippen, auf der anderen: hartes Gras, Kaktusgruppen und verfallene Mauern, vermutlich Reste eines römischen Viadukts aus der Zeit vor Christus.

Die Dunkelheit war nicht mehr so dunkel, oder aber die Schlitze, die alles waren, was von meinen Augen übrig geblieben war, hatten sich einfach nur drauf eingestellt. Wie ich dort auf dem Rücksitz des Taxis saß, erschien es mir wie eine Traumlandschaft, eine verzauberte Landschaft, durch die ich kutschiert wurde. Die ewigen Kakteen, die davon kündeten, dass, ganz gleich, was auch passierte, ob Sturm, Orkan oder wechselnde Regierungen, sie sich in die Erde krallen und überleben würden. Die alten Mauern, die davon berichteten, dass es bereits vor 2000 Jahren Menschen gegeben hatte, die Mauern errichteten und glaubten, sie würden ewig halten. Die Steine, die kalten, harten, unnahbaren Steine, aus denen Hände diese Mauern gebaut hatten, aber von denen immer noch tausende herumlagen und darauf warteten, benutzt zu werden.

Als wir Luqa glücklich hinter uns gelassen hatten, fragte ich den Fahrer, welchen Weg er nehmen wollte.

»Über Qormi nach Mosta«, sagte er. »Das ist der schnellste.«

»Nein«, erwiderte ich, als ein lange verborgenes Malta langsam in der Rumpelkammer meines Bewusstseins wieder zum Vorschein kam, »nein, fahren Sie über Marsa, dann kommen wir durch Valletta, und dann die Küste entlang zur Mellieha Bay.«

»Das dauert aber eine halbe Stunde länger und kostet 7 £ mehr.«

»Okay.«

Er wendete und fuhr zurück, wobei er das Steuer in einer müden Bewegung ergriff, als wäre er der Meinung, er vergeude seine Zeit, wenn er einen längeren Weg als den normalen führe.

»Wissen Sie«, sagte ich – ich war so freundlich wie alle sentimentalen Seelen – »wissen Sie, ich bin so lange nicht mehr auf Malta gewesen. Ich habe Sehnsucht danach, die Küstenstraße wiederzusehen.«

»Ach, wirklich?«, fragte er ganz gerührt. »Sie waren also schon mal hier?«

»Ja, und ich habe mich so auf die Strecke gefreut. Lassen Sie uns die nehmen.«

Er lächelte und nahm sie. Keinen Malteser lässt ein Appell an die Schönheit seines Landes kalt, ganz gleich wo. Und ich nahm den Whisky. Der ging gut runter.

Ich war blau.

Aber nicht zu blau, genau richtig, um einen schützenden Whiskymantel um mich zu spüren, eine Hülle, die mich davor bewahrte, in einem fort über Helle zu schluchzen.

Natürlich wollte ich auch deshalb diesen Weg nehmen. Nicht nur, weil er Maltas schönster ist, sondern weil Helle und ich ihn so oft gefahren sind, als wir hier waren, diese Route, die mit der Zeit unsere klassische Route wurde – Helle am Steuer und ich als Passagier.

Wenn ich wieder denselben Weg nähme, würde vielleicht der Albtraum am nächsten Morgen leichter zu ertragen sein. Das sind so Tricks, die man bei sich selbst anwenden muss.

Eine alte Erfahrung, (mindestens) ein halbes Leben lang gelernt: Es gibt Dinge, vor denen man nur die Augen verschließen kann. Öffnet man sie dennoch, zeigt es sich, dass man diese Dinge doch ertragen kann.

Besonders mit einer Flasche Whisky in der Hand.

Wenn Helle und ich diesen Weg gefahren waren, hatte ich nie – wie man es von einem sich liebenden Paar denken sollte – neben ihr gesessen. Helle, die Ernsthafte, Helle, die Umsichtige, Helle, die Vorsichtige, hatte mir erklärt, dass immer der ›Passagier neben dem Fahrer‹ das größte Risiko bei einem Zusammenstoß trage. Helle hatte gesagt, dass sie mich zu gern habe, um dieses Risiko einzugehen. Helle hatte mich immer auf dem Rücksitz platziert, wie es das Verkehrsministerium für Kinder empfiehlt.

Es war fast, als führe ich wieder mit Helle.

Sie wendete den Wagen und fuhr nach Marsa, der kleinen, unscheinbaren Stadt, die sie so liebte, weil dort der maltesische Wein hergestellt wurde – der trockene, würzige Marsovin, den sie so gern trank, und von dem sie am liebsten sofort ein Glas haben wollte, wenn sie mein Hopleaf sah.

Durch Marsa kamen wir nach Valletta, der Hauptstadt. Sicher hatte Muscat sein Büro hier – wenn man überhaupt ein Büro hatte, dann hier. Valletta war vor langer Zeit von den Malteserrittern gegründet worden, und hier war das prachtvolle Kulturerbe des Landes untergebracht. Museen, Bibliotheken, Regierungsbüros, die offizielle Verwaltung – das war Valletta. Ausgewählte Buchläden, Antiquitätenhändler, Kunstakademien, Ausstellungen, Theater, Oper – das war Valletta. Der Wohnort eines kleinen Kerns einflussreicher, gebildeter, gut verdienender, kultivierter Bürger der Crème de la Crème der maltesischen Society – das war Valletta. Die Alte Stadt, die Schöne Stadt.

Über Vallettas Stadthafen fuhren wir weiter durch den Vorort Floriana, wo direkt vor den Toren Premierminister Dom Mintoffs offizieller Regierungssitz lag – und weiter nach Sliema.

Mit Valletta/Sliema ist es wie mit Buda-Pest: Es gibt die alte und die neue Stadt, die Autorität und die Verantwortungslosigkeit, die Form und die Formlosigkeit. Sliema ist aus Valletta entstanden und liegt nur ein paar Häfen weiter – genauer gesagt drei Häfen. Zuerst der Hafen für kleine Schiffe, für die Fischer und armen Leute mit Kähnen und Ruderbooten. Dann der Handelshafen, für Cargo, Transport und Spedition in alle Häfen und auf alle Schiffe. Und zum Schluss der Yachthafen, in dem die Oberklasse sich in ihrer Freizeit tummelt.

Sliema selbst ist die Stadt der Restaurants, der Diskotheken, der Cafés, der Kinos. Sliema ist die Stadt der Hotels. Sliema ist die Stadt der Geschäfte. Sliema ist Maltas Antwort auf die Kopenhagener Strøget. Hier trifft jeder jeden, hier hört man nachmittags während der Rushhour ungeduldige Hupkonzerte, hier lauern alle Touristenfallen. Hier, von diesem Ort, starten die Hafenrundfahrten um die ganze Insel, hier werden Pferdekutschen an Touristen vermietet.

Sliema folgt der Küste, und nur wenige Minuten nach der funkelnden und strahlenden Parade der Hotels und Diskotheken entlang der Strandpromenade befindet man sich in einer Science-Fiction-Landschaft voller Klippen, die sich die Küste entlangziehen. Klippen, die hier schon seit Jahrtausenden aufragen, und Wasser, das sie in unsiniger Hoffnung angreift und zurückzuerobern versucht, wie es das Wasser schon seit Jahrtausenden getan hat und womit es vielleicht im Laufe noch einiger tausende von Jahren Erfolg haben wird.

Hinter Sliema liegt Gzira, Maltas Harlem. Es ist bekannt in Malta, es ist fast ein Sprichwort, dass das Schlimmste immer aus Gzira kommt. Gzira wird hauptsächlich von Arabern und Libyern bewohnt, und für einen zufällig vorbeikommenden Touristen sieht es in wie jeder anderen verschlafenen Vorstadt aus, nur mit einer größeren Zahl geschlossener Fenster, mehr Abfall und Staub in den Straßen als in anderen maltesischen Städten. Aber wer lange genug bleibt, wird so einige Messer in der Sonne blinken sehen und bemerken, dass ziemlich viele illegale Geschäfte verschiedenster Art in der Sunshine Bar getätigt werden. Wer lange genug bleibt (und ich bin es einmal, während Helle und ich hier waren und wir uns eine Nacht lang stritten), wird denken, er wäre in Marseille.

Wo Sliema seine Lustigkeit und Gzira seine Lüsternheit hat, da hat St. Julian's, der nächste Küstenort, dafür seine Würde. St. Julian's ist der Wohnsitz der Engländer. Als Folge der langjährigen englischen Besetzung Maltas haben sich hier viele Engländer niedergelassen, viele Engländer, die Maltas Sonne und Freiheit Londons Sturm und Regen vorzogen, und neun Zehntel von ihnen wohnen in St. Julian's, wo sie einander am Gartentor treffen und die letzten Neuigkeiten aus ›The Times‹ oder ›The Guardian‹ von vorgestern austauschen können. Sie wohnen alle in strahlend weißen Häusern mit großen Patios und Aussicht über die Bucht, in der die bunt gestrichenen Fischerboote in der Sonne glitzern, wenn sie denn scheint.

Das tat sie jetzt nicht, aber ich konnte mich an das Gefühl erinnern. St. Julian's roch immer noch wie eh und je. Nach einem vornehmem, ordentlichen, reichen, zurückgezogenen Vorort. Nach Charlottenlund, auf Dänisch gesagt.

Und wie Sliema seinen Zwilling Gzira hatte, diese kleine Gangsterstadt, die wie ein Parasit von dem so genannten Vergnügungsleben profitierte, so hatte auch St. Julian's seinen kleinen Trabanten: Paceville, wie man ein Gebiet am Rande zu nennen pflegte, das Gebiet, das mit Angeboten für die wirklich gut betuchten Touristen lockte, die ein solides Polster in der Innentasche hatten.

In Gzira konnte man eine Hure finden, in Paceville dagegen ein Kasino, in dem man – ganz legal – bis zum frühen Morgen hohe Einsätze riskieren konnte. Paceville war ein kleines, aber dicht bebautes Gebiet. Dicht bebaut mit Hiltonhotels, Kasinos und Oberklassenluxus.

Von St. Julian's fuhren wir wieder die Küste entlang, während ich auf dem Rücksitz vor mich hin träumte. Ich hatte meinen Koffer, ich hatte meinen Whisky, ich hatte einen Chauffeur, der mich fuhr.

Ich war für nichts verantwortlich. Und ich habe einige der glücklichsten Stunden meines Lebens unterwegs in einem Auto verbracht, eine Flasche in der Hand und die wechselnden Aussichten, Situationen und Gesichter betrachtend.

Wir fuhren weiter die Küste entlang, vorbei an St. Andrews mit den alten Militärbaracken, dem Symbol einer Zeit, als das Britische Weltreich noch existierte und u. a. Malta unterworfen hatte, im Namen der ›Zivilisation‹ (der britischen) oder auch nur um den Schlüssel für die Passage durchs Mittelmeer zu haben. Wir fuhren auf der Landstraße die Küste entlang, während die Dunkelheit einsetzte, bis nur noch das schwache Licht der Autoscheinwerfer die Möglichkeit bot, etwas zu sehen – und dennoch genug.

Denn für den, der etwas auf Malta sehen will, gibt es keine ablenkenden Momente, jedenfalls nicht außerhalb Sliemas. Nichts steht im Weg, keine Neonreklamen, keine Ampeln, die ihr eigentümlich giftiges Licht über die Umgebung verbreiten. Es gibt nur Wasser, Steine, Staub – und die Häuser, die vereinzelten Häuser in der maltesischen Landschaft.

Auf der einen Seite hatten wir wieder nur Staub, Steine und das harte Gras. Auf der anderen Wasser und Wellen.

»Sollen wir durch Bugibba fahren?«, fragte der Fahrer.

Der zweite Telepath des Tages. Ich sagte Ja.

Bugibba war eine Geisterstadt, aber das ist sie immer im Winter. Im Sommer ist Bugibba eine muntere Badestadt, in der sich die Touristen tummeln. Im Sommer gibt es hier Kinos und Restaurants.

Im Winter kapselt sich Bugibba von der Außenwelt ab und liegt ganz allein und unwirtlich da und flüstert nur den ganz Empfindsamen etwas zu von den leidenschaftlichen intimen Sommerstelldicheins.

Bereits jetzt schien alles in Bugibba verriegelt und verrammelt zu sein.

»Machen Sie hier Urlaub?«, fragte der Fahrer.

»Ja«, sagte ich.

Das war zweifellos die einfachste Antwort.

Wir fuhren weiter, entlang der St. Paul's Bay, am Fischrestaurant ›Il Fekrunah‹ vorbei, in dem Helle und ich Hummer gegessen und kurz darauf beschlossen hatten, zu heiraten, und fuhren den steilen Weg zur Mellieha Bay hinauf, der vorletzten Bucht vor Maltas Nordspitze.

Als wir an den kleinen Läden vorbeifuhren, langsam, wie man es auf Bergwegen tut, erkannte ich die meisten wieder – und immer mehr alte Wunden brachen auf und waren wieder frisch und aufdringlich deutlich gefüllt mit der Flüssigkeit der Schmerzen. Da gab es eine Bäckerei, die aussah, als wäre sie in eine Felsspalte gebaut worden, in der wir unsere großen, frischen, maltesischen Brote gekauft hatten, die schmeckten, wie Brot in Dänemark heutzutage nirgends mehr schmeckt. Da stand Tonys Autowerkstatt, in der wir den Austin gemietet hatten, den Helle fuhr. Dort war ›Arches‹, unser Lieblingsrestaurant. Da war die Polizeiwache von Mellieha, und dort die alte Kirche auf der Bergspitze. Wenn man vor ihr stand, direkt der Polizeiwache gegenüber, hatte man einen Ausblick, der einen zum Maler werden lassen könnte: Eine Schwindel erregende Ansammlung von Schluchten, die einer unendlichen, satanischen, schwarzen Leere ähnelte, unterbrochen von plötzlich aufragenden Spitzen, die sich weit und majestätisch in den Himmel bohrten, als wollten sie selbst dem Gesetz der Schwerkraft trotzen, diese grundlose Tiefe und die ebenso gnadenlose Höhe – umrahmt von einer uralten Kirchturmspitze, das Meer im Hintergrund rollend.

Auf eine ganz spezielle Art und Weise war es wie nach Hause zu kommen.

Malta ist so klein, dachte ich, während der Fahrer sich langsam die engen Bergkurven hinaufschraubte. Malta ist so unendlich klein, noch kleiner als Dänemark, und dennoch hat es alles.

Allein die Fahrt, die wir gemacht hatten, war eine Art Weltgeschichte, aber auch eine Art Menschheitsgeschichte, eine Geschichte dessen, was Menschen miteinander machten und wie sie sich zueinander verhielten, sichtbar in einem Mikrospiegel von einigen lumpigen Kilometern.

Die Verwaltung in Valletta, das offizielle Gesicht, Lorbeerkränze, Wissenschaft und Reden. Festlichkeit, Gaukelei und Rummel in Sliema. Das Proletariat, der Abschaum, die Huren und Junkies in Gzira. Die bessere Oberschicht in St. Julian's, der Teil der Oberschicht, der so verlässlich seinen five o'clock tea trank und an den Kirchenbasaren teilnahm, wie in einem Agatha-Christie-Roman. Das Playboy-Gebiet in Paceville. Die Militäratmosphäre in St. Andrews, die alten Parolen und Ideale hallten immer noch in der Luft wider. Die Ruhe in Bugibba, ein Monster von einer Stadt, die wie ein winterlicher Zoo darauf wartete, aus dem Winterschlaf aufzuwachen und von vorn zu beginnen.

Und jetzt schließlich, nahe dem Grund der Whiskyflasche, Mellieha – das ländliche Mellieha, das weitab gelegene Mellieha, das immer noch von einer Landwirtschaft mit uralten Geräten und Bearbeitungsmethoden lebte, die einen vollautomatisierten dänischen Bauern nur dazu bringen würden, sich totzulachen.

Mellieha, Maltas ländliche Region.

Was will, fragte ich mich selbst auf dem Rücksitz mit der Flasche zwischen den Knien, was will unser Herrgott mit diesem seinem Malta? Dieses Malta, das bis zur Verwechslung jeder anderen Gesellschaft ähnelt – ob nun den USA oder nur Kopenhagen.

Unser Herrgott antwortete nicht. Unser Herrgott hat mir noch nie geantwortet. Ich gehe davon aus, dass unser Herrgott, wie die Superstars der Rockmusik, jeden Tag so viele Anfragen bekommt, dass er sie ganz einfach gar nicht beantworten kann, ja, es nicht einmal schafft, seinen Pressesekretär eine Fotopostkarte mit Autogramm und vorgedrucktem Dankschreiben verschicken zu lassen.

Der Gedanke, was unser Herr mit Malta will, war ein Echo. Das wurde mir in den kältesten Katakomben meines Bewusstseins klar. Das war genau das, was Helle an dem Tag gesagt hatte, als wir uns trennten, nicht an dem Tag, als wir vor dem Scheidungsrichter standen, sondern an dem Tag, als der Beschluss gefasst wurde, an dem Tag, als der Abstand so groß geworden war, dass es uns beiden unmöglich war, ihn zu überwinden, an dem Tag, als es aus war.

Sie hatte gesagt: »Aber, was willst du denn überhaupt mit mir?«

Und erst als sie das gesagt hatte, wurde mir klar, dass ein Mann gezwungen ist, etwas mit einer Frau zu wollen, jedenfalls mit einer Frau von Helles Art. Es reicht nicht, zu sagen ›Ich liebe dich‹, auch nicht, wenn man es meint oder tut – man muss etwas wollen.

Und ich konnte nicht antworten.

Ich schaute gedankenverloren über die Mellieha Bay, an der wir nun entlangrollten. An der Küste lag das Fischrestaurant Tunny Net, höchstwahrscheinlich jetzt, außerhalb der Saison, geschlossen. Weiter im Land zu den Bergen hin lag das Mellieha Holiday Centre, wo vereinzelte Lichter kundtaten, dass es dort immer noch lebendige Dänen gab, die im Lampenschein ihrer Bungalows saßen und besprachen, was sie an diesem Tag gemacht hatten und was sie am folgenden tun wollten. Dahinter lag das Dorf, in dem alle Malteser bereits ins Bett gegangen waren, weil sie am nächsten Morgen um 6 oder 7 Uhr aufstehen mussten, um für die Dänen Brot zu backen, ihnen Milch zu bringen, oder einfach nur ihre unfruchtbaren, sonnenverbrannten Äcker zu pflügen.

Links vom Auto, wie eine Art Wahrzeichen des Holiday Centers, lag ›Freddie's Pot of Gold‹.

Dort hatte ich früher herrliche Stunden verbracht.

›Pot of Gold‹ ist so eine dieser soliden englisch-schottisch-irischen Kneipen, die man überall auf der Welt antrifft, mit einem Besitzer, der zwar emigriert ist, aber niemals sein Land vergessen hat und immer Wimpel und Fotos der lokalen Fußballvereine an der Wand hängen hat und jede Woche Wettkämpfe im Poolbillard und Dart unter den Stammgästen organisiert, die ihn alle mit Vornamen anreden und ihm erzählen, wie es ihren Kindern geht.

Freddie hatte vier Töchter verschiedenen Alters, verheiratet und unverheiratet, vier dunkle Töchter, die ein zufälliger Gast kaum unterscheiden konnte, eine Frau mit ebenso guter Laune wie er selbst – und zwei verrückte Hunde, zwei verrückte Hunde, die immer (damals), wenn sie nicht schliefen, aßen oder schissen, den lieben langen Tag auf dem Dach seines ›Pot of Gold‹ standen und unablässig alles und alle ohne Ausnahme ankläfften.

›Pot of Gold‹ war im Großen und Ganzen für mich eher ein Zuhause gewesen als die meisten Meldeamtsadressen, die ich gehabt habe.

»Halten Sie hier«, sagte ich dem Fahrer.

Er hielt, nahm das Geld entgegen, gab mir meinen Koffer und fragte auf die höflichste Weise, ob ich vielleicht am nächsten Tag einen Fahrer brauchte.

7

Pot of Gold‹ sah aus – nachdem ich mich mit unsicheren Schritten die beiden Steintreppen hinaufgetastet hatte und mit viel Glück dem einen Hund ausgewichen war, der anerkennend nach meinem Knöchel schnappte – ›Pot of Gold‹ sah aus wie immer. Dort standen dieselben wackligen Holztische, dieselben kleinen Aschenbecher aus Leichtmetall, derselbe Schrank mit ›Souvenirs‹, an den Wänden hingen dieselben Wimpel englischer und schottischer Fußballvereine, und hinter der Bar Freddies Sammlung von mindestens hundert verschiedenen Krawatten – von denen viele an Ort und

Stelle dem Wirt von dankbaren und zufriedenen Gästen überreicht und verehrt worden waren.

Und hinter der Bar stand Freddie himself zwischen seinen Schlipsen, so unerschütterlich wie damals und anscheinend unverändert.

Dennoch stimmte etwas nicht. Es gab einige Gäste in der Kneipe, sowie ein paar Billardspieler nebenan, und der Fernseher lief. Unter solchen Bedingungen war eigentlich immer gute Stimmung bei Freddie gewesen. Die Männer hatten einander gegrüßt, sich auf die Schultern geklopft und darüber gesprochen, wie es gestern gelaufen war, und festgestellt, du kriegst ja wohl langsam einen Bauch, du altes Haus. Die Frauen hatten ferngesehen und ihren lächerlichen Männern gelassen zugeschmunzelt, während sie ununterbrochen plauderten.

So war es heute nicht. Alle saßen stumm und leicht fröstelnd da.

Ich setzte mich an die Bar und bat artig um ein Hopleaf, mein erstes maltesisches Bier für dieses Mal.

Freddie sah mich an, erkannte mich wieder, hieß mich willkommen, brachte mir das Hopleaf und wartete, bis er es eingeschenkt hatte, bevor er fragte:

»Hast du gehört, was passiert ist?«

»Ja«, sagte ich, »du meinst den Mord im Holiday Centre?«

»Nein«, erwiderte Freddie, »obwohl das reichen würde. Aber ich meine Polen.«

Er deutete zum Fernseher, und mit einem Mal wurde mir klar, was vor sich ging. Der Bildschirm zeigte eine englische Reportage, die berichtete, dass in Polen eine Militärdiktatur errichtet worden war – Ausnahmezustand, Zensur und Verbot von Auslandsreisen. Ein Bild nach dem anderen zeigte Militäreinheiten, die über Polens Erde marschierten, während die Polen stumm mit gesenktem Blick dabeistanden.

»Was ist passiert?«, fragte ich dumm.

»Sie haben beschlossen, selbst eine Diktatur zu errichten, bevor die Russen ihnen zuvorkommen«, antwortete Freddie mit einem Schulterzucken. »Lech Walesa ist bis auf weiteres inhaftiert, und die Partei sagt, dass ab jetzt Recht und Ordnung herrschen soll. Und in der Zwischenzeit hungern sie alle genau wie vorher. Die tun mir wirklich Leid. Du weißt doch, dass wir das Gleiche hier versucht haben?«

Freddie kam aus Schottland, aber nach vierzig Jahren auf Malta war die Insel ›wir‹ für ihn, trotz der britischen Flaggen.

Und ich konnte ihm nur zustimmen: Malta hatte das Gleiche probiert, und das nicht nur einmal.

Wir saßen alle stumm da und betrachteten die verschlossenen, ängstlichen slawischen Gesichter, alle diese anspruchslosen Polen, die ein weiteres Mal mit ansehen mussten, wie ihre mageren Hoffnungen von Panzern und Maschinengewehren zerstört wurden – und dieses Mal auch noch von den eigenen.

Zu meiner privaten Paranoia kam jetzt noch die offizielle hinzu, ein gefährlicher Cocktail. Wie oft hatte ich seit meiner Kindheit schon solche Szenen sehen müssen? Mal waren es die Sowjets, die mit ihren Panzern nach Ungarn oder in die Tschechoslowakei fuhren, mal waren es die USA, die ihre Bomben nach Vietnam schickten. Dieses Mal war es also Polen, das Polen angriff, aber die Gewehre und Kanonen waren immer die gleichen, und die schwarz gekleideten Frauen mit den Kindern auf dem Arm am Rande der Militärparade, auf den Gehsteigen, waren die gleichen und würden immer die gleichen sein, zu jeder Zeit und in jedem Land – diese überall präsenten schwarz gekleideten Frauen, die in erster Linie an Nahrung und Zukunft für ihre Kinder dachten. Und die Kinder waren auch überall gleich – mit ihren großen, ängstlichen, weit aufgerissenen Augen, die die Waffen und Uniformen verständnislos anstarrten.

»Das nimmt nie ein Ende«, sagte Freddie plötzlich, ganz leise.

Eine geraume Zeit lang hatte niemand etwas gesagt.

Es gab auch niemanden, der darauf etwas hätte antworten können.

Als die Reportage zu Ende war, herrschte, wie auf Grund eines unausgesprochenen Abkommens, zwei Minuten Stille im Raum. Dann standen zwei Männer auf, zögernd und sich entschuldigend, und gingen nach nebenan, um Billard zu spielen. Eine Frau begann zu stricken, eine andere zu sprechen, und ich bat um ein weiteres Hopleaf.

Freddie gab es mir, mit gedankenverlorenem melancholischen Blick, der noch auf den Bildschirm gerichtet war, als erwarte er jeden Augenblick weitere Neuigkeiten vom Bösen dieser Welt.

Ich setzte mich ans Fenster und schaute aufs Meer. Wind kam auf, war aber kaum so scharf wie in Polen. Die Wellen schlugen kräftig ans Ufer. Der Mond war schmal, er ähnelte einem türkischen Halbmond.

Ich lehnte mich zurück, rauchte eine Zigarette und starrte aus dem Fenster. Es dauerte nur zwei Minuten, bis meine Aufmerksamkeit mit einem heftigen Regenschauer belohnt wurde.

Ich versuchte mich zu beruhigen, und wenn ein Mann versucht sich zu beruhigen, dann gibt es nichts Näherliegendes als Mädchen zu betrachten, also schaute ich mir die Mädchen an. Es gab an diesem Abend vier, fünf maltesische Mädchen im ›Pot of Gold‹, und alle sahen genauso aus, wie man sich maltesische Mädchen vorstellt.

Vielleicht haben Sie ja nie maltesische Mädchen gesehen, deshalb muss ich wohl erklären, was das Besondere an ihnen ist: Sie sind so sehr Mädchen wie keine anderen Mädchen. Die maltesischen Mädchen ähneln einem Traum. Sie sind alle klein, dunkel und schlank, sie bewegen sich wie junge Hirsche (Hirschkühe heißt es wohl bei den Weibchen), sie tragen selbst genähte Blusen und lange schwarze Röcke. Sie lächeln oft, als hüteten sie das eine oder andere Geheimnis unterm Pullover. Sie sind wie ein Teenagertraum, weil ihre Teenagerzeit so lange währt. Sie werden immer gute Geliebte, gute Ehefrauen, gute Mütter, gute Köchinnen – und nach fünf Jahren werden sie immer, wie die italienischen Frauen, dicke, aufgedunsene Matronen, die einer Kreuzung zwischen einem Bulldozer und einer Dampfwalze ähneln, denen aber dennoch weiterhin die Hirschkuh im Auge sitzt.

Die maltesischen Mädchen sind wunderbare Mädchen. Es sind Mädchen, von denen man träumen kann. Man kann davon träumen, mit so einem Mädchen in einem Dorf auf Malta zusammen zu leben, jeden Sonntag die Kirchenglocken zu hören und in die Kirche zu gehen, um danach wieder heimzukehren und ein Kaninchenragout zuzubereiten, dessen Duft alle Nachbarn für eine Woche lang neidisch sein lässt.

Das menschliche Gehirn ist ein wunderbarer Mechanismus, was die edle Kunst der Selbstverteidigung betrifft. Polen hatte eine Militärdiktatur bekommen, Helle war tot, und ich saß da und träumte von jungen maltesischen Mädchen.

Beim dritten Hopleaf, während draußen weiterhin der Regen niederprasselte, zwang ich mich, an etwas anderes, Würdigeres zu denken, z. B. an Polen, an das alle anderen Menschen auf dieser Welt in dieser Nacht denken würden, aber wenn ich an Polen dachte, sah ich nur ängstliche Kinderaugen. Wenn ich nicht an Polen dachte und sie nicht sah, sah ich nur Helles Augen, und es war, als lockten sie mich irgendwo dort draußen im Regen auf der Straße, als tanzten sie im Matsch in einer Art Hexensabbat hin und her und riefen: »Komm, nun komm doch! Komm, nun komm doch!« Wie in einem alten Märchen, wie im Rattenfänger von Hameln, wie in der Ballade von der Lorelei, wie eine Meerjungfrau, die einen dazu brachte, sich zu ertränken, nicht im Wasser, sondern in der Erinnerung an das Mal, als man im Wasser ertrunken war.

Ich hatte auf jeden Fall genug getrunken.

Der Meinung war Freddie anscheinend nicht, denn er kam rüber und setzte sich mit zwei Hopleaf zu mir und erzählte mir, dass es schön war, mich wiederzusehen.

Ich antwortete, dass es schön war, festzustellen, dass die edle Kunst des Lügens weiterhin ausgeübt wurde.

Dann saßen wir still und betrachteten einander ein wenig, bis Freddie sagte: »Ja, da oben ist eine Frau umgebracht worden.«

Er deutete auf den Hügel, der zum Holiday Centre hinaufführte.

Ich nickte nur.

»Ich habe sie auch wiedererkannt«, sagte Freddie. »Ich kannte sie von der Zeit, als ihr zusammen hier wart. Ihr wart so verliebt, deshalb erinnere ich mich so genau.«

Ich hätte ihm mein Hopleaf an den Kopf schmeißen können.

»Weißt du was von der Sache?«, fragte ich.

»Nein«, antwortete er. »Sie war einmal hier und hat 'ne Tasse Kaffee getrunken, das hat meine Frau erzählt. Aber gestern waren ein paar Touristen hier, um sich zu verabschieden, und die haben mir ein Foto gezeigt, das sie da oben geknipst hatten. Ich wusste, dass ich das Gesicht schon mal gesehen hatte – jedenfalls die Augen.«

Er brauchte mir nichts weiter zu erklären.

»Hattet ihr euch getrennt?«, fragte er vorsichtig.

»Ja«, antwortete ich.

Der Regen fiel weiterhin unermüdlich.

Freddie war der nächste Telepath.

»Na ja, das geht mich ja nichts an«, sagte er. »Schön, dass du wieder da bist, und auf dass es dir gut gehen möge. Wenn ich dir irgendwie helfen kann, sag nur Bescheid.«

Dann gab er mir einen Schlag auf die Schulter und dampfte ab hinter die Bar.

Es war offensichtlich mein Telepathie-Tag, mein Schlag-auf-die-Schulter-Tag, mein Auch-wir-Männer-können-einander-verstehen-Tag.

Ich blieb noch eine halbe Stunde sitzen. Es gab nichts Neues aus Polen, nichts Neues vom Regen, nichts Neues von anderen Orten. Ich war einfach an einer Küste gestrandet, und das buchstäblich.

Der Weg vom ›Pot of Gold‹ zum Mellieha Holiday Centre war so einsam wie der Weg nach Hause vom Scheidungsrichter. Die Wellenschläge lieferten einen monotonen Trommelrhythmus, und die Mondsichel tanzte wie eine Bauchtänzerin über dem Fell der Trommel. Helle Sterne leuchteten am tiefblauen Himmel, ein paar Hunde kläfften und jaulten in der Nacht.

Diese Hunde bescherten mir den letzten, definitiven Albtraum an diesem Albtraumstag. Sie erinnerten mich an die Zeit vor fünfzehn Jahren, als ich – lange vor Helle – in Algerien wohnte, in der Hauptstadt Algier. Der Krieg gegen die Franzosen war offiziell vorbei, aber überall in der Stadt wurde er nach dem Zufallsprinzip weiter fortgeführt, sozusagen auf Privatinitiative, und jeder Europäer – selbst ein Däne – riskierte es, im Eifer des Gefechts für einen Franzosen gehalten zu werden. Deshalb hatte alle Welt Hunde, die Laut gaben, falls nachts etwas im Vorgarten oder auf der Straße geschah. Deshalb hatte auch ich in diesen Monaten einen Hund, und jede Nacht lag ich da – wie alle anderen Europäer damals in der Stadt – und versuchte, das besondere Geheul meines Hundes aus all dem Hundegebell herauszuhören, das von allen Seiten erklang.

Oftmals fand man des Morgens seinen Hund mit durchschnittener Kehle. Viele dreckige Hunde überlebten diese Zeit nicht.

Ich überlebte sie.

Ein paar Polen würden sie auch überleben.

Irgendwie gelang es mir, die Rezeption zu wecken, einer beleidigten Dame Ehlers' Nachricht zu übermitteln, meinen Schlüssel für den Bungalow Nr. 105 zu erhalten, zu selbigem hinzuschlingern, das Gartentor und die Haustür zu öffnen und meinen Koffer auf den Steinfußboden zu schmeißen. Ich fand ein Bett, schlief augenblicklich ein und fiel in eine verwirrende Kakofonie von Träumen, in denen Helle, Gitte, Polen, Algerien, Mellieha, Panzer, Messer und bellende Hunde vorkamen.

Es war erst 16, 17 Stunden her, dass ich in der Istedgade aufgestanden war, aber ich hatte das Gefühl, als wäre es 16, 17 Welten entfernt.

8

Helle und ich waren auf Malta und fuhren in unserem Mietauto herum. Wir fuhren aufs Geratewohl hin und her, anscheinend sorglos, aber ich wusste, dass etwas passieren würde – etwas Bedrohliches, etwas Schreckliches, etwas, das alles ändern würde. Ich zwang mich dazu, ruhig sitzen zu bleiben.

Wir hatten uns dem steilen Klippenufer um Dingli genähert, als Helle in einen kleinen Weg einbog, an dem ein paar Bauernhäuser lagen, lustige kleine hellblaue und hellgrüne Häuser, die in der Sonne schillerten.

Nichts konnte weiter von einem Albtraum entfernt sein.

Und plötzlich war er da. Der Weg war weg, vor uns nur noch ein bodenloser Abgrund.

Helle trat in die Bremsen. Für den Bruchteil einer Sekunde hingen wir zur Hälfte über den Klippen. Dann gewann die Schwerkraft ein weiteres Mal die Oberhand, und wir stürzten über die Klippe, hinunter in die Tiefe – und jegliches Bewusstsein erlosch. Alles war nur noch schwarzes Flimmern.

»Nun wach endlich auf!«

Ich hob meinen Kopf. Hatte ich diesen Sturz überlebt?

Offensichtlich. Auf dem Fußboden vor mir stand Ehlers und rief mir etwas zu. Allein der Anblick des energischen, lebensgewandten Polizeiinspektors brachte die Welt dazu, zurückzukehren.

»Guten Morgen«, sagte ich schnell.

»Guten Morgen«, antwortete er. »Verflucht, bist du schwer zu wecken.«

»Ich habe geträumt«, erklärte ich entschuldigend.

»Ich träume nie«, sagte Ehlers, in einem Ton, als wäre das das Unprofessionellste, was man sich denken konnte. »Aber jetzt steh auf und komm mit, 'ne Tasse Kaffee trinken. Wir haben einiges zu tun.«

Ich kam gehorsam auf die Beine, kontrollierte, ob alle Glieder immer noch intakt waren, und begleitete ihn zur Tür. Es gab keine weiteren großen Vorbereitungen zu treffen. Ich war in meiner Kleidung eingeschlafen, mit Portemonnaie und Zigaretten in den Taschen.

Es war hell, eine gesegnete, unglaubliche, biblische Helligkeit mit einem hohen, klaren Schein über den Bergen und dem Meer und all den verschiedenen kleinen, stacheligen Gewächsen, deren Namen nur Gott und die Botaniker kennen.

»Du solltest lieber deine Tür abschließen«, sagte Ehlers und gab mir einen Schlüssel. »Den hast du in der Haustür stecken lassen, und die Tür stand sperrangelweit offen. So lädst du ja geradezu Einbrecher und Lustmörder ein. Ich habe dich eingeschlossen, als ich nach Hause gekommen bin.«

»Wann bist du denn nach Hause gekommen?«

»So gegen 3 Uhr.«

Jetzt war es 8 Uhr. Wir gingen einen kleinen Kiesweg entlang zur Cafeteria des Holiday Centres, The Great Dane. Unterwegs kamen wir an der Rezeption, dem Supermarkt und dem Swimmingpool vorbei. Alle drei Aktivitätszentren lagen unbeachtet da. Nur in der Bar saßen noch – oder schon? – ein paar fröhliche Feriendänen mit den typischen Drinks in den hohen Gläsern, die Dänen eigentlich nur trinken, wenn sie im Urlaub sind.

Der Swimmingpool sah mit seinen hellblauen Kacheln unglaublich nobel aus.

Wirklich nobel.

Beim Kaffee in einer fast leeren Cafeteria – eine einzelne ältere Dame und das vorsichtige junge Paar aus dem Flugzeug waren anscheinend die Einzigen, die schon auf waren – fragte ich Ehlers:

»Habt ihr denn gestern was rausgefunden?«

»Nein«, antwortete er. »Nichts Besonderes. Sie haben alle dasselbe gesagt: Dass ›Fräulein Nyman‹ freundlich, aber reserviert war, sich zurückzog, mal für einen Tag ein Auto geliehen hat und allein herumgefahren ist oder lange Spaziergänge gemacht hat. Sie kam nicht viel hier ins Centre, war nicht am Swimmingpool, kam nie in die Bar, nahm nicht an den Ausflügen teil, sprach so wenig wie möglich mit den Leuten. Es gab einige, die meinten, sie hätte reichlich vornehm getan.«

»Hat sie bestimmt nicht«, entgegnete ich wütend. »Sie drängt sich nur nicht überall auf, wie einige Leute es meinen tun zu müssen.«

»Gut gegeben«, sagte Ehlers. »Ich habe ja nur erzählt, was gesagt worden ist. Das Einzige, was ich rausgekriegt habe, war, dass sie ein oder zweimal, da waren die Zeugen sich nicht ganz sicher, aber mehrere meinten, sie hätten es an verschiedenen Tagen beobachtet, dass sie also von einem großen, schlanken, glatt rasierten Mann in einem blauen Auto abgeholt wurde. Eine kleine Spur, aber reichlich mager. Selbst in diesem kleinen Land kann es viele große, schlanke, glatt rasierte Männer in blauen Autos geben, und mehr haben wir darüber nicht erfahren.«

»Da bin ich nicht ganz deiner Meinung«, wandte ich ein, »wenn du dich ein wenig umsiehst, wirst du feststellen, dass die Malteser im Allgemeinen nicht besonders groß sind. Ich weiß nicht, wieso, ich bin kein Wissenschaftler, aber sie sind es nun mal nicht. Und wenn es Dänen sind, die den Mann als groß bezeichnet haben, dann muss er über dem dänischen Mittelmaß sein, und dann muss er reichlich groß für einen Malteser sein.«

»Da ist was dran«, räumte Ehlers ein und kratzte sich an seinem Flickenteppich von Bart. »Aber es ist verdammt wenig. Ich habe eine Liste von den Passagieren, die mit ihr gereist sind, sowohl von denen, die wieder nach Hause gefahren sind – wie sie es auch wollte – und denen, die noch hier sind. Willst du sie sehen? Vielleicht gibt es jemanden, den du kennst.«

Ich bekam die Liste auf zwei zusammengefalteten A4-Blättern, die fast aus Ehlers geräumiger Innentasche heraussprangen.

Die Liste war mit einer derart methodischen Sorgfalt aufgestellt, als hätte sie eine mittelalterliche, rheumatische Krankenkassensekretärin geführt. Name, Beruf, Adresse, Aufenthaltsdauer, Personenstand. Bei jedem Einzelnen, mit dem er gesprochen hatte, hatte Ehlers etwas mit Kugelschreiber notiert.

Zum Beispiel: Margrete Sørensen, Damenfriseuse, Skovvej 1 B, 8000 Århus C., 7.-14. Dezember, ledig.

Und am Seitenrand: Klatschmaul, unzuverlässig, nicht vertrauenswürdig.

Bei einem Klempner John W. Madsen, Valby Langgade 23 C I., 2500 Kbh. Valby, gleiche Termine, unverheiratet, stand: GZ.

»Was bedeutet GZ?«, fragte ich.

»Guter Zeuge«, antwortete Ehlers. »Ein Zeuge, dem man glauben kann. Einer, der nichts anderes sagt als das, was er selbst gesehen hat, und das nicht weiter ausspinnt oder irgendwas glaubt und das damit verwechselt, was er gesehen hat.«

»Du hättest Lehrer werden sollen. Wie du den Leuten Zensuren erteilst.«

»Das muss ich, das gehört zu diesen Verhören, herauszufinden, was für Leute das sind. Diese Margrete Sørensen, zum Beispiel, Damenfriseuse, sie hatte einen halbstündigen Vortrag bereit über ihre Theorie, dass Helle Nyman eine Spionin war.«

»Eine Spionin?«

»Ja, leider hätte sie nicht herausfinden können, für wen, aber sie war überzeugt davon, dass sie eine Spionin wäre, weil sie sich nicht unter die Leute mischte und die Türen so leise schloss. Begreifst du, was ich meine? Diese Sorte von Zeugen ist schlimmer als gar keine Zeugen. Der Klempner und eine Erzieherin waren die vertrauenswürdigsten. Und beide hatten den Mann in dem blauen Auto gesehen. Es ist übrigens witzig, dass beide ganz instinktiv sagten ›ein Herr‹. Das weist darauf hin, dass es jedenfalls kein KFZ-Mechaniker war.«

Ich las die Liste sorgfältig durch, aber sie sagte mir nichts. Ich kannte niemanden, aber natürlich konnte jeder Helle kennen, ohne dass ich davon wusste. Es war lange her, seit ich sie das letzte Mal gesehen hatte.

»Nein, ich kann da nichts entdecken. – Das sieht nach lauter ganz normalen Dänen aus.«

»Das tut es fast immer.«

Ehlers leerte seine Kaffeetasse.

»Wir müssen zusehen, dass wir in Gang kommen. Ich möchte gern, dass du mit in ihren Bungalow kommst. Du kennst sie besser als ich, und vielleicht siehst du etwas, was ich nicht sehe. Kommst du?«

»Liegt sie immer noch da?«

»Nein, sie ist weggebracht worden. Aber alle ihre Sachen sind noch da. Muscat hat mir ihren Schlüssel gegeben und mich gebeten, alles durchzusehen, Tagebücher und so, was er nicht lesen kann.«

»Okay.«

Meine Hände zitterten etwas, als ich den Kaffee bezahlte, aber das geschah mir nur recht. Ein leichtes Händezittern, das ist wohl das Mindeste, was aus so einer Geschichte resultiert.

Eine blasse Sonne ging gerade auf, als wir The Great Dane verließen und den kiesbestreuten Weg wieder hinuntergingen, der das Gebiet der Ferienstadt in ein halbes Dutzend Bereiche mit jeweils knapp zwanzig Bungalows einteilte. Jeder Bereich hatte seine Schilderfarbe, blau, rot, lila usw., sodass jeder sich von Farbe zu Farbe entlanghangeln konnte. Insgesamt sahen die Bereiche, wenn man sie auf einem Plan ansah, zum Verwechseln dem Umriss von Afrika ähnlich.

Wir hatten es gut, wir waren in der ersten, der hellbraunen Sektion, ganz links von der Rezeption und der Bar.

Die Berge ragten massiv in den Himmel mit etwas auf der Spitze, das aussah wie ein Schloss, und unten auf den Feldern arbeiteten die Menschen, geduldig und gebeugt, wie Menschen seit Jahrtausenden die widerspenstige Erde bearbeitet haben.

101, 102, 103, 104 ... 105 war meiner. 106 war Ehlers'. 107 war Helles gewesen.

Ehlers zog einen weiteren Schlüssel hervor und ließ uns in den Hofgarten hinein, den alle Bungalows hatten. Dort gab es nichts zu sehen, nichts außer zwei sorgfältig aufgehängten Liegestühlen unter dem Vordach und einem Teller mit saurer Milch, offensichtlich für eine der örtlichen Katzen bestimmt, die sich entschieden hatte, ihre Mahlzeiten irgendwo anders einzunehmen oder vielleicht in der Zwischenzeit überfahren worden war.

Ehlers öffnete die Haustür, und wir gingen hinein.

»Sieh dich um«, sagte er. »Es gibt keinen Grund, aneinander zu kleben, guck dir so viel wie möglich an. Wenn du es vermeiden kannst, dann fass die Sachen nicht an, und sag mir Bescheid, wenn du mir was zeigen willst.«

»Jawohl Chef«, sagte ich gehorsam.

So ist es, wenn man plötzlich polizeilich die Erlaubnis erhält, in der Unterwäsche seiner verstorbenen, geschiedenen Ehefrau zu wühlen.

9

Im Mellieha Holiday Centre sind alle Bungalows demokratisch gleich, nichts ist dem Zufall überlassen worden. Der Flur mit Küche und Wohnzimmer, Toilette und Bad direkt dahinter, zwei Schlafzimmer zu beiden Seiten. Das war das Layout, und es war ein hübsches Layout. Aber wie alle Layouts konnte es auf tausend verschiedene Arten gestaltet werden.

Helle hatte es gestaltet, wie Helle immer Layouts gestaltete. Der Koffer stand ordnungsgemäß auf der Kofferbank. Die Kleidung, die ich mir zuerst ansah, hing ordentlich und wohl erzogen auf den Bügeln im Kleiderschrank. Es war vernünftig durchdachte, praktische Kleidung. Ein leichter, heller Mantel für die warmen Tage, ein dickerer für die kalten. Ein Paar Stiefel für eventuelles Regenwetter und ein Paar leichte Wanderschuhe. Pullover und solide Tweedröcke. Keine großartigen Kleider. Keine Roben oder Straußenfedern. Kein Anzeichen irgendwelchen Tands. Die Garderobe einer Frau, die die Absicht hatte, ohne Begleitung herumzulaufen und viel Zeit draußen zu verbringen.

Den leichten Mantel konnte ich sogar noch identifizieren. Ich selbst hatte ihn ihr zum Geburtstag geschenkt, und sie hatte ihn an dem Tag getragen, an dem wir geschieden wurden.

Die Unterwäsche lag in den Schubladen und duftete.

Die ganze Wäsche duftete nach ihr, aber das tat eigentlich der ganze Bungalow. Im Badezimmer standen so viele Toilettenartikel, wie eine einigermaßen eitle, aber nicht zu eitle Frau so mitnimmt. Benutzte Handtücher waren sorgfältig zusammengefaltet und zur Seite gelegt. Wattebäusche und Ohrreiniger waren in einer separaten kleinen hygienischen Plastiktüte verpackt.

Das Schlafzimmer konnte nur einen kleinen, mechanischen Wecker vorweisen, der immer noch mit einem langsam tickenden Rhythmus ging, als wollte er beweisen, dass er auch nach dem Tod seiner Besitzerin seinen Preis wert war. »Der wird Ihre Zeit überdauern, gnädige Frau ...«

Ehlers wühlte in den Bettdecken herum und fummelte unter den Laken, als erwarte er dort die entscheidenden Beweise zu finden. Ich entdeckte ihre Handtasche auf dem Tisch vor dem Sofa und ging dorthin.

Darin gab es einen Lippenstift, ein Deodorant, eine Tube Hautreinigungscreme, eine Reihe verschiedener hygienischer Eigentümlichkeiten, über deren Gebrauch ich nicht weiter nachzudenken wagte, einen Kamm, eine Packung Zahnstocher, einen Minisprachführer, die Ausgabe des ›What's On in Malta‹ der letzten Woche, ein Exemplar von William Blakes ausgewählten Gedichten mit einer Schwindel erregenden, im besessenen Zustand frischer Liebe geschriebenen Widmung von mir auf dem Vorsatzblatt, ein Portemonnaie mit ungefähr

£M 50, sowie Kleingeld, einem Flugticket für den gestrigen Tag, ein paar Rechnungen von umliegenden Lokalen, in denen sie Mittag gegessen hatte, u. a. von Arches.

»Was gefunden?«, rief Ehlers aus dem Schlafzimmer, wo er immer noch die Kissen auseinander nahm.

»Noch nicht«, antwortete ich – während ich still und heimlich die kleine Auswahl von William Blake in die Jackentasche steckte, von der ich nur zu gut wusste, dass ich sie ihr drei Tage nach unserem ersten Kennenlernen geschenkt hatte.

Das ging jedenfalls niemanden sonst was an.

Auf dem Tisch stand außerdem nur noch ein Aschenbecher, mit einer Zigarettenkippe drin, mit Filter – zweifellos Helles, zweifellos eine Dunhill – sowie ein hübsches, neues, versilbertes Feuerzeug und eine Landkarte von Malta.

Ich wollte gerade weitergehen, als ich sah, dass mit einem schwachen Bleistiftstrich, mit kaum sichtbarem grauen Graphit, ein Kreis auf die Karte gezeichnet worden war. Der Kreis befand sich an der Küste, kurz vor St. Andrews und St. Julian's, wenn man von Mellieha kommt, und umfasste das kleine Stück fast leeres Land, das Bahar-ic-Caghaq heißt.

Ich erinnerte Bahar-ic-Caghaq schwach als eine Ansammlung vereinzelter Häuser samt einer Kneipe an einer aufgewühlten Bucht.

Ich rief Ehlers. »Guck mal!«, sagte ich und zeigte ihm den Bleistiftkreis.

Er betrachtete ihn interessiert.

»Tja«, sagte er gedehnt. »Wir können es ja mal versuchen, auch wenn es ebenso gut ein Ort sein kann, den sie sich für einen Spaziergang ausgesucht hat. Aber wir können doch sicher auf dem Weg zum Krankenhaus in Valletta da vorbeifahren, oder?«

»Auf jeden Fall«, sagte ich. »Kein Problem, es ist direkt auf dem Weg. Soll ich sie in Valletta identifizieren?«

»Ja.«

»Aber was willst du in Bahar-ic-Caghaq tun? Du kannst doch die Leute nicht einfach fragen, ob sie in der letzten Woche eine blonde Skandinavierin gesehen haben.«

»Muscat ist nicht dumm. Er hat gestern schon Kopien von ihrem Passfoto machen lassen. Sieh selbst.«

Ich sah.

Aus irgendeinem Grund gibt es nichts Melancholischeres als alte Passbilder. Ein Jahr nach dem anderen verstreicht und hinterlässt die Menschen vom Leben gebeutelt, mit mehr Falten, anders – aber das Passbild zeigt sie immer noch, wie sie 1966 aussahen, in der vollen Blüte ihrer unschuldigen Jugend, hellauf begeistert von den Beatles.

Helles Passbild zeigte eine äußerst jugendliche Helle, eine scheu lächelnde Helle, eine Teenager-Helle, die Schwierigkeiten hatte, ihre Lippen und ihre Zähne gleichzeitig zu kontrollieren. Süß. Hübsch.

Wir setzten unsere Durchsuchung fort. Ehlers ging ins Bad, ich in den Küchenbereich.

Dort herrschte natürlich die perfekte Ordnung, das musste einfach so sein – es gab nichts, womit Helle sich jemals beschäftigt hatte, ob ihre Arbeit, ihre Liebesbeziehung oder das Kaffeekochen, was nicht in perfekter Ordnung war. Helle konnte einfach nicht atmen, wenn nicht alles in Ordnung war.

Die Löffel lagen, wo die Löffel liegen sollten, die Messer, wo die Messer sein sollten, alle Gläser und Tassen standen in den Schränken und waren schnurgerade ausgerichtet, und niemand konnte irgendetwas beanstanden – außer vielleicht die einsame Teetasse, die unabgewaschen links auf dem Küchentisch stand und zweifellos Tee enthalten hatte, Helles Lieblingsgetränk, das Lieblingsgetränk von Helles Mutter.

(Helle und ihre Mutter waren einander sehr ähnlich. Viel zu sehr. Wäre Helles Mutter gestorben, wäre ihr letzter Gedanke gewesen, dass jetzt diese Tasse hier stehen blieb.)

Der Kühlschrank beinhaltete in nett eingepackten Stanniolpäckchen Eier, Brot, Butter und Käse. Nicht ein einziges Hopleaf, aber eine Flasche Mineralwasser, um sich nach den langen Wandertouren zu stärken.

Dass auch sie nur ein Mensch war, zeigte allein die zollfreie Stange Dunhill im Glasschrank. Zwei Schachteln waren herausgenommen worden – in einer Woche.

Der unvermeidliche Mülleimer unter der Spüle enthielt in einer grünen Plastiktüte nur ein kleines Büschel blonder Haare, Helles ausgefallene Haare vom letzten gründlichen Durchkämmen, einen Teebeutel und ein Stück Papier, das aus einem Notizbuch herausgerissen worden war.

Indem meine Finger sich wie Spione in einem unbekannten, fremdartigen Gebiet um das Haarbüschel und den Teebeutel herumschlichen, packten sie den Zettel.

Auf ihm stand mit einer netten, kultivierten Kugelschreiberhandschrift:

Muss mit dir sprechen. W.

Der reine Edgar Wallace. Als Nächstes würden wir sicher hinter einem der Betten mit Blut an die Wand gemalte Worte finden.

Es war wie eine Halluzination.

Aber der Zettel war da, und auf ihm stand, was dort stand.

»Ehlers«, rief ich.

Ehlers las den Zettel voller Interesse und steckte ihn in die Tasche.

»Das klingt wie ein viktorianisches Melodrama, nicht wahr?«, sagte ich.

Er nickte. »Oh ja, und wir müssen bald zurück zu unserem *hansom cab*. Aber sag mal, hat deine Frau kein Tagebuch geführt?«

»Nicht das ich wüsste.«

»Auch nicht während ihr zusammen wart?«

»Nein.«

»Hat sie nichts aufgeschrieben?«

»Nein.«

»Hatte sie nicht wenigstens ein Adressbuch oder ein Notizbuch oder so was?«

»Nein. Sie hat immer gesagt, wenn eine Telefonnummer ihr etwas bedeute, dann könne sie sich die auch merken, und wenn sie das nicht könne, dann weil sie ihr im Grunde genommen total unwichtig sei. So hat sie das gesehen.«

»Ich möchte wetten, deine Rechtsanwaltsdame sieht die Sache nicht so.«

»Da hast du schon gewonnen. Sie hat ein Adressbuch, das vom Umfang her mit dem Reichsarchiv zu vergleichen ist, mit allen Namen und Adressen von Leuten, die sie seit ihrer Geburt flüchtig im In- und Ausland mal getroffen hat. Und von denen, die sie nie im Leben freiwillig wieder sehen möchte.«

»Du solltest das Telefonverzeichnis meiner Frau sehen«, sagte Ehlers. »Das ist vollkommen durchsystematisiert. Es ist nach Stichworten alphabetisch geordnet wie z. B. Kinder, Konditor, Kraftfahrzeug. Man findet alles sofort. Sie ist einfach fantastisch.«

Er sprach wie ein Mann, der eine Frau so sehr liebt, dass er sogar die trivialsten Aspekte ihres Wesens liebt.

Er sah ganz verzückt aus. Dann wurde er wieder der Alte.

»Ich geh schnell raus und schau mir die Mülltonne an«, teilte er mit.

Ich blieb stehen und betrachtete die Zimmer. Sie sahen vollkommen inhaltslos und höhnisch aus, genau wie die Whiskyflasche gestern. Die gelben Steinwände reagierten nicht, der Boden öffnete sich um keinen Spalt, die dunkel gebeizte Liegecouch tat, als wäre nichts gewesen.

»Auf Wiedersehen, Helle«, dachte ich.

Auf Wiedersehen, Helles Mantel, Auf Wiedersehen, Helles Geruch, Auf Wiedersehen, Helles Hautcreme auf dem Regal.

Auf Wiedersehen, Traum. Auf Wiedersehen, Vergangenheit.

Ehlers kam wieder herein.

»Trank sie Wodka?«, fragte er sachlich.

Ich hätte fast gelacht, ich hätte es getan, wenn nicht immer noch der Schatten des Todes über dem Apartment gehangen hätte.

»Nein. Sie trank Tee.«

Nichts konnte weiter voneinander entfernt sein

als Helle und Wodka, höchstens vielleicht Valentino und W. C. Fields.

»Dachte ich mir«, nickte Ehlers. »Sie sollten hier die Mülleimer ein wenig öfter leeren. Am Boden waren leere Flaschen und alte Zeitungen, alles durcheinander geworfen, obendrauf lagen lauter fein säuberlich verschlossene Plastiktüten mit Gummibändern drum herum.«

»Die sind von ihr.«

»Es gibt keine anderen Beweise, als dass sie Wert auf frisches Brot, auf Tee, Käse und Eier legte und ein paar Lose gekauft hat – für irgendeine wohltätige Sache –, die sie dann wieder weggeworfen hat.«

»Was für Lose?«

»Irgendwelche für die Kranken auf Malta. Die hier.«

Er zeigte mir zwei kleine grüne, nummerierte Papierstückchen.

Die Lose passten zu Helle. Helle war das geborene Opfer für solche Art von Betrug. Helle konnte niemandem etwas abschlagen. Helle gehörte zu der Sorte, die sich erfahrene Bettler auf hundert Meter Abstand aussuchen. Von der Sorte, die immer um Hilfe gebeten wurde, sie immer gewährte und sich immer geduldig die Probleme anderer Menschen anhörte, ganz gleich, wie elend es ihr selbst ging.

Auch das war Helle. Es gab so viele Helles.

»Ich glaube, wir können hier nichts mehr tun«, meinte Ehlers sachlich. »Lass uns nach Valletta fahren und es hinter uns bringen, okay?«

»Ja«, stimmte ich zu.

Irgendwie hatte ich es bereits hinter mich gebracht.

»Ich habe mir ein Auto von Muscat geliehen«,

sagte Ehlers, als wir wieder in der Sonne standen. »Ich fahre, du zeigst mir den Weg.«

»Okay.«

Wir verließen den Innenhof und gingen auf dem Weg zur Rezeption auf die Klippen und das Meer zu. An den Abhängen und unterhalb der Berge mühten sich immer noch die Bauern ab. Die dänischen Touristen waren mittlerweile aufgestanden und trieben sich in kleinen Familien- oder Freundesgruppen im Centre herum und schimpften darüber, dass die Sonne nicht so intensiv schien, wie es auf dem Titelbild der Reisebroschüre zu sehen gewesen war.

Einer von Freddies Hunden hatte seinen Dienst bereits angetreten und kläffte laut und vernehmlich auf dem Dach vom ›Pot of Gold‹.

Wir gingen zum Parkplatz. Ehlers' Wagen war ein kleiner, knallroter Mazda.

Dieses Mal setzte ich mich auf den Todessitz, neben Ehlers. Schließlich fuhr ich ja nicht mehr mit Helle, ganz im Gegenteil. Ich fühlte mich alt wie Methusalem. Ich hatte das Haus ihrer Kindheit gesehen, das Heim mit ihr geteilt und jetzt ihren Sterbeort.

»Wo ist sie eigentlich niedergestochen worden?«, fragte ich Ehlers, als er gerade die Gangschaltung trat und versuchte, den Rückwärtsgang einzulegen.

»Hast du nicht gesehen, dass auf einem Bett kein Bettzeug lag?«, entgegnete Ehlers. »Da war es, im Schlafzimmer hinter der Küche. Sie untersuchen die Blutspuren, Muscats Leute. Sie war vollständig angezogen, sie haben ihre Sachen mitgenommen. Sie sah aus, als hätte sie sich für einen Augenblick hingelegt, um die Füße auszuruhen.«

»Das war eine Angewohnheit von ihr. Jedes Mal, wenn sie ›eine Runde gelaufen war‹ – und sie lief immer irgendwelche Runden –, dann legte sie sich hin und ›ruhte die Füße aus‹.«

»Genauso hat es jedenfalls ausgesehen. Sie haben es natürlich fotografiert.«

Ehlers bog vom Parkplatz ab und begann im Schneckentempo die lange, gewundene Einfahrtsstraße zum Holiday Centre hinunterzukriechen.

Das Tonbandgerät des Lebens spulte die gestrige Fahrt in umgekehrter Reihenfolge noch einmal ab.

10

Es war das erste Mal, dass ich bei Ehlers mitfuhr, aber es dauerte nicht lange, bis mir klar wurde, dass er ein guter Fahrer war.

Der Unterschied zwischen einem guten und einem schlechten Fahrer ist so einfach wie der Unterschied zwischen einer guten und einer schlechten Liebhaberin: Für alle anderen sehen sie gleich aus, aber derjenige, der sich selbst ihrem Rhythmus anpassen muss, kann den Unterschied am eigenen Rückgrat feststellen.

Ehlers fuhr, als wäre er dafür geboren.

Wir kamen durch Mellieha und St. Paul's Bay, und ich dirigierte ihn um Bugibba herum auf die Küstenstraße. Das Meer war ein Traum im Sonnenlicht, die Luft war rein, und die trockene Leere der Steinwüste geradezu befreiend. Steine halten nicht mehr als sie versprechen.

»Meine Güte, ist das wüst hier«, sagte Ehlers.

Der erste Satz seit einer halben Stunde.

»Tja«, sagte ich. »Manchen gefällt's so. Fahr mal langsamer. Wir sind gleich in Bahar-ic-Caghaq.«

»Das klingt richtig arabisch.«

»Maltesisch ist eine arabische Sprache, auch wenn sie europäische Buchstaben benutzt. Bahar-ic-Caghaq heißt so ungefähr ›Das Meer der vielen kleinen Steine‹.«

»Du hättest Professor werden sollen.«

»Und du Taxifahrer. Hier!«

Ehlers fuhr an die Seite und sah sich aufmerksam um.

»Das soll Bahar-ic-Caghaq sein?«, fragte er.

Ich enttäusche nicht gern meine Mitmenschen, aber Tatsachen sind nun mal Tatsachen: Das war Bahar-ic-Caghaq: Fünf vereinzelte Häuser, dahinter ein einzelner großer Wohnblock, mit Apartments, ein persisches Restaurant mit großen, zwiebelförmigen Kuppeln – und zwei Cafés, sehr kleine Cafés, eins links von der Straße und eins rechts.

Das linke hieß Ronnie's, das klang vertraut wie im Gasværksvej. Das rechte hieß Holiday Bar.

»Ich gehe ins Restaurant und versuche es da, und danach in der Holiday Bar. Du kannst ja bei Ronnie's mal fragen und da auf mich warten, Okay?«

»Okay.«

Ein Hopleaf wäre jetzt genau das Richtige. Ein kaltes Hopleaf. Ein sehr kaltes Hopleaf.

Ehlers steuerte das persische Restaurant an, während ich mir eine Zigarette ansteckte und erwartungsvoll Ronnies grünes Schild betrachtete. Ronnies grünes Schild sah aus, als wäre es ein Stück

Treibgut, aber es passte ausgezeichnet zum Etablissement.

Ronnie's war – wie viele andere maltesische Bars – fast nur ein unscheinbares Loch in einer Felswand.

Ehlers kehrte um, als ich ungefähr einen Meter vor der Tür war.

»Hier«, sagte er. »Nimm eins der Fotos mit.«

Er reichte mir eine Kopie von Helles Passbild, und ich steckte es in die Tasche und ging hinein.

Bei Ronnie gab es keine Fenster, nur einen viereckigen Felsenraum. Es gab auch keine Kunden oder Gäste bei Ronnie, nur einen glatzköpfigen dicken Mann mit einer Zeitung hinter dem Tresen. Ich ging davon aus, das der glatzköpfige dicke Mann Ronnie sein musste.

»Ein Hopleaf und einen Fernet-Branca.«

»Kommt gleich«, sagte er mit einer Miene, als wäre er vollkommen überlastet mit der Bedienung eines halben Dutzends geschlossener Gesellschaften, die ununterbrochen ihre Bestellungen aufgaben. Oder als hätte er reichlich damit zu tun, die Börsenkurse in der Zeitung zu studieren, um festzustellen, wie seine Aktien stehen.

Mir gefiel das. Das war Malta, Ronnie war Malta. Ein Caféwirt, der nichts zu tun hat, aber sich dennoch unverschämt viel Zeit lässt, um den einzigen Gast zu bedienen, den er hat. Ein Restaurant mit einer der schönsten Aussichten Maltas, und zwar über das Meer der kleinen Steine, das aber kein Fenster besaß, aus dem man hätte gucken können.

Die Bar, aus rohen Brettern gezimmert – wie bestimmte Bars in Frankreich und Italien –, war voll gestopft mit optimistisch anmutenden Riesenbeständen seltsamer Ananas-, Bananen- und Kakaoliköre, von denen man niemals jemanden trinken sieht. Sie stehen immer da, diese Flaschen, und sie gehören in jeder südländischen Bar dazu, ganz gleich, was sonst dort geschieht. Man bekommt das Gefühl, dass nächtliche Geister, ein besonderer Schlag von Likör-Vampiren, umgehen müssen, wenn die Bars geschlossen sind, und sich als Einzige genau diese Flaschen schnappen, um zu überleben. Das ist die einzige vernünftige Erklärung.

Nachdem Ronnie seine Pferdetipps zu Ende gelesen und einen Fingernagel geputzt hatte, bediente er mich. Ich sah, dass er jetzt nur noch neun schmutzige Fingernägel hatte. Wenn genug Kunden kämen, würde er sicher bis zum Feierabend zehn saubere Nägel haben.

Ich zog Helles Foto heraus und fragte ihn, ob er sie jemals gesehen habe. »Warum?«, fragte er ganz vernünftig.

Sein Gesicht zeigte ganz deutlich, dass er nicht mit jedem über alles sprach.

Ich erzählte ihm, dass die Frau ermordet wurde, dass sie Dänin gewesen und ich selbst auch Däne war und mit der dänischen Polizei zusammenarbeitete.

Ronnie betrachtete skeptisch meinen zerknitterten Anzug. Es senkt immer die Vertrauensschwelle für andere Menschen, wenn man in seinen Sachen geschlafen hat und das zu sehen ist.

Dann zuckte er mit den Schultern (als wolle er sagen, dass es ihm vollkommen gleich wäre, was diese albernen Dänen sich nun so ausdachten) und sagte, dass er schon glaube, sie einmal gesehen zu haben, als sie hereinkam, um eine Tasse Kaffee zu trinken, etwa vor drei oder vier Tagen.

»Allein?«, fragte ich.

Ronnie versuchte festzustellen, ob ich nicht ein eifersüchtiger Ehemann mit einem lockeren Messer in der Tasche wäre. Es schien, als bestünde ich die Probe. Er erzählte, dass sie mit einem großen, schlanken Mann zusammen gewesen sei.

»Mit Bart?«

»Nein«, sagte er misstrauisch, als wollte ich ihm etwas unterstellen, als wäre ich dabei, ihn auf den Arm zu nehmen. »Nein, ohne Bart.«

Ihr Auto hatte er nicht gesehen.

»In welcher Sprache haben sie miteinander geredet?«

»Keine Ahnung, ich habe es jedenfalls nicht verstanden. Es war nicht Maltesisch und auch nicht Englisch, auch kein Französisch oder Italienisch, das kenne ich. Es klang wie Deutsch, aber ich glaube, das war es doch nicht.«

Ich bedankte mich bei Ronnie, indem ich noch ein Hopleaf bestellte.

Wenn Helle und ihr Galan eine Sprache gesprochen hatten, die wie Deutsch klang, aber kein Deutsch war, dann war es fast sicher, dass sie Dänisch geredet hatten. Alle Dänen werden in Südeuropa für Deutsche gehalten, worüber ich mich oft geärgert habe.

Die Tür in der Felsenhöhle ging auf und warf einen Lichtschein auf die Steinwände.

Ich erzählte Ehlers, was ich gehört hatte. Er zeigte Ronnie seinen Dienstausweis und eine maltesische Vollmacht und brachte ihn dazu, seine Aussagen zu wiederholen, während ich mein zweites Bier leerte.

Ich war kurz davor, mich wie ein Mensch zu fühlen. Ein minderwertiger und Mitleid erregender Mensch, aber immerhin ein Mensch.

»Bist du so weit?«, fragte er anschließend. »Wir müssen weiter.«

Ich stand auf, bezahlte und ging zum Auto.

Als wir kurz vor den britischen Festungsanlagen in St. Andrews angekommen waren, seufzte er.

»In der Holiday Bar das Gleiche. Sie sind einmal da gewesen – sie und der dünne Mann. Sie haben Kaffee getrunken. Sie sind in einem blauen Auto gekommen.«

Ich antwortete nicht. Entgegen jeglichem gesunden Menschenverstand hatte ich das tiefste animalische Misstrauen gegenüber diesem schlanken, glatt rasierten Mann. Ich war überzeugt davon, dass er ein Schwein war. Ein viel schlimmeres Schwein als ich.

»Huch, was ist das denn?«, fragte Ehlers, überrascht und verwundert wie ein Kind.

Er hielt den Wagen am Straßenrand an.

›Das‹ war eine drei Meter hohe Statue, in rotem Fels ausgeführt, die einen dünnen, großen Mann darstellte, der mit starrem Blick über Straße und Meer hinwegblickte. Die Plastik war erschreckend steif und erschreckend lebensecht. Es war ein Priester, ein flammender Fanatiker, ein Heiliger, der hier abgebildet wurde, das ließ sich deutlich aus der klapprigen Gestalt mit dem zusammengekniffenen Mund herauslesen.

Es war eine Statue, wie es tausende andere auf der Welt gab. Das Besondere an dieser war nur, dass sie drei Meter hoch war und rot, und dass sie nur einen halben Meter von der Straße entfernt im Gras stand. Für jeden Vorbeikommenden war es ebenso unmöglich, sie zu übersehen, wie einen Elefanten im Hauptbahnhof zur Rushhour.

Und dann sah sie noch so fürchterlich gerecht aus, dass sie jedem Normalwurm von Menschen Kälteschauer vierten Grades verursachen konnte.

»Das ist der heilige Franz«, sagte ich. »Sankt Franz von Assisi. Der Freund der Tiere. Lasset die kleinen Kätzchen zu mir kommen.«

»Bei dem krieg ich eine Gänsehaut«, meinte Ehlers.

»Quatsch. Du hast nur ein schlechtes Gewissen wegen all der kleinen Kätzchen, die du im Laufe der Zeit ertränkt hast, und wegen all der Würmer und Waldschnecken, auf die du bei deinen Sonntagsspaziergängen getreten bist.«

Ehlers sah mich scharf an.

»Ich nehme es zurück«, sagte er dann. »Du hättest nicht Professor werden sollen. Du hättest Pfarrer werden sollen.«

Danach sagte er kein Wort mehr, bis wir im Krankenhaus in Valletta angekommen waren – ein großes weißes Gebäude, das unzweifelhaft in jedem einzelnen bleichen Stein das Ende des Lebens signalisierte.

Ein Herr in weißem Kittel, der Calleja hieß – das behauptete er zumindest selbst von sich –, führte uns durch verschiedene Flure und Korridore in einen Raum, in dem drei Leichen auf Klappliegen lagen (wahrscheinlich die Ernte einer Woche auf Malta), mit weißen Laken zugedeckt. Er hob eines der Laken hoch, und Ehlers schaute zu, während er erwartungsvoll zu mir hinüberschielte.

Ich ging näher und sah hin.

Es war Helle. Ein kleine, dünne und bleiche Helle. Es ist merkwürdig, dass Menschen immer so klein werden, wenn sie sterben. Als verschwände ein Teil von ihnen in dem Moment. Sie schrumpfen zusammen.

Meine Mutter war bei ihrem Tod geschrumpft, sie sah aus wie ihr eigenes Enkelkind. Helle war auch so klein. Sie sah aus wie ein Schulkind, das am nächsten Tag in der Mittelschule anfangen sollte, wie ein Mädchen, dessen Leben noch gar nicht richtig begonnen hatte.

Aber das war sie. Es war der Unterleib, in den ich mich immer wieder hineingebohrt hatte. Es waren die Brüste, die ich gestreichelt hatte und die mir lange Zeit als einziger Grund erschienen waren, warum ich überhaupt eine Hand hatte. Es war das Haar, neben dem ich des Nachts gelegen und an dem ich geschnuppert hatte.

Es war ein anderer Mensch, ein anderer Mensch, den ich verdammt schlecht behandelt hatte.

Das war mein kleines privates Polen.

»Ja«, sagte ich zu Ehlers. »Ja, das ist sie.«

Ehlers sagte ein paar Worte, und sie deckten sie wieder mit dem Laken zu.

Wir gingen hinaus ins Licht.

»Wir fahren nach Mellieha zurück«, sagte er. »Ich muss noch das Personal und die Touristen verhören, die mit ihr gekommen und noch hier sind.«

Ich sagte nichts. Wie ein vollautomatischer Roboter nahm ich meinen Platz im Auto ein mit Helles Gesicht im Meer, auf den Steinen, im Staub. Wie ein vollautomatischer Roboter saß ich neben Ehlers, während wir denselben Weg von Valletta durch

Sliema über St. Julian's und weiter nach St. Andrews zurückfuhren.

In dieser Gegend, direkt bei den alten britischen Festungen, begann der Regen, wie immer auf Malta ohne vorherige Warnung, herunterzuprasseln.

Fast im gleichen Augenblick waren wir bei Sankt Franz, der dastand und am Wegesrand groß, rot und bereits klitschnass leuchtete.

Aber dieses Mal war Franz nicht allein, Franz hatte Gesellschaft bekommen. Ihm zu Füßen lag etwas, das einem gläubigen Anbeter ähnelte, der sich auf die Knie geworfen hatte, ein treuer, vertrauensvoller Jünger.

Nur dass er allzu still dort lag – selbst für einen Jünger des heiligen Franz.

11

Regen und Wind peitschten uns ins Gesicht, als wir der schützenden Raumkapsel des Autos entstiegen und zu dem Mann gingen.

»Ein Besoffener«, meinte Ehlers mechanisch.

»Ein Kranker«, entgegnete ich.

Keiner von uns beiden hatte Recht, oder besser: Wir hatten beide ein wenig Recht. Der Mann roch nach Schnaps, diskret mit Rasierwasser vermischt. Und er war wirklich krank. Er war sehr krank. Genau genommen war er tot.

Als wir ihn aus seiner vornübergebeugten Stellung herumdrehten, wurde deutlich, wieso. In seinem leichten, hellen Mantel gab es zwei Löcher, und ein dünner Blutstrom war aus beiden herausgeronnen. Das Blut war den Mantel hinunter getropft und hatte sich in Blutsbrüderschaft mit dem Regenwasser vereinigt.

»Mein Gott!«, rief Ehlers aus.

Das klang, als ob er das meinte.

Hinter uns hörten wir, wie die Wellen kräftiger an die Felsen schlugen. Das Unwetter wollte wirklich seine Zähne zeigen.

Der Mann war dunkelhaarig, gepflegt, gut gekleidet. Er könnte ein Vierziger sein, der sich in Form hielt. Er könnte ein Sportler sein, dachte ich. Es gab nicht viel Fett an diesem Körper.

Ehlers untersuchte die Wunden sorgfältig. Dann schüttelte er den Kopf und zuckte mit den Schultern.

»Ich wette fünf gegen eins, dass er woanders erschossen und dann hier einfach hingeschmissen wurde.«

»Chicago-Methode.«

»Oder Mafia-Methode. Wir sind nicht weit von Sizilien entfernt.«

»Meinst du?«

»Ich meine gar nichts, ich weiß gar nichts. Es sieht nur ganz professionell aus, das ist alles.«

»Nun ja«, fuhr er sachlich fort, während er sich den Regen aus seinem Gesicht wischte. »Es gibt wohl nur eins zu tun, und zwar das Übliche. Einer von uns muss bei der Leiche bleiben, während der andere zur Bar runtergeht, Muscat anruft und ihm erzählt, worüber wir gestolpert sind. Scheißart, Fremde willkommen zu heißen!

Du gehst. Hier ist die Telefonnummer von Muscats Büro. Wenn er nicht da ist, schnapp dir jemand anders.«

»Okay.«

Ronnie sah immer noch nicht aus, als freue er sich darüber, Gäste in seiner Bar zu bekommen. Er sah mich schräg von der Seite an, als wollte er mich fragen, ob ich wirklich keinen anderen Ort finden könnte, um meine Erfrischungen einzunehmen.

»Ich würde gern mal das Telefon benutzen«, sagte ich höflich. »Ich muss die Polizei anrufen. Wir haben oben an der Straße einen toten Mann gefunden.«

»Einen toten Mann?«

»Ja.«

»Woran ist er gestorben?«

»An Schüssen. Zwei Schüssen.«

Ronnie blickte auf und sah mir direkt in die Augen, als hätte ich endlich mal etwas Interessantes gesagt.

»Aha«, sagte er dann. »Das Telefon steht hier.«

Das Telefon hing an einem Kabel, das aussah, als hielten es nur noch die letzten Fibern seiner Hülle am Apparat. Nichtsdestotrotz funktionierte es, und Muscat war im Büro. Er wirkte nicht besonders begeistert.

»So ein Mist«, sagte er, oder jedenfalls etwas, das so ähnlich klang, auf Maltesisch. Dann wechselte er höflich wieder ins Englische und erzählte mir, dass es zwei Morde in zwei Tagen auf Malta nicht gegeben hätte, soweit er sich überhaupt zurückerinnern könne.

Doch, doch, er komme sofort. Er würde in einer Viertelstunde da sein.

Ich legte den Hörer wieder auf und bereitete mich auf einen weiteren Spaziergang im Regen vor.

Ronnie richtete sich zu seiner vollen Größe auf. Als er das geschafft hatte, sah er aus wie ein Riese, ein großer Bär, wahrscheinlich einer der besonders mürrischen und misstrauischen Sorte.

»Ich komme mit«, sagte er und ergriff einen abgetragenen Mantel in der Größe eines kleineren Pfadfinderzeltes. »Wenn es einer von hier ist, dann kenne ich ihn.«

Er schloss nicht einmal die Tür ab.

Auf dem Weg gab es keine Unterhaltung, nur das Geräusch der Wellen und das endlose Brausen des Windes. Kein Auto, kein Mensch war irgendwo zu sehen.

Abgesehen von Polizeiinspektor Ehlers, der stampfend die Statue umkreiste und dabei vielleicht nach etwas suchte, aber vielleicht auch nur so vor sich hinlief und fluchte.

»Es ist 13.15 Uhr«, sagte er. »Wir haben die Leiche ungefähr um 13 Uhr gefunden. Ca. 11.30 Uhr sind wir das letzte Mal hier vorbeigekommen. Das sind eineinhalb Stunden. In der Zeit müssen doch diverse Leute vorbeigekommen sein.«

»Nein«, widersprach Ronnie ihm trocken. »Nein, es gibt weiter oben eine Abkürzung durch St. Julian's, und die nehmen die meisten.«

»Aber irgendwelchen Verkehr muss es doch geben.«

»Natürlich. Hauptsächlich hier vom Dorf. Aber ich glaube nicht, dass ich heute andere Autos gehört habe.«

»Kennen Sie ihn?« Ehlers drehte den toten Mann um, den er sorgfältig wieder in seine vornübergebeugte Position gebracht hatte.

»Ich glaube, ich habe ihn schon mal gesehen«, sagte Ronnie leicht zweifelnd.

Er klopfte sich mit zwei Fingern an die Stirn. Das

war offensichtlich seine Methode, die Gehirnzellen zu aktivieren.

Es schien zu wirken.

»Er ist in meinem Café gewesen«, sagte er sodann. Es klang, als stecke ihm etwas im Hals, das nicht rauswollte. Etwas, das sich quer gelegt hatte.

»Mit der Dame, von der Sie mir das Foto gezeigt haben.«

So einfach war es. Wir hatten Helles mysteriösen, großen, dunklen Herrn gefunden. Wir hatten ihn nur etwa eine Stunde zu spät gefunden.

Wir starrten ihn eine Weile an, und dann machte Ehlers sich erneut daran, ihn zu untersuchen.

»Soweit ich sehen kann, ist er total geplündert worden«, sagte er. »Es gibt keine Papiere, keinen Pass, nicht einmal Kleingeld. Sie haben nichts übersehen.«

»Sie?«

»Das sieht verflucht organisiert aus, und wenn etwas organisiert ist, müssen es notwendigerweise mehr als einer sein.«

»Klug gedacht.«

Im gleichen Augenblick kam ein Polizeiwagen mit einem Wasserschwall vor sich auf zwei Rädern um die Kurve. Aus ihm sprang Muscat mit zwei Männern, die er kurz als Grech und Borg vorstellte.

Grech hatte eine Nase, die aussah, als blickte er gern in ein Whisky- oder irgendein anderes Glas. Borg sah aus, als wäre er es gewesen, der für den Heiligen Franz Modell gestanden hatte.

Ehlers und Muscat führten sofort ein Fachgespräch, während Muscat – so sorgfältig und methodisch wie Ehlers es bereits getan hatte – seine neue Leiche untersuchte.

»Ein Gentleman«, sagte er in entschiedenem Ton zu Ehlers.

Ehlers nickte.

»Ohne jedes Zeichen seiner Identität«, fuhr Muscat missbilligend fort. »Aber ich wette, er ist ein Ausländer.«

»Wieso?«

»Er sieht einfach nicht aus wie ein Malteser. So etwas merkt man. Stimmt's, Grech?«

»Deutsch oder skandinavisch«, bestätigte Grech jovial.

Borg begnügte sich damit, zustimmend zu nicken.

»Na ja, jedenfalls können wir ihn nicht hier im Regen und Dreck liegen lassen«, entschied Muscat praktisch. »Er ist mausetot, und wir brauchen eine ärztliche Untersuchung.«

»Vielleicht wäre es am einfachsten, nach Mellieha zu fahren und Dr. Azzopardi zu holen«, sagte Grech mit Blick auf seine Uhr. »Ich weiß, dass er heute dort ist. Er will was mit seinem Sohn regeln.«

»Doktor Azzopardi ist unser führender Gerichtsmediziner«, erklärte Muscat Ehlers.

»Sollte man ihn nicht vorher fotografieren?«

»Wir sind sechs Männer, die gesehen haben, wie er lag. Lass uns lieber zusehen, dass wir ihn hier wegkriegen.«

Wir waren genau sechs Männer. Diese sechs Männer, die klassischen sechs Leichenträger, hoben den toten Körper auf und legten ihn vorsichtig auf den Rücksitz des Polizeiautos. Er blutete nicht mehr, und das meiste Blut war bereits vom Mantel abgewaschen worden.

Das Gesicht des Mannes sah bei genauerer Betrachtung merkwürdig ruhig aus. Er sah nicht aus wie jemand, der darauf wartete, erschossen zu werden, er ähnelte eher einem Mann, der seinen Lieblingsweg mit dem Hund geht und dabei eine Pfeife raucht.

Grech kam rüber und setzte sich zu uns ins Auto, da es jetzt zwei Plätze weniger im Polizeiwagen gab.

Ronnie blieb unschlüssig zurück und schaute mit anklagendem Blick zum Heiligen Franz hoch.

»Ich komme später vorbei und rede mit Ihnen«, sagte Muscat.

Ronnie nickte, ohne sich die Mühe zu geben, so zu tun, als freute er sich darauf. Dann ging er ruhig watschelnd den Weg zurück durch den Regen, zurück zu seiner einsamen Bar.

»Er hat einen schlechten Ruf, dieser Mann«, erklärte Grech im Auto.

»Warum?«, fragte Ehlers.

»Gerüchte«, sagte Grech. »Es wird so geredet, wissen Sie. Gewalt und Misshandlung der Ehefrau, heißt es. Und ein paar Mal geriet er in Verdacht wegen Einbruchs, Schmuggels und kleiner Betrügereien.«

»Außerdem«, fügte er hinzu, »sind wir Malteser zweifellos ein sehr genügsames Volk, aber es ist doch merkwürdig, wenn jemand von einem Café leben kann, in das sich ganz offensichtlich nie eine Seele verirrt.«

Er holte eine Pfeife aus der Tasche und kaute gedankenverloren auf deren Mundspitze, während er durch das Rückfenster auf den Cafébesitzer schaute.

Der Regen trommelte noch genauso monoton auf die Autoscheiben wie zuvor, als wir in langsamer Kolonne um die St. Paul's Bay bogen und den Anstieg ins Berggebiet von Mellieha begannen.

12

Grech kannte den Weg zum Haus von Dr. Azzopardis Sohn. Azzopardi jr. wohnte in einer Anlage kurz vor Mellieha, in einer typischen maltesischen Wohnanlage: Blendend weiß, nur drei Stockwerke hoch, mit geschlossenen Rollläden auf allen Seiten, mit verzierten, hellblauen Türen und großen, hervorspringenden, verschiedenfarbigen Erkern, die über die gesamte Fassade verteilt waren.

Auch an ein paar Heiligen hier und dort fehlte es nicht.

Wir hielten direkt vor der Tür. Grech sprang sofort aus dem Auto, ging aufs Haus zu und klingelte.

Es geschah nichts.

Grech drehte eine Ehrenrunde.

Eine Frau erschien in der Türöffnung, im gleichen Moment, in dem Muscats Auto leise hinter unserem hielt.

Wenn ich sage, eine Frau, ist der Ausdruck nicht leichtfertig gewählt: Selten habe ich eine Person gesehen, die mehr eine Frau war als diese. Sie war dunkel, klein, dick, müde und verbraucht. Und sie hatte noch einen großen Kochlöffel in der Hand und ein 4-5-jähriges Kind unbestimmbaren Geschlechts am Rockzipfel.

Sie sah aus wie eine 50-Jährige, also war sie wohl 35.

Grech und sie unterhielten sich hastig auf Maltesisch, während wir anderen in den Autos warteten. Ihre Stimme war laut und bedauernd, seine klang ruhig und erklärend.

Nach ein paar Minuten ging sie wieder mit Kind

und Kochlöffel hinein, während Grech zu Muscats Wagen lief und ihm Bericht erstattete, bevor er sich in unser Auto setzte.

»Der Doktor ist in der Apotheke«, erzählte er. »Die Familie ist nicht zu Hause. Das war die Nachbarsfrau.«

Er dirigierte Ehlers wieder auf die Hauptstraße zurück und in die Stadt Mellieha. Von der Bergmitte an fuhren wir langsam in die Stadt hinein, zwischen den kleinen Geschäften und Cafés hindurch, die sich auf den zwanzig Metern befanden, die die Innenstadt ausmachten, und dann weiter zur alten Kirche. Links von ihr gab es einen Parkplatz und das Polizeirevier. Das Polizeirevier lag nur wenige Meter von den letzten beiden Cafés entfernt und sah genauso schlicht und einfach aus wie diese.

»Kommt!«, sagte Grech, »wir gehen in die Apotheke.«

Wir stiegen aus. Muscat und Borg stiegen aus. Eine Prozession von fünf Männern setzte sich in Bewegung und zog wegen der schmalen hohen Gehsteige einer nach dem anderen im Gänsemarsch im Regen durch die Stadt.

Die Apotheke lag ungefähr in der Mitte der Hauptstraße. Wir gingen alle hinein, durch hohe Regale hindurch mit Tuben, Flaschen, Flakons und Schachteln mit ihren jeweiligen speziellen Düften und wohltuenden Wirkungen. Ein kleiner, gebeugter Mann mit einer Goldbrille, der einen weißen Kittel trug, kam hinter dem Tresen hervor und schaute verwundert das Heer an, das da in den Laden einmarschierte. Ich fühlte mich wirklich wie ein Soldat, als ich seinen Blick sah.

Muscat bahnte sich seinen Weg und übernahm

die Führung. Er erklärte, dass wir Dr. Azzopardi suchten und erfahren hätten, dass er hier sei.

Der Apotheker lächelte überaus freundlich und sagte, wenn Mr. Muscat ins Hinterzimmer kommen möchte, dort säßen seine Frau und Dr. Azzopardi.

Mr. Muscat lächelte genauso freundlich und dankte Mr. Mifsud.

Anscheinend kennen alle Malteser sich, auch wenn sie so tun, als ob dem nicht so wäre.

Muscat schickte Grech und Borg zurück, um die Leiche zu bewachen. Ehlers vergaß vollkommen, mich wegzuschicken, also gingen wir drei hinter dem Apotheker in ein verblüffend großes Hinterzimmer, in dem drei Personen saßen.

Die eine war eine dünne, kleine Dame, die aussah, als wäre sie geboren, nur um Mr. Mifsuds Ehefrau zu werden. Die andere war ein gleichaltriger Mann, der fast ebenso klein war – als befände man sich mit einem Mal in einem Puppenhaus, bewohnt von Zwergen, wenn auch von äußerst niedlichen und sehr kultivierten Zwergen. Der Herr war rundlich und elegant und saß in einem gut gebügelten Anzug der dunkel gekleideten, dünnen, kleinen Dame gegenüber. Auf Malta sind die Frauen immer dunkel gekleidet, und falls sie es ausnahmsweise mal nicht sind, dann weiß man, was für Frauen das sind.

Neben dem Mann stand die dritte Person des Hinterzimmers, eine Frau – oder besser gesagt, eine Statue von einer Frau. Es war die arroganteste, höhnischste, selbstsicherste Frau, die ich jemals leibhaftig vor mir gesehen hatte – d. h. anderswo als in Hollywood-Filmen, schrecklichen Märchen oder privaten, nächtlichen Albträumen.

Sie war schön, sie war viel mehr als das, aber trotz einer vollkommenen Figur, einem scharf geschnittenen Gesicht und einer eleganten, harten, kantigen Anmut, war es nicht das, was man sah. Als Allererstes leuchtete die Arroganz aus den Hüften, den Wangenknochen und den Augen.

Muscat wandte sich direkt dem kleinen Herrn zu und entschuldigte sich bei Dr. Azzopardi für die Störung. Mit einer absurden Form höflicher Rücksicht stellte er zunächst Ehlers und mich vor, bevor er überhaupt auf die Leiche zu sprechen kam. Als er von der Leiche berichtet hatte, entgegnete Dr. Azzopardi, dass er ganz zu seinen Diensten stehe, und nachdem er das mitgeteilt hatte, stellte er würdevoll Mrs. Mifsud und ›meine Schwiegertochter, Maria‹ vor.

Damit waren alle Formalitäten überstanden, und wir konnten zur Arbeit schreiten.

»Ja, so ist es«, seufzte Dr. Azzopardi, während er sich mit wohl überlegten, langsamen Mann-von-Welt-Bewegungen erhob. »Hier sitzt man nun und entspannt sich im Kreise der Familie und der Freunde, und schon wird jemand erschossen. Ich weiß nicht, was mit Malta geschieht, Mifsud, aber wir müssen uns ein andermal über die guten alten Zeiten unterhalten. Auf jeden Fall würde ich für den Patienten, von dem wir gesprochen haben, auf keinen Fall Digitalis empfehlen, unter gar keinen Umständen.«

Mr. Mifsud nickte nach reiflicher Überlegung. Mrs. Mifsud fragte, ob Dr. Azzopardi sich nicht vorstellen könnte, am Sonntagmittag zum Kaninchenragout zu kommen.

Die Schwiegertochter Maria ließ einen höhnischen Zug über ihre charaktervolle Nase laufen, sagte jedoch nichts.

»Und was ist mit der dänischen Dame?«, fragte Mifsud plötzlich.

»Ach ja«, sagte Azzopardi, während er sorgsam sein graues Halstuch umschlang. »Ja, aber ...«

»Eine dänische Dame im Holiday Centre, die an Schlaflosigkeit und Angstzuständen leidet, hat mich gebeten, ihr etwas zur Beruhigung zu geben«, erklärte Mifsud Muscat. »Ich wollte selbst nicht die Verantwortung übernehmen, deshalb habe ich Dr. Azzopardi gebeten, mir zu helfen. Sie wollte in einer Viertelstunde kommen.«

»Ich dachte, du wolltest mit deinem Sohn sprechen?«, fragte Muscat Azzopardi.

»Er war nicht zu Hause. Dieser Tony treibt sich immer herum.«

Maria sah nun äußerst höhnisch aus. Mifsud wrang die Hände und bedauerte es offensichtlich, sein Versprechen nicht halten zu können.

Ehlers flüsterte Muscat etwas zu.

Muscat nickte.

»Ich glaube«, sagte er dann, an niemanden direkt gewandt, »ich glaube, wir sollten die Leiche vorläufig hierher bringen, damit Sie sie gleich untersuchen können, Doktor. Dann können wir sie anschließend ins Labor in Valletta bringen. Aber eine vorläufige Untersuchung wäre schon gut, und wir könnten ein paar Fotos von ihr machen. Wir kennen immer noch nicht ihre Identität.«

Azzopardi nickte und zog seinen Mantel wieder aus.

Ehlers blinzelte Muscat zu und fragte, ob ich Grech und Borg helfen könnte, die Leiche hereinzutragen.

Mr. Mifsud sah tragisch aus, als wäre ihm noch nie etwas Schlimmeres zugestoßen. Mrs. Mifsud wurde plötzlich angenehm neugierig, und Maria Azzopardi sah aus, als wäre sie in den letzten zwanzig Jahren jeden Tag in Leichen herumgewatet und empfände deshalb diese jetzt als lästig und langweilig, aber so reagierte sie offenbar auf alles.

Ich trottete pflichtschuldig durch den Regen zu Grech und Borg im Polizeiwagen mit der Leiche. Nur Borg saß schwermütig auf dem Vordersitz und starrte auf die Leiche, als hoffe er – wie so ein Geisterbeschwörer –, sie wieder zum Leben erwecken zu können.

»Die wollen die Leiche oben in der Apotheke haben«, sagte ich. »Wo ist Grech?«

»Sie müssen ihn holen«, sagte Borg. »Er ist da hinten in der Bar. Er hat gesagt, er wolle ein paar Nachforschungen anstellen. Er ist mein Vorgesetzter. Deshalb musste ich bei der Leiche bleiben. Das wusste er nur zu gut.«

Grechs Nase hatte also nicht gelogen. Meine auch nicht, als ich sie anschaute.

»Gut«, sagte ich. »Ich hole ihn.«

Die Bar war nicht viel größer als Ronnies, nur sauberer und bedeutend voller. Am Tresen stand Grech mit vier, fünf anderen. Ich ging direkt zu ihm und sagte – was ich selbst äußerst diplomatisch fand – dass seine Anwesenheit erwünscht wäre. Er reagierte unzweideutig professionell: Innerhalb weniger Sekunden waren ein großes Glas Whisky geleert, Abschiedsgrüße verteilt und eine Münze auf den Tisch gelegt.

Borg sah ihn vorwurfsvoll an, als wir zurückkamen.

Drei Mann sind nicht besonders viel, um eine Leiche zu tragen, jedenfalls nicht einen Berg hinauf auf einem steilen, engen Gehsteig, aber wir taten unser Bestes – jedenfalls Borg und ich. Grech hatte eine unbewusste Tendenz, alle fünf Meter nur noch eine lose herabhängende Hand zu tragen.

Der Regen machte weiterhin große Fortschritte. Es war noch nicht so lange her, dass er definitiv durch die Schuhe eingedrungen war, aber nun erhob er, auf typisch imperialistische Art und Weise, weitere Ansprüche auf die Socken.

Wir schoben die Leiche mühsam in die Apotheke, anscheinend ohne dass jemand uns gesehen hatte – es war, als hätte sich ganz Mellieha bei diesem Wetter Unterschlupf gesucht, als hätten sich alle Tiere instinktiv in ihre Höhlen verkrochen, entweder daheim oder in einer sorgfältig verschlossenen Bar. Wir vier waren die Einzigen auf der Straße.

Mifsud und Muscat kamen hinter dem Apothekentresen hervor und fassten mit an, als wir behutsam versuchten, die Leiche auf die Seite zu drehen und sie so ins Hinterzimmer zu bugsieren, um sie dort auf eine Liege zu betten.

Vor der Liege stand Dr. Azzopardi in Kittel und weißen Handschuhen, bereit, das zu tun, was nun mal sein Job war.

Ehlers und Maria ähnelten Steinsäulen.

Mrs. Mifsud betrachtete aufmerksam das Gesicht ihres Mannes, aber ich konnte nicht sehen, was in ihr vorging.

Plötzlich ging die Außentür mit mächtigem Lärm auf, als hätte der Wind sie aufgerissen und die Scherben lägen jetzt in unzähligen Splittern auf dem Gehsteig.

»Mr. Mifsud!«, rief eine Frauenstimme aus dem Verkaufsraum.

Mr. Mifsud ließ das rechte Bein des Verstorbenen fallen, das Muscat behände auffing, und sah sich in alle Richtungen um, als wolle er Gott als Zeuges anrufen, dass dieses Leben unendlich leidvoll wäre.

Dann ging er in den Verkaufsraum und kam im nächsten Augenblick mit einer großen, hellhäutigen Blondine zurück, die genauso gehetzt, nervenschwach und neurotisch aussah wie die dunkle Maria arrogant. Sie war ebenso gut gebaut, sie war einfach schön, jedenfalls war sie es einmal gewesen. Aber jetzt schien es, als wäre ihre Stirn zu einem Patchworkkissen von Problemen zusammengefaltet, als wären ihre Lippen durch ständiges Zusammenpressen schmal und wund geworden, als wollten ihre Augen sich kaum öffnen aus Angst, was sie zu sehen bekämen.

Sie rauschte hinter ihm herein, blieb einen Augenblick stehen und blickte verwundert auf die große Anzahl an Menschen im Hinterzimmer, als versuche sie, ein Rätsel zu lösen, das Rätsel, warum wir wohl hier wären. Dann glitt ihr Blick durch den Raum, von uns zur Leiche, und blieb dort haften, als ein glasiger, unklarer Junkie-Blick.

Sie sah aus, als wäre sie vom Blitz getroffen worden oder zumindest von einem Pistolenschuss. Sie wankte zwei Meter zurück und jammerte:

»Nein, nicht William ... Nicht gerade William ... Nicht gerade William ...«

Damit fiel sie nach hinten in die Arme von Muscat.

Maria, von der ich (wie ein Frosch vor einer Schlange) den Blick nicht wenden konnte, sah noch verächtlicher aus als zuvor. Aber ihre Nasenflügel zitterten schwach, wie bei einem Raubtier, das Fleisch wittert.

13

Es war glücklicherweise ein wohl ausgestattetes Hinterzimmer, das der Apotheker von Mellieha hatte. Außer der Liege gab es noch ein Sofa.

Auf dieses legte Muscat die Frau, schnell und geschickt mit einer weichen, eleganten Bewegung als hätte er jahrelang nichts anderes getan, und Dr. Azzopardi wandte seine unmittelbare Aufmerksamkeit von der Leiche ab, der Frau zu.

Ehlers und ich standen nutzlos herum und starrten einander an. Wir hatten ein kleines, gemeinsames Geheimnis. Wir waren nämlich die Einzigen, die die Worte ›nicht gerade‹ verstanden.

Außerdem hatten wir in Helles Abfallbeutel die Nachricht gefunden, die mit W unterschrieben war. Natürlich konnte das Walther oder Wladimir sein, aber warum die Dinge komplizierter machen, als sie sind? Das Einzige, was man über eine dänische Frau weiß, die auf Malta ermordet wird, ist, dass sie mit einem großen, dunklen Mann gesehen wurde. Sie hat einen Brief von W. Später wird ein großer, dunkler Mann tot aufgefunden, und er heißt William.

Wir nickten uns zu.

Währenddessen bemühte sich Dr. Azzopardi gewissenhaft um die Frau auf dem Sofa.

»Cognac«, sagte er.

»Hol ich«, Grech war bereits aus der Tür.

Nach vier, fünf Minuten, einem Cognac, ein wenig Massage und ein paar Klapsen auf die Wangen wachte sie auf. Als das geschah, schaute sie in alle Gesichter um sich herum und schloss unwillkürlich wieder die Augen.

Verflucht, nach so einem Schock derart umringt zu sein.

Die Wege der Diplomatie sind wundersam. Ehlers sagte etwas zu Muscat, Muscat sagte etwas zu Azzopardi, Azzopardi sagte etwas zu Mifsud, Mifsud sagte etwas zu seiner Frau, Muscat etwas zu seinen Untergebenen.

Kurze Zeit später war die Gesellschaft reduziert um das Ehepaar Mifsud, das in den Verkaufsraum ging, und die beiden Beamten, die jeder auf seine Weise die Apotheke verließen – Borg, als müsse er zu einer Beerdigung, Grech, als dürfe er angeln gehen.

Ehlers bat mich, den Stenografen zu spielen. Bei diesem Job lande ich immer, wenn ich mit Ehlers zusammen bin. Früher oder später im Laufe seiner Ermittlungen steht er allein da, nicht mal mit einem Kuli in der Hand, um was aufzuschreiben, und dann kommt mein Auftritt. »Wozu verflucht nochmal bist du Journalist, wenn du nicht mal schnell was notieren kannst?«, ist sein Argument, und das hat ein gewisses Gewicht.

Außerdem, wenn ich nicht schnell ein paar Notizen auf Dänisch hinschreiben könnte, wäre ich mit der gleichen Schnelligkeit und Sicherheit wie die anderen rausgeschmissen worden.

Merkwürdig war nur, dass sie Maria Azzopardi

nicht rauswarfen, aber sie stand einfach eiskalt abwartend da. Sie hatte immer noch kein einziges Wort gesagt.

Ehlers wurde der Verhörleiter.

»Können Sie sprechen?«, fragte er. »Geht es Ihnen besser?«

Etwas unbeholfen, aber doch in annehmbarem Dänisch. Sie kam ein wenig auf dem Sofa hoch, sah ihn mit schmalen, konzentrierten Augen an und fragte: »Wer sind Sie?«

Ehlers stellte sich kurz vor und zeigte seinen Dienstausweis – ich habe das Gefühl, das tut er immer, um eine Minute mehr zum Überlegen zu haben, bevor er anfängt – und erklärte, dass er Williams Leiche gefunden hätte. Er fuhr fort, wenn sie sich jetzt kräftig genug fühlte, um zu reden, würde er sich über alle Informationen freuen, die sie ihm geben könnte. Er ginge davon aus, dass sie den Verstorbenen kannte.

Während ich Ehlers Hauptpunkte notierte, flüsterte ich Muscat auf holprigem Englisch zu, was er gesagt hatte.

»Ihn kannte?«, wiederholte sie mit einer Stimme wie eine übertriebene Lady Macbeth an einem Provinztheater. »Ihn kannte? Er ist mein Chef.«

»Wie heißt er?«

»William Hauschildt.«

»Und wie heißen Sie?«

»Lene Prahm, und ich war seine Sekretärin.«

»Wo?«

»Bei Scan-Ad 4.«

»4?«

»Scan-Ad ist in verschiedene Bereiche eingeteilt. Es gibt fünf Abteilungen, die jeweils selbstständig arbeiten. Direktor Hauschildt war Direktor der 4. Gruppe. Alle Gruppen arbeiten selbstständig und sind nur dem Vorstand gegenüber verantwortlich.«

»Sind Sie zusammen hergekommen?«

Das war eine schwierige Frage. Sie richtete sich ein weiteres Mal auf und rollte ein wenig mit den Augen, um sie anscheinend in die passende Position in den Augenhöhlen zu bringen, bevor sie antwortete:

»Ja und nein. Ich hatte halbwegs Urlaub, sollte aber für ihn zur Verfügung stehen, falls er eine Sekretärin brauchte.«

»Sprechen Sie englisch?«

»Natürlich. Glauben Sie, man kann Sekretärin in einem Werbebüro werden ohne Englisch?«

»Hätten Sie etwas dagegen, wenn wir in Englisch weitermachen?«

»Nein, am liebsten würde ich ganz drauf verzichten, aber wenn's denn sein muss, dann können wir auch ebenso gut englisch reden. Was ist mit William passiert?«

»Er ist erschossen worden. Wir haben ihn am Straßenrand gefunden, um es klar zu sagen.«

»Oh.«

Sie lehnte sich wieder auf dem Sofa zurück und sah aus, als würde sie in sich zusammenfallen.

In der kurzen Pause, die entstand – und sie war äußerst kurz, weil selbst ich ohne jede medizinische Ausbildung sah, dass sie simulierte –, flüsterte ich Ehlers zu, dass doch auffallend viele Mitarbeiter von Scan-Ad auf Malta eines gewaltsamen Todes starben.

Daran, wie Ehlers daraufhin zusammenzuckte, konnte ich erkennen, dass er im Laufe der letzten

Stunden vergessen hatte, in welcher Firma Helle Layoutchefin gewesen war.

Dann richtete sie sich erneut auf.

»Entschuldigung«, sagte sie, genau mit der Glätte, die zu der Sekretärin eines Werbebüros während der Geschäftszeit gehört. »Entschuldigung, aber es war ein fürchterlicher Schock für mich.«

»Haben Sie eine Idee, wer es gewesen sein kann?«

»Nein, woher sollte ich?«

Sie strich sich übers Haar, als wolle sie ihre absolute Unschuld in jeder Hinsicht demonstrieren.

»Warum sind Sie hier?«

»Der Direktor wollte eine Reihe Verhandlungen führen und dabei eine Sekretärin zur Verfügung haben, aber eben nicht die ganze Zeit. Das war eine Art Urlaub, zumindest teilweise.«

»Was für Verhandlungen?«

»Ich glaube, es drehte sich um eine Anzeigenkampagne.«

»Für wen?«

»Das – das kann ich nicht sagen. William – der Direktor – führte die Verhandlungen allein.«

»Und er hat Ihnen nichts davon erzählt?«

»Nein ... nichts Näheres.«

Es erinnerte immer mehr an eine lang gezogene Agatha-Christie-Szene mit Hercule Poirot im Orientexpress.

»Was denn?«

»Nur, dass sie mühsam waren.«

»Aber nicht, um was es ging?«

»Nein.«

»Und das sollen wir Ihnen glauben?«

»Sie können glauben, was Sie wollen. Es stimmt, was ich sage.«

»Wie lange sind Sie schon hier?«

»Seit vierzehn Tagen.«

»Sie sind also Montag vor zwei Wochen angekommen?«

»Ja.«

»War Ihr Direktor im selben Flugzeug?«

»Ja.«

»Haben Sie im Mellieha Holiday Centre gewohnt?«

»Ja.«

»Beide?«

»Ja.«

»Wo?«

»Bungalow 204 und 205.«

»Wussten Sie, dass Helle Nyman die Woche darauf mit dem gleichen Flug gekommen ist? Kannten Sie sie?«

»Ja, ja, ja. Ich weiß, dass sie tot ist, und jetzt ist William auch noch tot. Warum müssen Sie mich so quälen? Was wollen Sie von mir?«

Ihr Gesicht sah aus wie eine Ferienkolonie von Runzeln.

Dr. Azzopardi machte eine abwehrende Handbewegung in Ehlers' Richtung.

Ehlers brachte daraufhin wie auf Kommando eine lange Litanei freundlicher Phrasen hervor. Es sei seine Pflicht, den Mörder ihres Chefs und ihrer Kollegin zu finden, und er sei sicher, dass sie das gleiche Interesse habe, und dazu müsse man die Spreu vom Weizen trennen. In der gleichen Sekunde fragte er sie, ob sie wisse, warum Helle Nyman gekommen sei.

»Nein«, antwortete sie. »Ich glaube aber, sie hat Urlaub gemacht. Ich glaube, sie war ganz zufällig hier.«

Für einen Augenblick sah sie äußerst ehrlich aus. Dann begann sie, krampfartig hysterisch zu weinen.

Maria sah sie verächtlich an. Ehlers und Muscat betrachteten sie beide männlich hilflos.

Ich sah Maria an.

Der alte Doktor holte eine Spritze, tätschelte Lene Prahm die Wange und sagte, sie brauche etwas zur Beruhigung. Er stach ihr in den Arm, bevor irgendjemand reagieren konnte, und sagte dann:

»Gönnen Sie ihr ein paar Stunden Schlaf, bevor Sie weitermachen. Sie ist wirklich sehr, sehr nervös.«

»Zu nervös«, erwiderte Muscat. »Viel zu nervös.«

Ehlers und er tauschten stillschweigend verständnisvolle Blicke.

Die Frau auf dem Sofa sah aus, als schliefe sie bereits. Sie holte angestrengt Luft, und ihr Gesicht war kreidebleich.

Maria Azzopardi stand auf und ging majestätisch würdevoll hinaus, ohne irgendjemandem ein Wort des Abschieds zu gönnen.

»Grüße Tony von mir«, sagte der Doktor, während er sich geduldig vom Sofa ab- und der Liege zuwandte, auf der William Hauschildt immer noch ruhte und geduldig wartete.

Sie antwortete nicht. Vielleicht war sie ja stumm.

Die Mifsuds kamen bescheiden wieder herein. Ihnen folgte Borg, trauriger als je zuvor, mit einem komplizierten Fotoapparat und einem Satz spezialgeschliffener Linsen. Während Azzopardi mit langfingriger Vorsicht in Hauschildts verstorbenen Eingeweiden herumwühlte, machte Borg Fotos von seinem Gesicht.

Lene Prahm schnarchte.

Ehlers und Muscat sahen einander mit dem gleichen geduldigen Blick an. Sie hatten sich erst am Tag zuvor kennen gelernt, kannten nichts von der Erziehung des anderen, seiner Natur, seiner Psychologie oder gar von seinem Sexualleben, aber beide waren sie Polizisten, und beide geduldig. Sie wussten, was auf sie zukam.

Ich hatte das Gefühl, wir stünden schon seit Jahren in diesem Hinterzimmer.

Die Tür wurde geöffnet, eine Glocke erklang, und Mrs. Mifsud ging hinaus zur Kundschaft – wie jeder hören konnte, verkaufte sie eine Dose Hautcreme zu £M 0,90. Als sie zurückkam und die Kundschaft hinaushuschte, benutzte ich die Gelegenheit, selbst in den Verkaufsraum zu gehen.

Der Regen hatte nicht nachgelassen. Er hämmerte auf die Steine. Auf Malta ging ein wahrer Wolkenbruch nieder.

Es war keine Menschenseele auf der Straße, und die Dunkelheit setzte ein. Der Tag war langsam fortgeschritten, und jetzt schlich sich schon die Nachmittagsdunkelheit bei uns ein, die immer so plötzlich anbrach. Sie schien von den Bergen zu kommen, wie ein riesiger schwarzer Mantel oder Umhang, der alles und alle umschlang, wie eine gigantische prähistorische Fledermaus, deren Schatten ganze Inseln verdunkeln konnte.

Unser zweiter Abend auf Malta. Unsere zweite Leiche.

Es war an diesem Abend, aber so dachte ich erst später, dass der Fall – wenn man zurückblickte – in eine neue Phase eintrat. Vorher war eine Frau brutal ermordet worden, aber das war nun mal so. Jetzt gab es eine Geschichte, nun gab es das, was in der Pressesprache »die Maltamorde« heißen würde, die mehrere Wochen lang die Titelseiten aller unserer Zeitungen beherrschen würden – und die drei Viertel aller Dänen überhaupt erst in Kenntnis davon setzen würden, dass Malta existierte.

Ich ging ein wenig die Straße auf und ab, ich hatte lange genug stillgestanden. Dann ging ich in ein Café und trank einen Cognac. Einige bekommen so etwas, damit sie nicht umfallen. Andere müssen ihn selbst kaufen, damit sie es nicht tun.

Ich sah weder Grech noch sonst jemanden, den ich kannte, bis ich zehn Minuten später wieder zurück zur Apotheke ging.

14

Im Hinterzimmer war die Situation unverändert wie nach einer Pause in einem viktorianischen Wohnzimmerdrama. Der Direktor lag auf seiner Liege, die Sekretärin lag schwer atmend auf ihrem Sofa, Mr. und Mrs. Mifsud saßen still mit gefalteten Händen auf zwei Stühlen nebeneinander. Dr. Azzopardi wusch seine Hände an einem sinnvollerweise in der Ecke installierten Waschbecken. Ehlers und Muscat standen in der Mitte des Raumes und flüsterten miteinander.

Niemand nahm Notiz von meinem Eintreten. Ich stellte mich mit dem Rücken zur Tür und sah nachdenklich drein.

Ehlers und Muscat sahen aus, als wären sie sich

über etwas einig geworden. Muscat ging zum Tisch neben Hauschildts Leiche und schrieb ein paar Zeilen auf einen Zettel, den er Ehlers gab.

Ehlers schaute flüchtig drauf und gab ihm Pfötchen. Dann verabschiedete er sich höflich von der Gesellschaft und zog mich im Vorbeigehen mit zur Tür, als wäre ich eine achtlos hingeworfene Einkaufstasche oder sein Lieblingspudel.

»Und was nun?«, fragte ich.

»Scheißsache!«, schnarrte er wütend.

Der gute alte Ehlers, wie er leibt und lebt – stur, verkniffen, wütend.

Und wie immer, wenn es wirklich brannte: mitteilsam.

Während wir zum Parkplatz wateten, wurde er genauer:

»Lene Prahm wird erst in ein paar Stunden aufwachen. In der Zwischenzeit bleibt Muscat bei ihr und veranlasst die Nachforschungen durch das Polizeirevier von Mellieha, während Dr. Azzopardi in sein Labor in Valletta fährt, um dort eine gründliche Untersuchung der Leiche vorzunehmen. Er rechnet damit, dass sie das Offensichtliche bestätigen wird, aber sie muss nun mal vorgenommen werden. Und in der Zwischenzeit sollen wir zwei Bungalows durchsuchen, einen erlaubt und einen unerlaubt.«

»Hauschildts und Prahms?«

»Richtig geraten.«

Auf der Küstenstraße waren Himmel und Erde nicht zu unterscheiden. Selbst Freddies Hunde wagten sich nicht hinaus.

Im Zentrum der Folke-Rejser war Licht, Leben und Heiterkeit. Die Internierten vergnügten sich so gut es ging. Man trank Drinks, erzählte einander

Geschichten und betrachtete das Unwetter von innen durch die sicheren Fensterscheiben der Bar.

»Warte einen Moment«, sagte Ehlers. Er eilte in die Rezeption.

Eine Gruppe kichernder Jugendlicher kam vorbei, vollkommen durchnässt, aber unbekümmert. »Glaubst du, die können einen ›daiquiri‹ machen?«, fragte eine hohe Mädchenstimme im Halbdunkel in erwartungsvollem Ton. Die Antwort kam zu spät, als dass ich sie hätte verstehen können, klang aber beruhigend. »Natürlich, mein Schatz«, oder so.

Natürlich, natürlich konnten sie einen Daiquiri machen. Natürlich konnten sie ein Steak braten. Natürlich konnten sie eine Schachtel Streichhölzer besorgen. Natürlich konnten sie all die anderen Affenkunststücke, die Menschen nun mal können. Und natürlich führten sie sie auch vor, ganz gleich, wie viele das Pech hatten, um sie herum umgebracht zu werden.

Während ich auf Ehlers wartete, steckte ich mir eine Zigarette an, starrte aufs Wasser und dachte an William Hauschildt. Helle hatte nie seinen Namen erwähnt, das konnte ich beschwören. Aber das sagte ja nichts, vielleicht eher im Gegenteil.

Andererseits hatte das blonde Fräulein Prahm wie so eine waschechte, kitschige Chef-und-Sekretärin-Affäre geklungen, komplett mit Bungalow nebeneinander und einer äußerst schwachen Ausrede hinsichtlich der ›Arbeit‹.

Ja und? Hauschildt fährt mit seiner Lene fort, und eine Woche später kommt Helle. Zufällig? Nicht zufällig? Etwa eine Dreiecksgeschichte? Helle in einer üblichen, trivialen Dreiecksgeschichte?

Vielleicht. Vielleicht.

The Great Dane war an diesem Abend sehr gefragt. Aus allen Richtungen strömte man herbei. Niemand wollte bei diesem Wetter sehr weit laufen.

Ehlers kam keuchend zurück.

»Hat gedauert«, sagte er atemlos. »Massen von Menschen mit allen möglichen Wünschen. Ich wollte nicht zu sehr drängeln. Aber jetzt habe ich die Schlüssel.«

Wir wandten uns der Afrikakarte des Holiday Centres zu und betrachteten sie aufmerksam. 204 und 205 waren miteinander verbundene Bungalows am äußersten Ende des Areals, blaue Sektion, ganz oben in der Nähe von Algerien.

»Was hältst du von dieser Sekretärin?«, fragte Ehlers.

»Ich glaube, sie hat es nicht leicht«, antwortete ich.

»Du weißt genau, was ich meine.«

»Ja. Ich denke, ihr Chef und sie hatten eine Affäre miteinander.«

»Und weiter?«

»Woher soll ich das wissen?«

»Findest du nicht, dass das sehr nach einem Dreiecksverhältnis aussieht?«

»Doch, schon, aber wie hängt das dann zusammen? Wenn sie niedergestochen worden wäre, okay, aber es ist der Mann, der erschossen worden ist – und die dritte Seite fällt einfach zusammen. Dieses Dreieck ist in seinen Verbindungsteilen nicht besonders stabil.«

»Kann sein. Aber es sind dennoch zu viele Zufälle. Und Helle Nyman und der Direktor sind zusammen gesehen worden.«

»Von einem Mann, dem gegenüber die maltesische Polizei äußerst tiefes Misstrauen hegt.«

Ehlers grinste. »Ach, Grech, nicht? Muscat sagt, er wäre ein versoffenes Schlitzohr, aber zu tüchtig, um ihn missen zu wollen. Muscat sagt, er hätte so eine Art siebten Sinn.«

Wir umrundeten ein paar Palmen und bogen von der grünen Sektion in die blaue ein, begrüßt von dem Anblick eines ungewöhnlich höhnischen Mondes.

Wir standen vor Bungalow 206, der dunkel und still dalag. Wir bogen fünf Meter nach links ab und standen vor dem Doppeleingang zu 204/205.

Ehlers stand mit einem Mal unbeweglich, aber in höchster Anspannung da, als zögen sich seine Muskeln und Nerven im gesamten Körper zusammen. Ich machte es ihm so gut ich konnte nach, ohne zu wissen, warum, bis ich entdeckte, dass in einem der Häuser Licht war.

In 205.

Die Tür war geschlossen, und die Mauer rundherum – äußerst diskret – gab keine Möglichkeit, hineinzusehen.

Vielleicht hatte nur jemand vergessen, das Licht zu löschen. Vielleicht, aber auf der anderen Seite ...

Ehlers dachte schnell nach.

»Bleib hier draußen«, sagte er. »Bleib hier stehen und pass auf. Ich gehe rein.«

Auf Katzenpfoten schlich er sich zur Tür und öffnete sie ohne das geringste Knirschen. Er ging nicht das Risiko ein, sie wieder zu schließen, ließ sie einfach offen stehen.

Das hätte er nicht tun sollen. In der nächsten Sekunde kam ein Windstoß und warf sie mit einem lauten, ganz charakteristischen Geräusch zu.

Danach ging alles furchtbar schnell.

Das Licht ging aus.

Ein Pistolenschuss durchschnitt den Abend.

Schnelle Schritte hallten durch den Hof. Keuchender Atem kam näher und öffnete die Pforte.

»Ehlers?«, rief ich.

Weit entfernt war Ehlers' Stimme zu hören: »Pass auf!«

Leider zu spät. Als er rief, ging die Pforte auf, und ein Mann kam heraus. Es war zu dunkel, um mehr erkennen zu können, als dass er groß war, so groß wie Hauschildt oder vielleicht noch größer.

Zu mehr kam ich nicht, bevor er auf mich losging. Er lief mit dem Kopf voran auf mich zu, buchstäblich wie ein Stier. Er beugte sich vor, vielleicht, damit ich sein Gesicht nicht sah, und rammte mir seinen Kopf direkt ins Zwerchfell.

Ich versuchte, das Gleichgewicht zu halten, stand aber dummerweise auf der obersten Stufe der kleinen Treppe, die zur Pforte führte. Ich fiel nach hintenüber, als er seinen Kopf in meinen Magen bohrte.

Beim Fall schlug ich mit dem Kopf auf die Steinstufen, obwohl ich versuchte, ihn mit den Händen zu schützen. Ich rollte einen Meter die Treppe hinunter und sah, wie der Mann zur Mauer lief. Gerade als ich versuchte, wieder auf die Beine zu kommen, sprang er hinüber, die Böschung hinab und verschwand in der Dunkelheit.

Um so einen Sprung eine dunkle Böschung hinunter zu schaffen, musste man geschmeidig und ortskundig sein. War man nicht beides gleichzeitig, so würde man mit einem gebrochenen Bein aufgefunden werden.

Ich ging zurück zu Nr. 205 und öffnete die Pforte.

Das Licht war wieder eingeschaltet. Ich war sehr gespannt, was ich vorfinden würde.

Ich fand Ehlers in einem Sessel im Wohnzimmer mit einer Pistole in der Hand. Er zielte mit der Pistole genau auf die Mitte des Sofas. Mitten auf dem Sofa saß ein kleiner, gedrungener Mann, der störrisch zu sein schien.

Er hatte sich seit ein paar Tagen nicht rasiert, und das stand ihm nicht. Er ähnelte einem sehr kleinen Schurken, einem Handlangerschurken, einem Nebenrollenschurken. Aber er sah feindselig und verbissen aus und schaute die ganze Zeit mit blinzelnden Augen abwechselnd auf seinen eigenen Bauch und Ehlers' Pistolenlauf.

Ehlers drehte sich nicht um, er blieb auf der Hut.

»Ist er entwischt?«, fragte er kalt.

»Ja«, antwortete ich.

»Was wolltet ihr hier?«, fragte Ehlers den kleinen Mann.

Der kleine Mann schüttelte nur verneinend den Kopf.

Ehlers bat ihn um seinen Namen.

Der kleine Mann schüttelte erneut verneinend den Kopf.

Apartment 205 sah nett aus, jetzt, wo man einen Blick darauf werfen konnte. Es war ein äußerst feminines Apartment, in dem herumgewühlt worden war. Das war keine Kritik, die man gerechterweise der Bewohnerin gegenüber hätte äußern können.

Höchstens, näher betrachtet, dass der ganze Kühlschrank ausgeräumt war und sein gesamter Inhalt wirr durcheinander auf dem Küchenboden lag. Ein ekliger, unordentlicher Anblick.

»Wonach habt ihr gesucht?«, fragte Ehlers.

Kopfschütteln. Sie hatten nach gar nichts gesucht.

»Du«, sagte Ehlers. »Geh zur Rezeption und ruf Muscat in der Apotheke an. Bitte ihn, mit einem zusätzlichen Mann herzukommen, dann halte ich den hier solange in Schach. Aber beeile dich, wir haben keine Zeit.«

Ich dachte, dass es doch schön für Ehlers sein musste, immer einen Botenjungen bei sich zu haben. Ihm gefiel das sicher.

Es gelang mir, in der Bar ein Telefon zu erobern und Kontakt mit einer ängstlichen Stimme aufzunehmen, die, wie sich herausstellte, Mr. Mifsud gehörte.

Einen Moment später war Muscat am Telefon, und ich erzählte ihm kurz von unseren letzten Erlebnissen.

»Ich schicke Grech und Borg«, entschied er sofort. »Ich bleibe bei der Dänin. Anscheinend ist alles viel schlimmer, als wir gedacht haben. Warten Sie vor dem Centre, dann können Sie den Weg zeigen.«

»Yes, Sir«, sagte ich. Ich war dabei, der vollkommene Corpssoldat zu werden. Noch eine Woche von der Sorte, und ich würde mich freiwillig zum Militär melden.

Ich beeilte mich, den Regen und Matsch aus meinem Gesicht zu waschen und von Teilen meines Mantels abzubürsten, bevor ich rausging, um die beiden ›polizias‹ zu treffen. Wir gingen direkt zur Nr. 205, wo Ehlers und der kleine Mann erstarrt wie die Wachsfiguren dasaßen, genauso, wie ich sie verlassen hatte.

15

Manuel!«, sagte Grech mit einem vorwurfsvollen, tadelnden Unterton, wie ein Lehrer, der seinen Schüler zurechtweist.

Manuel sah nicht so aus, als freue er sich, alte Freunde zu sehen. Manuel sagte gar nichts.

Ehlers steckte seine Pistole in die Tasche.

»Versucht mal, ob ihr es schafft, irgendwas aus ihm rauszukriegen«, sagte er, als er aufstand und sich wie ein Büromensch streckte, der einen ganzen Tag hinterm Schreibtisch gesessen hatte.

Grech und Borg nahmen Manuel in die Mitte und begannen in kurzen, knappen Sätzen maltesisch mit ihm zu sprechen.

Ehlers und ich gingen diskret zur Gartentür.

»Ich glaube«, sagte Ehlers, »dass wir uns ebenso gut gleich Nr. 204 angucken können. Da brennt zwar kein Licht, aber es ist sicher dennoch gut, eine Pistole mitzunehmen.«

Er rief Grech zu, was wir vorhatten, und Grech nickte zustimmend, während er weiter kurze, harte, eindringliche Stakkatofragen in Manuels wehrlose Ohren schrie.

Wehrlos nicht zuletzt, weil Borg ihm die Arme auf den Rücken gedreht hatte. Das musste verdammt wehtun.

»Was ist passiert?«, fragte ich.

»Einer hat auf mich geschossen – die Kugel steckt in der Wand – und ist danach sofort abgehauen. Dann habe ich gesehen, dass ein Zweiter ins Schlafzimmer verschwinden wollte, und den habe ich erwischt.«

»Ich wusste gar nicht, dass du eine Pistole bei dir hast.«

»Muscat hat mir gestern eine geliehen. Er meinte, es könnte besser sein, eine dabeizuhaben.«

»Muscat ist nicht ganz dumm.«

»Muscat ist ein äußerst umsichtiger Polizist. Ihn hätte ich gern zu Hause in meiner Gruppe am Halmtorvet.«

Vorsichtshalber schlichen wir zur Nr. 204 hinüber wie die Mokassin-Indianer aus einem der Abenteuerbücher unserer Kindheit, aber das wäre nicht notwendig gewesen. Es war dunkel, und keine Menschenseele dort. Das Schloss gab bereitwillig nach, die Tür öffnete sich, das Licht ließ sich einschalten – und beleuchtete eine Götterdämmerung, einen Abenteuerspielplatz von einem Bungalow.

Jeder einzelne Stuhl, jede Liege war aufgerissen worden und zeigte uns anklagend ihr inneres Rosshaar – oder was es sonst sein mochte –, um darauf hinzuweisen, dass die Leute nicht so einfach in den Eingeweiden anderer Dinge herumwühlen sollten. Es sah aus wie eine moderne Kunstausstellung. Auf dem Tisch lag eine kunterbunte Mischung von Jacken, Hosen, Hemden, Hüten – alle aufgeschnitten und in kleine Fetzen zerrissen.

Der Kühlschrank war sperrangelweit offen und surrte, aber in ihm standen nur Flaschen, er war also offensichtlich schnell ad acta gelegt worden.

Im Schlafzimmer bot sich das gleiche Bild: Alles war aufgeschnitten worden. Hier fanden wir jedoch, unter ein paar Matratzenfedern, William Hauschildts Pass. Er sah aus wie jeder andere Pass. Er war bei der Einreise in Luqa am Montag vor vierzehn Tagen gestempelt worden.

Ehlers blätterte interessiert in dem Pass herum.

»Guck mal«, sagte er und zeigte ihn mir, »guck mal, der Herr war ein Freund von Malta. Er war auch im August und im Mai hier, aber jedes Mal nur eine Woche.«

Ehlers steckte den Pass in die Tasche. Dann schnüffelte er langsam und bedächtig in den durchwühlten Hinterlassenschaften herum, die den ansonsten so eleganten Bungalow eher wie eine Abbruchwohnung im finstersten Nørrebro aussehen ließen.

»Jedenfalls haben sie nicht nach etwas Großem gesucht«, murmelte er, als spräche er zu sich selbst. »Es muss etwas so Kleines sein, dass es in ein Jackenfutter eingenäht werden kann.«

»Und sie haben es nicht gefunden«, fuhr ich fort. »Sie haben hier angefangen und nichts gefunden, und dann haben sie gedacht, sie sehen lieber nebenan nach. Sie waren gut informiert.«

»Ja«, bestätigte er. »Ich glaube, wir sollten lieber den anderen Bungalow auf die gleiche Art und Weise untersuchen, wie sie diesen hier untersucht haben.«

Er löschte das Licht und schloss sorgfältig ab, und wir gingen zu Nr. 205 zurück, wo Borg Manuel in einem scheinbar kameradschaftlichen, aber wohl ziemlich schmerzhaften Griff um die Schultern hielt, während Grech ein Glas und eine Flasche Cognac gefunden hatte und am Küchentisch stand und sich bediente.

Als wir kamen, stellte er das Glas ab, wischte sich über den Mund und fragte: »Was Neues?«

»Alles durchwühlt«, sagte Ehlers. »Die suchen was. Es können Drogen sein, Papiere, Juwelen und sogar irgendwelche kostbaren Briefmarken, ich habe keine Ahnung, aber es gibt etwas, das sie unbedingt finden wollen. Deshalb werden wir es finden.«

»Ausgezeichnet. Manuel will nichts sagen.«

Grech sah nicht einmal höhnisch aus, als er das mitteilte. Er sah nur aus, als wenn es eben so wäre.

Er schlug Ehlers vor, dass Borg und er den Gefangenen zum Polizeirevier nach Mellieha brächten und dann zurückkämen, um bei der Durchsuchung zu helfen.

Ehlers stimmte zu. Die beiden Beamten zogen mit einem widerborstigen Kameraden in ihrer Mitte ab. Sie sahen aus wie ein Komikertrio aus einer alten Stummfilmfarce, wie sie langsam und mühsam eins-und-zwei-und-drei die Treppe hinuntergingen und sich zum Parkplatz hin bewegten.

Die Leute im Holiday Centre mussten sich langsam über den lebhaften Verkehr von Polizeiwagen wundern.

Ehlers schnüffelte wie ein Hund herum. Er sah aus wie ein Fußballspieler, der dabei war, sich einen strategischen Überblick über das Feld zu verschaffen, um später in der Hitze des Kampfes die schlimmsten Drecklöcher umgehen zu können.

Er legte sich auf den Boden und schaute unter alle Betten. Er durchkämmte alle Schränke. Er wühlte in den Regalen herum, fummelte mit Unterwäsche und Hautcremes, wie wir es auch in Helles Bungalow gemacht hatten.

Darüber verging einige Zeit.

Dann begann er, Decken und Kissen aus ihren Bezügen zu ziehen und überall auf ihnen herumzuklopfen. Das sah komisch aus.

Danach ergriff er, mit der Miene eines japanischen Harakirimeisters, das größte und schärfste Küchenmesser und sah die Matratzen anklagend an.

In diesem Augenblick kam Muscat herein. Sein Schnurrbart zitterte.

»Was für ein Tag!«, sagte er. Er fasste Ehlers beim Arm und schlug ihm freundschaftlich auf die Schulter, als wolle er sagen, dass es nicht so schlimm sei, auch wenn es im Augenblick so aussähe. »Ich bin gleich hergekommen. Die Mifsuds kümmern sich um Miss Prahm, und Maria Azzopardi ist auch da.«

Ehlers gab ihm eine kurze Zusammenfassung.

Muscat nickte.

»Ja, wir kennen Manuel«, sagte er. »Früher lebte er vom Schmuggel von und nach Sizilien, aber da ist kein Geschäft mehr zu machen, deshalb macht er jetzt alles, was er finden kann. Mein Gott, wir haben ihn schon sieben Mal eingebuchtet, und wenn er weiterhin bei guter Gesundheit bleibt, dann wird es sicher auf zwölf-, fünfzehnmal kommen. Er sagt nie etwas, er ist die Zuverlässigkeit in Person gegenüber der Hand, die ihm den Knochen zusteckt. Ich wünschte, er wäre mein Spitzel.«

»Wir sind gezwungen, härter mit Frau Prahm umzugehen«, sagte Ehlers. »Das ist die einzige Fährte, die wir haben.«

»Ach, das habe ich ganz vergessen«, warf Muscat höflich ein, »wir haben den Wagen gefunden, Direktor Hauschildts Wagen. Eine Verkehrspatrouille hatte einen Wagen gemeldet, der auf einer Baustelle bei St. Julian's stand und die Straßenarbeiten behinderte. Es war seiner. Der Mietvertrag steckte unter der Windschutzscheibe.«

»St. Julian's?«

»Richtung Paceville, wenn Sie das kennen.«

»Und was hat der Wagen gesagt?«

»Nichts. Kein Hinweis auf einen Schuss, kein Hinweis auf – Gewalt. Es sah aus, als wäre er dort nur geparkt. Aber an einem absolut unmöglichen, idiotischen Platz.«

Wir verdauten diese Informationen schweigend. Muscat fragte Ehlers: »Sollen wir Borg drauf ansetzen? Wenn es irgendwo hier etwas gibt, dann wird Borg es finden.«

Ehlers nickte. Muscat rief den zurückgekehrten Borg zu sich und instruierte ihn.

Borg nickte.

Wir gingen.

Auf dem Weg zum Holiday Centre, in einem nunmehr langsameren, müderen Regen, einem Regen, der sich ausgetobt hatte, aber gleich wieder mit den Muskeln spielen konnte, obwohl (oder vielleicht gerade weil) der Wind aufgegeben hatte, bekam ich eine Idee.

»Hör mal, Ehlers«, sagte ich. »Du hast doch die Listen der Passagiere bekommen, die zusammen mit Helle gereist sind. Du hast aber nicht die Listen der Leute von letzter Woche, wie Hauschildt und Prahm. Sollten wir die nicht nochmal extra durchgehen?«

»Was meinst du?«, fragte er. »Natürlich wollen wir das, aber das ist alles so verdammt schnell gegangen, und ...«

»Klar«, bestätigte ich. »Das ist fast wie bei den zehn kleinen Negerlein, du weißt doch, oder bei den zehn kleinen Entchen in dem Kinderlied. Das fängt mit zehn an, und dann wird einer nach dem anderen abserviert. Aber hier ist es eher umgekehrt. Wir fangen mit einer Angestellten bei Scan-Ad an, dann haben wir zwei, dann drei. Wer zum Teufel weiß, ob es nicht noch eine Nummer vier gibt?«

Ehlers grunzte.

»Das ist eins der zehntausend Dinge, die ich morgen checken muss, wenn ich es nicht heute Nacht schaffe. Wir haben – ich habe und Muscat auch – mehrere Tage mit Verhören vor uns. Ich müsste eigentlich um Verstärkung nach Hause telegrafieren.«

Dieses Wort ›telegrafieren‹ hätte er nicht sagen sollen. Es erinnerte mich zu sehr an etwas. Es war, als wenn ein Zirkuspferd Sägespäne roch oder die alten Politiker der Eröffnungsdebatte in Christiansborg beiwohnten.

›Telegrafieren‹. Natürlich. War ich kein Journalist? War es nicht meine Pflicht, mein Job, mein Rückgrat, ans Bladet zu telegrafieren, was passiert war? Ich könnte es noch gut schaffen. Es war erst 20, 21 Uhr. Wenn ich richtig schnell wäre, könnte das Bladet den Mord an William Hauschildt als einzige Zeitung am nächsten Tag melden. Wenn ich richtig schnell wäre, könnte ich meine Story nach Hause schicken, würde einen Clou landen, der in die Pressegeschichte einging, und wäre für mindestens sechs Monate Otzens braver Junge der Spitzenklasse.

Andererseits wäre es reichlich schäbig, sagte etwas in mir. Wirklich rattenfies, lausgemein, schwefelstinkend-schändlich, Berichte über das hier nach Hause zu schicken.

Dr. Jekyll und Mr. Hyde trugen eine Kontroverse in meinem Hinterkopf aus, während wir zum Centre gingen. Während dieses Fights war ich ein paar

Schritte hinter Ehlers und Muscat zurückgefallen, deshalb warteten sie vor der Rezeption auf mich.

»Ja«, sagte Ehlers geschäftsmäßig, »Muscat und ich müssen jetzt unserer Routine nachgehen. Ich denke, du solltest dir eine Mütze voll Schlaf gönnen.«

»Nun müssen die kleinen Jungen ins Bett, weil die großen sich allein amüsieren wollen?«

»Du brauchst gar nicht sauer zu sein. Du kennst doch die Spielregeln.«

»Und ich weiß auch, wie oft du sie übertreten hast.«

»Quatsch. Erhol dich lieber ein bisschen, Mann! Wir sehen uns morgen.«

Muscat tippte höflich an seine Mütze, als sie wegfuhren.

›Erhol dich, Mann!‹, ›Erhol dich, Mann!‹, mitten im Regen, während das Wasser an einem herunterläuft und der Wind einem den Dreck in die Nasenlöcher weht? ›Erhol dich, Mann!‹, wenn einer der Menschen, denen man in seinem lausigen Leben am nächsten war, seit zwei Tagen tot ist? ›Erhol dich, Mann!‹, kurz nachdem man eine zweite Leiche gefunden hat und eine Steintreppe runter in den Dreck geschmissen worden ist?

›Erhol dich, Mann!‹

Ich winkte höflich den beiden verschworenen Bullen hinterher, als sie davonfuhren.

Dann ging ich in die Bar, um mich ein wenig zu erholen. Es soll niemand sagen, dass ich mich weigere, einem guten, wohlmeinenden, mitmenschlichen Rat zu folgen.

16

Die Bar im Holiday Centre hatte an diesem Abend großen Zulauf. Das war einleuchtend, der Regen war leichter zu ertragen, wenn man über ihn sprach.

Die ganze dänische Familie hatte die Bar belegt, aber typischerweise immer in kleinen, netten Grüppchen. Es war so früh am Abend, dass die Paare noch beisammensaßen, und erst einzelne einander gefunden hatten, aber die Annäherung war im vollen Gange. Jedenfalls sah ich, dass das Vegetarierpaar aus dem Flugzeug sich den beiden Ebbas angeschlossen hatte, und das versprach viel für die Volksgesundheit.

Die Leute saßen verstreut an winzigen Tischen herum und sahen aus, als warteten sie darauf, fotografiert zu werden, deshalb stellte ich mich mit meinem Hopleaf an der Bar auf und fotografierte sie mit meinen Augen, still und gewissenhaft Tisch für Tisch, während ich gleichzeitig meinen Nachbarn an der Bar lauschte, den beiden Gewerkschaftsheinis aus dem Flugzeug. Sie hatten ihren Kreis um einen Dritten erweitert.

»Nein«, sagte der eine, wobei er mit gewichtiger Miene seinen Drink ergriff, »nein, das ist der verkehrte Zeitpunkt für eine Wahl, aber wir müssen es ja nun mal, also Scheiß drauf, haha! Prost!«

»Das stimmt«, sagte der Zweite, »das Wichtigste dabei ist doch verdammt nochmal, dass man dabei nicht die gute Laune verliert! Prost!«

Hinter ihnen sprachen die Vegetarier leise und sachlich und anscheinend leiderfüllt auf die Ebbas ein. Alle vier Stirnen waren in tiefe, gedankenvolle, intellektuelle Falten gelegt.

Nach einem leeren Tisch (es sah so aus, als säßen alle mit einem leeren Tisch zwischen sich und der nächsten Gruppe, wie bei einer Art Brettspiel, bei dem man auf bestimmten Feldern nicht stehen darf) folgten Kaj und Vera. Kaj und Vera sahen äußerst misstrauisch auf eine gelbliche Flüssigkeit in ihren Gläsern. Sie hielten sie hoch, stellten sie wieder hin, hielten sie ins spärliche Licht und rochen an ihr. Sie sahen äußerst skeptisch aus.

Mit einer Miene, als sollte es jetzt auf Biegen und Brechen klappen, hoben sie plötzlich gleichzeitig ihre Gläser. Beide nahmen einen Schluck und sahen danach erleichtert und zufrieden aus, dass sie immer noch am Leben waren.

»Wir werden diese Wahl verlieren!«, sagte der Heini neben mir mit lauter, fester und empörter Stimme. »Da gibt's gar nichts zu lachen!«

Mir fiel ein, dass in Dänemark in einer Woche Parlamentswahlen stattfinden würden. Wahrscheinlich sprachen sie darüber. Es hieß damals, die Sozialdemokraten würden sicher eine Schlappe erleiden, aber so was wird ja immer gesagt.

»Dann werden wir beim nächsten Mal zurückkommen!«, erklärte der ganz außen stehende Heini mit unerschütterlicher Jovialität. »Scheiß drauf, Mortensen, so ist es nun mal, es geht doch immer auf und ab, nicht wahr? Prost! Ich schmeiß noch 'ne Runde!«

Das junge Paar saß ganz in der Ecke und hielt Händchen. Es sah nicht so aus, als brauchten sie mehr.

Früher hat sicher mal jemand an dieser Bar gestanden, Helle und mich betrachtet und das Gleiche gedacht.

Ach, Teufel auch, alles ist schon mal gedacht worden.

Die beiden jungen Typen, die im Flugzeug alles geil gefunden hatten, waren jetzt offensichtlich der Meinung, dass alles noch viel geiler sei. Sie saßen mit dem gebührenden Tisch Abstand zum jungen Paar, zusammen mit den beiden kichernden Teenagern, und sahen aus, als wären sie in Topform für eine kleine nächtliche Eroberung. Alle vier lachten viel und sahen aus, als amüsierten sie sich köstlich und als wäre ihnen sonst alles vollkommen egal. Dem war wohl auch wirklich so. Alle bemühten sich nach Leibeskräften, sich zu amüsieren. Was sollten sie sonst tun?

Vor dem einen Typen, dem mit den längsten Haaren, lag ein großer, unförmiger brauner Sack, den er plötzlich mit feierlichen Gebärden auspackte. Der Sack enthielt eine Gitarre.

Ich bestellte mir ein weiteres Hopleaf und machte mich auf das Schlimmste gefasst, während die Bonzen neben mir nach einer weiteren Runde so weit in ihrem volksverbundenen Gejammer gekommen waren, dass sie nunmehr den Verlust von Ministerpräsident H. C. Hansen beweinten. »Der konnte jedenfalls die Leute begeistern, weißt du ... Ich erinnere mich noch daran, das war einmal in Skanderborg ...«

Der Typ schlug zur Probe ein paar Saiten an – sie klangen wie alle abgenutzten Seiten einer 400-Kronen-Gitarre klingen –, und dann begann er, ›We Shall Overcome‹ zu singen.

Ich verzog mein Gesicht.

Die Gesellschaft sah aus, als wäre sie in Trance gefallen. Das junge Paar rückte noch näher zusammen, als hätten sie jetzt das Gefühl, in der großen, weiten Welt zu sein, in der Leute einfach spontan anfingen, Gitarre zu spielen.

Der Kellner hob die Augenbrauen, ohne ein Wort zu sagen. Die drei Gewerkschaftsheinis sahen zunächst aus, als wären sie über den Lärm empört, dann fanden sie jedoch ihre Fassung wieder und hoben einfach ihre Stimmen etwas an, wie sie es auch auf ihren Sitzungen machten. Die Ebbas sahen aufmunternd drein, als wollten sie sagen, dass sie schon immer viel von Gesang und Musik gehalten hatten.

Der andere fesche Typ sprang mit dem einen Mädchen auf und fing an zu tanzen. Vereinzelt wurde geklatscht. Die Stimmung wurde entspannter. Vera sah Kaj tief in die Augen. Vielleicht würden sie so in zwanzig Minuten aufstehen.

Ich war kurz davor zu kotzen.

Aber ich wusste nur zu gut, dass das mein eigener Fehler war. Das hat man nun davon, wenn man zunächst als reisender Musiker sein Brot verdient hat, dann als Reiseführer und schließlich als Journalist. Man kommt täglich mit allen möglichen Menschen in Kontakt, wie man so sagt. Mit allzu vielen und mit allzu vielen Träumen, Ideen, Einfällen, Grillen, Enttäuschungen und Desastern dieser Menschen. Man erhält eine Überdosis: Man kriegt genug von den Menschen. Man ist selbst ein Mensch, und diese Bürde allein ist schon schwer genug zu tragen. Wenn man dann zusätzlich noch mit anderen dieser Rasse belastet wird ...

Ich führte Selbstgespräche – ein untrügliches Zeichen dafür, dass ich dabei war, mich zu betrinken. Das gefiel mir. Das war meine einzige Chance, eine Mütze Schlaf zu bekommen.

Ich starrte an die Wand, eine wunderbar saubere weiße Wand, eine Wand, auf der kein einziger Finger zu sehen war. Eine schöne, reine weiße Wand, die zum Verwechseln der in einem Bahnhofspissoir in der Provinz ähnelte – nach der jährlichen Reinigung von schlecht gemachtem Graffiti.

Der Gitarrentyp begann nun, uns zu erzählen, dass die Antwort vom Winde verweht worden wäre. ›The answer, my friend‹, sang er aufdringlich. Aber ich war verdammt nochmal nicht sein ›friend‹. Ich suchte auch verflucht nochmal keine ›answer‹. Er irritierte mich.

Direkt neben mir lag eine Broschüre, wie ich feststellte, als mein Arm ein wenig auf dem Tresen entlangrutschte. Die Titelseite dieser Broschüre zierte eine schlechte Amateurzeichnung eines Löwen und eines Lamms, die Seite an Seite grasten. ›Das kann Wirklichkeit werden‹, versprach der Untertext, ›wenn du nur dein Herz dem Herrn schenkst‹.

Sicher, ganz sicher, dachte ich. Ich war diese Art von Broschüren leid. Ich hatte das Gefühl, sie hätten mich mein ganzes Leben lang verfolgt. Seitdem ich alt genug war, um allein auf die Straße zu gehen, waren Leute jeden Alters und Geschlechts mit diesen Broschüren auf mich zu gestürzt und hatten mir erzählt, wie viel besser es ihnen ginge, seit sie das Heil gefunden und den Herrn gesehen hätten. Und wenn man ihnen doch mal entging, dann lag ihr Blatt in einer Telefonzelle oder auf einem Bartresen.

Sie meinten es nur gut, diese Leute. Und gerade

das war das Verfluchte, man durfte nicht einmal nach ihnen treten, sie taten ja niemandem etwas.

Sie sind nur einfach immer überall. Selbst auf Malta kann man ihnen nicht entkommen. Sie stehen wie die Vampire da und strecken ihre Klauen nach einem aus. Sie sind vollkommen davon überzeugt, dass der Löwe eines Tages neben dem Lamm grasen wird.

Gott segne sie, und Gott segne die jungen Gitarrenspieler mit ihren vom Winde verwehten Antworten, und Gott segne sogar die aufgekratzten Gewerkschaftbonzen, die angefangen hatten, einander Insidertipps für die kommende Wahl zuzuflüstern.

»Ich habe gehört, dass Thomas gesagt hat ...«

Sie steckten vertraulich die Köpfe zusammen.

Die Bar floss ineinander und wurde immer chaotischer. Ich drehte mich um, um ein wenig Bewegung zu bekommen, und schaute direkt in Grechs Augen, der sich einen Cognac bestellte. Ein wunderbarer, fester Haltepunkt. Grech.

»Hallo«, sagte ich, »was Neues?«

Grech sah mich ruhig an. »Nein«, antwortete er, wobei er sein Glas mit sicherer Hand ergriff. »Ich glaube nicht. Mein Chef und Ihr Chef reden gerade mit der jungen Dame – Miss Prahm.«

Grech dachte also, ich wäre Ehlers' rechte Hand. Ausgezeichnet.

»Hat sie was gesagt?«, fragte ich so locker wie möglich.

»Weiß ich nicht«, stellte Grech ohne Umschweife fest. »Ich bin nur hier, um Borg zu holen. Wir fahren gleich nach Valletta. Muscat will die beiden Bungalows heute Nacht bewachen lassen. Er braucht uns, deshalb habe ich zwei Kollegen dabei, Fenick und Spiteri. Sie sind losgegangen, Borg Bescheid zu sagen.«

Wie um seine Ausführungen zu bestätigen, tauchte Borg im gleichen Augenblick auf, kühl und vertrauenswürdig. Er nickte mir höflich, aber distanziert zu und fragte Grech, ob er so weit wäre.

»Wollen Sie nicht einen mittrinken?«, fragte ich höflich.

»Nein danke, ich bin im Dienst«, antwortete Borg mit einem vorwurfsvollen Seitenblick auf Grech.

Grech wischte sich den Mund ab, zwinkerte mir zu und verschwand mit Borg Richtung Valletta zu Ehlers, Muscat und Lene Prahm.

Ich fühlte mich ein wenig außen vor.

Ich stützte meine Ellbogen etwas stärker auf den Tresen und bestellte nochmal das Gleiche. Der Gitarrist hatte offensichtlich sein Repertoire erschöpft und spielte nur noch einen unbestimmbaren Rhythmus, zu dem seine Gesellschaft ab und zu ›la-la-la‹ sang.

Ich hatte ein paar kleinere physische Wunden abbekommen, als ich auf der Steintreppe herumgerutscht war, aber das machte nichts. Das, was mich beschäftigte, was mich auffraß, das war die große psychische Narbe nach Helle.

Ich versuchte, mir selbst einzureden, dass es garantiert keinen einzigen Menschen in dieser Bar gab, der nicht so eine Narbe hatte, auf irgendeine Weise. Sogar der Gitarrentyp hatte sie, oder er würde sie zumindest früher oder später bekommen. Auch Kaj und Vera, sonst wären sie nicht Kaj und Vera. Ja, selbst die Ebbas.

Ich fühlte mich sehr allein. Ich vermisste Gitte.

Ich hatte verdammt Lust, hier und jetzt, Gitte zu umarmen, sie ganz fest zu umarmen, sie an mich zu drücken, sie zu zerdrücken ... Ich merkte es, als ich feststellte, dass meine Hände die Tresenkante umklammerten, dass die Knöchel weiß hervortraten.

Und natürlich, sagte eine Stimme unterhalb meiner eigenen (die mir aber auch gehörte), natürlich denkst du nur an Gitte, um von Helle loszukommen, du Heuchler.

Helle ... Die gleichzeitig so sanfte und so bestimmte Helle, Helle mit ihren festen Grenzen. Helle, deren Loyalität man erst nach Jahren des Kampfes gewann (aber dann war sie unerschütterlich), Helle, deren Zurückhaltung und angeborene Bescheidenheit Fremde immer dazu verleiteten, sie zu unterschätzen ...

Helle, ein unglaublich komplizierter Organismus. Helle, ein biologisches Phänomen, so faszinierend wie der Blaubarsch oder Pterodaktylus. Helle, ein Wesen. Helle, ein bisschen Schleim am Ufer der Welt. Helle, ein Spermatozon mit Job bei Scan-Ad. Helle, eine Schnecke, die immer nach ihrem Schneckenhaus gesucht hatte. Helle, ein verkannter weiblicher Frankenstein, dessen Höflichkeit immer mit Hochmut verwechselt wurde. Helle, eine Personennummer – 190747-0362. Helle, ein schlechtes Gewissen. Helle, zunächst ein Traum, dann eine Realität – und jetzt erneut ein Traum. Helle, klein und steif, auf ihrer Bahre, bedeckt mit einem Laken, in Valletta.

Helle als zahnloses Skelett, wo sie doch immer so sehr auf sich geachtet hatte. Helle, eine Ansammlung von Knochenresten. Helle in Verwesung. Helle, die zu Erde wird.

Ich versuchte fieberhaft, Gitte Bristol vor mir zu sehen.

Helles arme Eltern, die tagelang weinen werden und schluchzen beim Familienbegräbnis eines Morgens im Regen ...

Die Würmer in der feuchten Erde ... Der dortige Pfarrer, mit Halstuch aus Angst, sich zu erkälten ...

»Von Erde bist du gekommen ... Zu Erde sollst du werden ... Von der Erde wirst du auferstehen ...«

Auferstehen? Wiederauferstehung? Würde sie wieder auferstehen?

Jedenfalls stand sie plötzlich neben mir.

»Du siehst so traurig aus«, sagte sie.

Es war Helle. Ebenso groß, ebenso blond, und mit denselben dunkelblauen Augen.

Sogar der Körper war derselbe. Dieselbe zarte Schmächtigkeit, die einige Frauen ihr Leben lang behalten, weshalb man sie als ›Mädchen‹ bezeichnet, bis sie achtzig sind.

Es war Helle.

Nur mit dem Unterschied, dass sie Hanne hieß.

Aber sie war einfach süß.

Während einer langen Zeitspanne meines Lebens traf ich ausschließlich zwei Arten von Frauen, nämlich die Sorte, die sagte: »Erzähl mir was von dir«, und die Sorte, die fragte: »Spendierst du mir 'nen Drink, Schatz?«

Es waren immer die Frauen letzterer Sorte, denen ich schließlich etwas von mir erzählt habe.

Hanne war so ein Typ. Sie war 32 Jahre alt und geschieden. Sie arbeitete als Zahnarzthelferin am Enghave Plads. Hanne hatte sehr, sehr dunkelblaue Augen. Hanne war ein wenig traumartig. Es schien, als schwebe Hanne ein wenig, sie war schwer zu greifen, aber auf jeden Fall war sie groß, blond und hatte ein warmes Lächeln. Sie ähnelte Helle sehr. Nein, nicht ganz: Ihre Lippen waren jedenfalls breiter als Helles. Aufgeworfener. Eher lachend.

Lebendiger.

Hanne wohnte im Bungalow Nr. 211. Auf dem Weg von der gelben zur blauen Sektion, während wir Afrika durchschritten und meine Hand auf ihren Hüften ruhte, als wären diese die Antwort auf alles (und so schien es mir auch), sah ich zwei uniformierte Herren hin und her wandern. Fenick vor Nr. 204 und Spiteri vor Nr. 205 oder aber umgekehrt.

Sie hatten ihre guten Gründe, hier zu stehen. Indem sie hier standen, arbeiteten sie für die Gerechtigkeit.

Mein Arm jedoch glitt um Hannes Hüften, und die waren warm und wirklich aus Fleisch und Blut. Ich hätte nur ungern getauscht. Hannes Hüften waren etwas, an dem man sich festhalten konnte. Galt das jemals für die Gerechtigkeit?

17

Zwei Stunden später wachte ich auf und erzählte mir ausführlich, Silbe für Silbe, Buchstabe für Buchstabe, dass ich ein verfluchter Idiot war.

Ein verfluchter Idiot, von welcher Seite man es auch betrachtete. Ein sentimentaler Tropf. Ein Jammerlappen. Ein Dummkopf, der mit der erstbesten Dame nach Hause geht, nur weil der arme kleine Junge es nicht mehr aushält, nur weil die frühere

Freundin des armen kleinen Jungen ermordet worden ist und seine jetzige Freundin weit weg in Kopenhagen sitzt.

»Ach je!«, sagte das immer höhnische Unterbewusstsein, »Hänschen klein allein in der weiten Welt?«

Hanne schlief tief und fest. Sie lag innen im Bett und drehte mir den Rücken zu. Ihr Körper war immer noch sehr warm.

Das Licht brannte noch.

Ganz gleich, wie alt man wird, man lernt niemals solche Situationen zu meistern. Ganz gleich, wie oft man es versucht hat, man steht immer wieder auf der Türschwelle, schaut zurück und hat im Hinterkopf eine Art Vision von einem zukünftigen gemeinsamen Leben und wie es sein würde – gemischt mit dem schuldbewussten Gefühl, zumindest eine Nachricht hinterlassen zu müssen. Einen kleinen lieben Zettel.

Als ob kleine liebe Zettel für irgendjemanden irgendeinen Unterschied machen würden. Sie war prädestiniert, an diesem Abend irgendjemanden mit nach Hause zu schleppen, und das konnte ebenso gut ich sein. Wäre ich es nicht gewesen, hätte es ebenso gut der Kerl mit der Gitarre sein können.

Ich zog mich langsam an. Ich hatte immer noch das Gefühl, nach ihr zu riechen. Sie roch gut. Sie roch nach Tier, nach Pelz, Fell und Waldboden.

Wenn alles andere vorbei ist, wenn alle Ansprüche von einem Menschen abgeschält sind, wenn Ziele, Ideale und Träume verschwunden sind, wenn das Leben sich als der Dreckhaufen beschissener Zufälle entpuppt hat, das es ist – dann bleibt immer noch der Geschlechtstrieb zurück.

Sogar in den Konzentrationslagern haben sie gebumst.

Gibt es etwas Lächerlicheres als einen Mann, der ›seine Hosen anzieht‹, nachdem er mit einer Frau geschlafen hat?

Gibt es überhaupt etwas Lächerlicheres als ›einen Mann‹?

Ich warf eine Kusshand zum Bett hinüber. Auf dem Bett lag eine Frau, die aus irgendeinem Grund das elementare, groteske Wunder ihres Geschlechts ausgeübt hatte: Einen Mann wieder auferstehen zu lassen – so unnütz das auch sein möge.

Ich fühlte mich wie ein Vierzehnjähriger, als ich mich aus der Tür schlich, leise, um das blonde Wesen auf dem Bett nicht zu wecken. Das blonde Wesen, dessen Unterhose immer noch neben dem Bett lag.

Der Regen hatte aufgehört. Die Pflanzen auf der Erde boten eine Lightshow in grün, grüner, am grünsten. Ein paar Hunde bellten, sicher unten bei Freddie. Eine Kirchturmuhr schlug, unbegreiflich zu diesem Zeitpunkt. Und irgendwo weinte ein Säugling.

Ich hätte gern geschlafen, es gab nichts, was ich lieber getan hätte als zu schlafen, aber ich wusste, es hatte gar keinen Zweck, es zu versuchen, deshalb ließ ich mich einfach zwischen den Pfaden des Holiday Centre treiben. Ich sah zu den Sternen hinauf, als bäte ich sie um Hilfe, aber das interessierte sie nicht im Geringsten. Ich will es ihnen nicht vorwerfen.

Es war erst 1.30 Uhr. Vielleicht hatte Freddie ja noch geöffnet.

Ich ging fest entschlossen zur Küstenstraße hinunter und folgte ihr. Ein einsames Auto hätte mich fast überfahren, verfehlte sein Ziel jedoch im letzten Augenblick und ließ mich am Straßenrand stehend zurück.

Ein leuchtendes gelbes Viereck im Dunkel kündete unauffällig davon, dass im ›Pot of Gold‹ noch Betrieb war.

Es waren nicht mehr viele Gäste dort, höchstens ein halbes Dutzend.

Einen von ihnen erkannte ich sofort wieder. Es war Polizeiinspektor Ehlers vom Halmtorvet, der friedlich dasaß und eine Tasse Kaffee trank, während er versonnen über die Wellen in der Mellieha Bay schaute.

Ich grüßte Freddie und bestellte mir einen Kaffee.

»Jetzt foltern sie Lech Walesa«, sagte er.

Ich breitete die Arme aus und zeigte auf Ehlers' Tisch. »Und zwei doppelte Whiskys«, sagte ich.

Freddie nickte und goss ein, den Kopf voll mit Polens Schicksal.

»Wo zum Teufel bist du nur gewesen?«, fragte Ehlers, sobald ich mich gesetzt hatte.

»Ach, nur in der Bar vom Centre.«

»Und zu Besuch im Bungalow Nr. 211?«

»Woher zum Henker weißt du das?«

»Fenick und Spiteri sind aufmerksam. Ich habe dich gesucht, aber du warst nicht zu Hause, und da habe ich die beiden gefragt. Sie haben dich sofort nach meiner Beschreibung wiedererkannt. Sie meinten, du hättest geschwankt.«

»Ich habe nicht geschwankt. Ich bin in einer würdevollen normalen Gangart gegangen.«

»Das haben sie aber gesagt.«

Freddie kam mit dem Kaffee und dem Whisky.

Ehlers betrachtete Letzteren mit einem inquisitorischen Blick, bevor er das Glas hob, einen kleinen Schluck nahm und sich dann zurücklehnte und dabei etwas entspannter aussah.

»Es ist schon merkwürdig mit dir«, sagte er. »Wie du immer die Mädchen findest. Vesterbro, Rodby oder Malta, du findest immer irgendeine, bei der du übernachten kannst.«

»Ich finde keine«, widersprach ich verletzt, »die finden mich.«

»Wieso?«

»Keine Ahnung. Sicher, weil ich sie mag. Ich habe noch nie eine Frau getroffen, in die ich mich nicht verlieben könnte, wenn ich nur eine Viertelstunde Zeit dafür hätte.«

»Das sage ich Gitte Bristol«, entgegnete Ehlers mit der Miene eines kleinen Jungen, der sich einen Spaß erlaubt.

»Das ist ihr sowieso egal«, meinte ich. Dieses eine Mal hatte ich Recht. Sie würde nur mit den Schultern zucken. Wenn es die olympische Disziplin des Schulterzuckens gäbe, dann hätte Dänemark auf Jahre hinaus die weibliche Goldmedaillengewinnerin.

»Und, was hast du rausgefunden?«, fragte ich. »Ist Frau Prahm aufgewacht?«

»Ja«, bestätigte Ehlers, während er seinen Kaffee trank und auf die Bucht hinausschaute, als denke er an etwas ganz anderes, etwas, das ganz, ganz weit entfernt ›Over the Rainbow‹ lag, – »ja, sie ist aufgewacht. Ja, sie hat geredet. Sie hat viel geredet, sehr schnell und sehr aufgeregt.«

»Und was?«

»Sie hat eine Stunde lang geredet, aber ich kann

es auf drei Minuten abkürzen. Sie und Hauschildt waren natürlich zusammen, und das war natürlich so eine Chef-und-Sekretärin-Love-Story. Okay, aber sie hatte schon in den ersten Tagen gemerkt, dass Hauschildt sehr besorgt und deprimiert war, und sie dachte, das wäre ihre Schuld, wie sie sagte. Also hat sie ihn gefragt, und er hat gesagt, es läge an den Geschäften, die schlecht liefen. Sie hat mehrmals versucht, ihn dazu zu bewegen, ein wenig mehr über diese Geschäfte zu erzählen, aber das wollte er nicht.«

»Und was ist mit Helle?«

»Sie meinte, Helle und Hauschildt hätten ein Verhältnis gehabt. Aber vor ihrer Zeit, wie sie sagte.«

»Ach?«

»Hauschildt war anscheinend bei Frauen äußerst aktiv. Vor allem denen gegenüber, die in der Firma arbeiteten.«

»Scan-Ads kleiner Casanova?«

»Ja. Jede größere Firma hat so einen.«

Ich versuchte mir die Situation vorzustellen. Es klang ziemlich wahrscheinlich. Eine einsame Helle, eine verlassene Helle, eine Helle, die einem Kollegen verfiel, der elegant und beschützend auftrat und wie ein Mann von Welt aussah. Ja, das klang wahrscheinlich. Es klang ebenso glaubwürdig wie die Tatsache, dass ich ein paar Stunden im Bett der Zahnarzthelferin Hanne verbracht hatte, weil sie so tiefblaue Augen hatte. ›Der Reigen des Lebens‹, wie ein Roman einmal hieß.

»Aber das erklärt noch gar nichts«, wandte ich mich wieder Ehlers zu, »wenn du an Eifersucht denkst – woran ich bei Helle einfach nicht glaube, aber dennoch –, hätte Helle ein Motiv haben können, ihn umzubringen, aber sie ist als Erste gestorben. Und jetzt ist er tot, das gibt überhaupt keinen Sinn.«

»Ich habe nicht gesagt, dass es einen Sinn gibt«, entgegnete Ehlers trocken.

»Ich habe nur gesagt, dass es so zusammenhing.«

Wir starrten stumm in unsere Kaffeetassen.

»Was macht Muscat?«, fragte ich.

Ehlers lächelte. »Muscat ist nach Hause zu seiner Familie gefahren, und genau das Gleiche hätte ich getan, wenn ich zu Hause wäre. Muscat hat zwei Kinder, wie ich. Einen Jungen und ein Mädchen.«

»Herzlichen Glückwunsch. Was glaubst du, was für ›Geschäfte‹ hatte Hauschildt? Da muss doch der Schlüssel liegen, oder?«

»Genau, und ich habe heute Abend mit Kopenhagen gesprochen. Ich habe im Polizeipräsidium angerufen und sie dazu überredet, mal diskret bei Scan-Ad anzurufen. Die Firma sagte, Direktor Hauschildt hätte Urlaub.«

»Dann waren es also keine Geschäfte der Firma.«

»Nein. Und noch was: Hauschildt war kurz davor, die Seidenschnur zu bekommen. Es war allgemein bekannt, dass er bei einem der nächsten Leitungstreffen abgesetzt werden würde.«

»Warum?«

»Das konnte ich nicht rausfinden. Es ist ja auch nur ein Gerücht, das ich aus Kopenhagen gehört habe. Wie sich herausstellte, war einer unserer Männer vor einem Monat bei Scan-Ad wegen einiger Einbrüche, und er hat sich etwas in der Firma umgeschaut.«

»Was für Einbrüche?«

»Ach, 'ne ganz banale Sache. Ein ehemaliger Bürobote, der sich einen Schlüssel nachgemacht hat und abends mit einem Kumpel technische Geräte geklaut hat. Nichts Besonderes, aber Bendtsen hatte den Fall, und Bendtsen saß zufällig da, als ich anrief.«

Ich konnte mich gut an Bendtsen erinnern, diesen unausstehlichen, selbstgerechten, selbstgefälligen Bullen vom Halmtorvet. Ich erinnerte mich noch gut vom letzten Mal an ihn, als er mich verhörte und überzeugt davon war, dass ich einen meiner Freunde umgebracht hätte, dazu noch einen begnadeten Pianisten.

Ich wollte lieber nicht an Bendtsen denken, lieber auch nicht an den toten Pianisten, Ole Kok, wie wir ihn nannten, er war ebenso tot wie Helle. Es sah langsam so aus, als würden meine Freunde einfach einer nach dem anderen um mich herum sterben.

Ob es beim nächsten Mal wohl Gitte Bristol sein würde, wenn das Schicksal es so entscheiden sollte, nach seiner großen, paranoiden Partitur? War Gitte überhaupt noch am Leben?

Ehlers stand auf und leerte sein Glas. Er stand vornübergebeugt, neigte sich zu mir herab, als wäre ich eine Zeit lang weg gewesen.

Freddie sah sympathisierend-beunruhigt aus. Er zwinkerte besorgt, aber leutselig, als Ehlers und ich hinausgingen und in der finsteren Nacht die Wanderung zu unseren Bungalows aufnahmen.

Ich hoffe, Ehlers kam gut nach Hause, aber ich weiß es nicht. Ich schlief bereits, bevor er meine Tür geschlossen hatte.

18

Als ich erwachte, lag, wie ein gestandener Parlamentarier sagen würde, eine neue Situation vor.

Es war hell und klar, so hell und klar, wie es nur selten irgendwo ist. Kein Windhauch rührte sich, aber die Sonne schien durch die Dezemberwolken und erwärmte langsam die Felsen.

Ich fühlte mich vollkommen wach. Ich fühlte mich schlicht und einfach klar im Kopf, so klar, wie die Aussicht auf die Felswände und die Kakteen, die mich umgaben. Ich nahm ein Bad. Ich rasierte mich. Ich wechselte das Hemd.

Es war einer dieser Morgen, an denen man so etwas tut. Dann und wann hat man so einen Morgen, einen Morgen ohne Albtraum oder Kater, einen Morgen, an dem die Natur, die Wettergötter und der Zufall in trauter Einheit entschieden haben, dass man nunmehr die Chance für einen neuen, einen besseren Tag bekommen soll. Ein Wunder von einem Morgen.

Nach Seife, Rasierwasser und frischer Luft duftend, kurz davor, eines von Ingemanns heiligen Morgenliedern zu trällern, klopfte ich bei Ehlers an.

Niemand antwortete. Die Uhr war auch schon nach 10. Ehlers war sicher schon lange schwer beschäftigt.

Ich ging ins Centre und bestellte mir einen Kaffee. Ich ging in den Supermarkt, während er zubereitet wurde, versorgte mich mit Zigaretten und kaufte die ›Times of Malta‹, eine der beiden englischsprachigen Zeitungen der Insel.

Die ›Times‹ hatte William Hauschildt auf der Titelseite, mit Foto und vollständigem Namen. Die ›Times‹ forderte jeden auf, der auch nur das Geringste über William Hauschildts Tun und Treiben auf Malta in den letzten Tagen sagen konnte, sich an die Zeitung oder direkt an die Polizei zu wenden.

Inspektor Muscat berichtete, unter einem kleinen Foto, dass man keine Mühen und Anstrengungen scheuen würde, um ›dieser unangenehmen Sache, die dem maltesischen Charakter so fremd ist‹, auf den Grund zu kommen. Mr. Muscat fügte hinzu, dass die maltesische Polizei bei ihren Nachforschungen mit Chief Inspector Ehlers from Copenhagen zusammenarbeitete.

›Times of Malta‹ ist eine ehrenwerte, noble Zeitung. Das ›Bladet‹ hätte die Story sicher in saftigeren Wendungen serviert.

Ja, ›Bladet‹ ...

Wann würden die dänischen Zeitungen die Neuigkeiten bekommen? Heute? Morgen? Würde die Kopenhagener Polizei, nach Ehlers' Anruf die Mitteilung verbreiten, dass zwei Dänen auf Malta ermordet worden waren? Zumindest mussten erst die nächsten Angehörigen informiert werden, und wenn das geschehen war, war das Feuer entfacht.

»Denk drüber nach, mein Junge, wenn du dich erholt hast ...« Hatte Otzen nicht so was am Telefon gesagt, als er am Flughafen angerufen hatte?

Ich hatte mich offenbar erholt. Jedenfalls saß ich da und dachte nach.

Einmal Journalist, immer Journalist. Zumindest in einigen speziellen Nervenfasern der Haut, Nervenfassern, die vielleicht nur Journalisten – von all den abnormen biologischen Spielarten – haben.

Es war einer dieser Tage, an denen der Kaffee durch den Körper glitt wie bei einem alchemistischen Prozess, als würden alle Glieder glühen und leuchten, die er passierte.

Wenn es jeden Morgen so ein Vergnügen wäre, einfach eine Tasse Kaffee zu trinken, wäre es vielleicht doch nicht so schlecht, hundert Jahre alt zu werden.

Aber ich musste mit Ehlers sprechen, bevor ich beim ›Bladet‹ anrief. Ich musste ihn fragen, wie weit ich gehen durfte. Und dann durfte ich nicht vergessen, Gitte anzurufen.

Frisch, nach Kaffee duftend und glatt rasiert, voller guter Vorsätze, steckte ich meine Hand in die Jackentasche und fand den Zettel mit Muscats Nummer, den Ehlers mir in Bahar-ic-Caghaq gegeben hatte.

Als ich ihn herauszog, kamen auch zwei kleine Papierstücke zum Vorschein. Helles Lose zum Wohle der Kranken auf Malta.

Weder Ehlers noch Muscat seien anwesend, erklärte mir ein mürrisch klingender Grech. Nein, er habe keine Ahnung, wo sie waren, sie seien zusammen fortgefahren. Er rechne damit, dass sie zurückkämen. Ich solle einfach wieder anrufen.

Gitte Bristol dagegen war in ihrem Büro, als es mir nach einer Viertelstunde gelang, eine Verbindung mit Dänemark zu bekommen. Ihre Stimme klang sehr dünn, geschäftsmäßig und fern.

»Hallo. Ich vermisse dich.«

»Hallo. Hast du was rausgefunden?«

»Das wäre zu viel gesagt. Das Einzige, was wir gefunden haben, ist eine weitere Leiche.«

»Noch eine Leiche? Auch dänisch?«

»Ja. Helles Chef.«

»Ach so.«

»Nein, nicht unbedingt ach so.«

»Nun gut, das ist deine Sache. Wann kommst du nach Hause?«

»Sobald ich kann.«

»Ok. Du musst entschuldigen, aber ich sitze gerade in einer Konferenz. Ruf mich doch abends zu Hause an. Tschüs solange.«

»Tschüs.«

Und darauf hat man eine Viertelstunde gewartet.

Aber es hatte keinen Sinn, länger im Holiday Centre zu bleiben. Ich konnte ebenso gut in den Tag hinausgehen – in diesen Tag, der bereits jetzt so strahlend daherkam.

Ein ganz gewöhnlicher Mittwoch auf Malta.

Die Feldarbeiter standen in einem Grüppchen zusammen und machten Pause, als ich auf der Küstenstraße an ihnen vorbeiging. Sie sahen aus, als hätten sie zwar viel zu tun, zögen es aber dennoch vor, in aller Ruhe ihre Pfeife zu rauchen.

Ich stopfte meine Hände tief in die Tasche und wanderte zum Dorf hinauf. Mr. Mifsud stand an seinem Platz hinter dem Apothekentresen und starrte mit sorgenvollem Blick auf die Straße. Ich beschloss, Ehlers zu überreden, heute Abend mit mir ein ordentliches Steak bei Arches zu essen, falls der Tag so gut weitergehen würde, wie er bereits begonnen hatte. Verflucht, wir hatten seit zwei Tagen keinen Bissen zwischen die Zähne bekommen. Und Menschen müssen nun mal essen, da haben sie gar keine andere Wahl.

Auf der Hauptstraße standen Männer, Frauen und Kinder in kleinen Grüppchen vor den Türen und genossen die milde Sonne. Aus den Cafés drangen einzelne Stimmen und Musikfetzen auf den Fußweg und mischten sich mit den Gerüchen aus den Küchenfenstern, hinter denen die Suppe brodelte.

Ich setzte mich in ein Straßencafé und bestellte ganz nüchtern und zurückhaltend mehr Kaffee, wobei ich das friedliche Treiben betrachtete, das sich zu allen Seiten entfaltete und das sich, ganz unabhängig davon, was sonst an dramatischen, gewaltsamen und wahnsinnigen Dingen in der übrigen Welt auch passierte, weiterhin entfalten würde, bis die letzte Seite der Menschheitsgeschichte geschrieben wäre. Polen konnte besetzt sein, der Nahe Osten in Flammen stehen, Südafrika sich am Rande einer Explosion befinden, aber irgendwo würde es immer ein Mellieha geben, eine kleine Stadt mit Kirchen, Cafés und Kaufleuten, eine kleine Stadt, deren Bürger – wie in einem Puppentheater – zur Mittagszeit herauskommen, um ihren gewohnten und notwendigen Geschäften nachzugehen, um ihr Brot, ihr Fleisch und ihr Gemüse zu kaufen, ihren Tagesmüll hinunterzubringen und um sich vor dem Essen noch ein Gläschen zu gönnen.

Nichts auf der Welt ist so beruhigend wie der Anblick einer Frau mit einer schweren Einkaufstasche und einem Kind, das hinter ihr hertrottet.

Ich ging zum Telefon des Cafés und versuchte erneut, mit Ehlers in Verbindung zu kommen. Grech sei zu Tisch gegangen, erzählte mir eine fremde Stimme, aber Muscat hätte gesagt, er selbst würde auf jeden Fall um 14 Uhr wieder zurück sein.

Ich schlenderte zu Billy's Car Hire, eine der kleinen Autovermietungen, von denen es auf Malta so viele gibt, und bat um einen Wagen mit Chauffeur.

Wenn ich schon mal da war, konnte ich mich ebenso gut ein wenig umschauen.

Vor Billy's Car Hire standen drei, vier junge Burschen und rauchten Filterzigaretten. Einer von ihnen deutete sofort auf einen Wagen, setzte sich ans Steuer und fragte, wo ich hinwolle.

»Fahr einfach die Küstenstraße entlang«, antwortete ich.

Wir fuhren durch Mellieha und hinaus zu einem Neubaugebiet vor St. Paul's Bay, ein Gebiet, auf dem man große Wohnblocks errichtete, und wo die Bauarbeiter geduldig hin und her liefen und ihre Steine schleppten. Sie lachten. Heute regnete es nicht, und gleich war Mittagspause.

Der Verkehr war nicht gerade dicht, aber vor Bugibba war ein Stück der Straße seit letztem Mal aufgerissen worden. So sind die maltesischen Straßen: Ganz gleich, wohin man will, es gibt immer einen Straßenabschnitt, der aufgerissen und abgesperrt ist.

Die Spur war verengt, und genau in dem Moment, als mein Fahrer sich auf den befahrbaren Teil manövrierte, kam von hinten ein Wagen und überholte ihn, um dann in einem tollkühnen Manöver davonzupreschen.

»Hey«, sagte der Fahrer und hielt den Wagen für einen Augenblick an, »der hatte es aber eilig!«

Ich sah keinen Grund, ihn zu korrigieren, aber es war kein ›der‹ gewesen. In dem Bruchteil einer Sekunde, in der das Auto uns überholt hatte, hatte ich kurz den Nacken des Fahrers sehen können. Es war ein Nacken, den ich wo auch immer wiedererkennen würde, ein gerader, stolzer, zäher Nacken. Es war Maria Azzopardis Nacken.

Ronnie's Bar war geschlossen, als wir durch Bahar-ic-Caghaq fuhren. Dem Heiligen Franz lag heute keine Leiche zu Füßen.

Als wir nach St. Julian's kamen, und ich auf die Bucht mit den vielen kleinen Booten und das Sonnenfunkeln auf den Wellen schaute, ein glitzerndes, psychedelisches Juwelenschmuckstück, bat ich ihn anzuhalten, stieg aus und bezahlte.

Ein Bierwagen hielt zur gleichen Zeit vor der Bar ›Twilight‹ rechts auf der Straße, und der Fahrer fragte gemütlich, ob's denn heute was sein sollte. Ein fetter Mann kam heraus und schüttelte den Kopf. Der Bierwagen fuhr fünf Meter weiter zu ›Rose & Lily Bar‹.

Ich bog in eine Seitengasse ein, zum Hafen hinunter, die Hände in den Taschen, vor mich hinpfeifend. An grünen und blauen Fensterläden vorbei passierte ich Charlie's Bar, Irene's Bar und Mary's Bar.

Außerhalb der engen Hafenbebauung lagen die Villen mit ihren weißen Patios und taten sich vornehm wichtig. Sie sahen aus, als stünden bereits diverse Cocktails parat, um von livrierten Butlern auf der Terrasse unter den Palmen serviert zu werden, als könnten jeden Augenblick Graham Greene und Somerset Maugham vorbeispaziert kommen, versunken in ein Gespräch über alte Freunde in London, beide in weißen Jacketts und mit einem Oxford-Akzent, so tadellos wie die Bügelfalten ihrer Hosen.

La Famiglia, das beste Fischrestaurant in kilometerweitem Umkreis, präsentierte mir plötzlich sein Schild. Wieder fiel mir ein, dass ich seit mehreren Tagen nichts mehr gegessen hatte.

Es war 12 Uhr, und La Famiglia hatte große Fenster zum Wasser hin. La Famiglia hatte frischen Fisch und kalten Weißwein, die ideale Art, mitten am Tag auf Malta seine Zeit zu verbringen.

Vor allem wenn Gitte hier gewesen wäre.

Das war sie aber nicht, also ging ich allein in den großen Speisesaal, in dem die Servietten bereits die Messer und Gabeln umklammerten und die Teller auf jedem Tisch vor den kristallklaren Weingläsern auf den appetitlichen weißen Tischdecken bereitstanden.

Es gab noch nicht viele Gäste. An einem Tisch am Fenster, dem großen Panoramafenster, saßen zwei ältere Damen und aßen glücklich lächelnd Krabben. An einem Tisch weiter hinten im Lokal saß ein älteres Ehepaar, das so britisch wie ein Stilton-Käse aussah. Sie sahen aus wie ein Paar, das einander leid ist, aber gemeinsam beschlossen hat, so zu tun, als wenn nichts wäre, weil man andererseits ja nichts Besseres hat – und irgendwas will man ja haben.

Vermutlich sehen die meisten Paarbeziehungen so aus.

Aber nicht alle.

Wie um das zu beweisen, saß ganz außen am Fenster ein offenbar stark engagiertes Paar. Sie waren hübsch, sie ähnelten einander so sehr; wie ein Mann und eine Frau das nur können – beide groß, dunkel, schlank – und beide äußerst wütend. Sie schimpften, aber sie schimpften beherrscht. Und auf Maltesisch.

Ich erkannte die Dame sofort wieder. Es war Frau Maria Azzopardi.

19

Ich fand einen kleinen Tisch ungefähr in der Mitte zwischen dem Paar und den Krabben essenden Damen und konnte meinen Stuhl so platzieren, dass ich Maria Azzopardis Nacken sehen konnte mit vollem Blick auf den Herrn, mit dem sie so intensiv diskutierte. Beide hatten ihre Stimmen unter Kontrolle und sprachen in einer leisen Tonart, aber die Härte und Verbissenheit hinter jedem einzelnen Wort erkennt man in jeder Sprache, wie auch die Lippenbewegungen, die man nur macht, wenn man etwas ultimativ Forderndes ausstößt.

Es sah spannend aus. Ein richtiges kleines Stück italienischer Pantomime.

Der Kellner unterbrach die Vorstellung mit seiner Menükarte. Hinter meinem Rücken hörte ich, wie die älteren Damen über Venedig sprachen, über Venedigs zu erwartenden Untergang und wann er wohl stattfinden würde, wann die Wassermassen definitiv die Herrschaft übernehmen und alle Paläste in Schutt und Morast stürzen würden. Sie erschauerten wohlig, während sie sachliche Betrachtungen darüber austauschten, ob es denn noch zu ihrer Zeit stattfinden würde.

Venedig. Titanic. Polen.

Als ruhige Mittagsmusik erklang hinter einem Vorhang ›Rose of Spanish Harlem‹ und brachte eine schmerzliche New-York-1930-Romantik über die St. Julian's Bay.

Ich bestellte provençalische Krabben und Verdala, den trockensten maltesischen Weißwein, betrachtete das Sonnenspiel in der Bucht und schaute wieder hinüber zu Maria Azzopardis Tisch. Ihr Begleiter war ein schöner Mann mit einem klaren, markanten Gesicht und einem bescheidenen Schnurrbart. Er sah schön aus, aber auch gefährlich. Seine Lippen bildeten einen zusammengekniffenen Strich, und seine Augen wirkten metallisch, krankhaft, ein wenig psychopathisch, als hätte er aus Sicherheitsgründen ein Paar extra spezialgefertigte Außenaugen über seine eigenen gestülpt. Er machte den Eindruck einer merkwürdigen Mischung zwischen einem gut dressierten Mann von Welt und einem gefährlichen Raubtier.

Vielleicht dennoch keine besonders verwunderliche Mischung.

Als der Kellner mit meinen Krabben kam, duftend wie ein verzaubertes, unterseeisches Gericht auf einem Goldteller in einem längst versunkenen Atlantis, sahen sie aus wie zwei Boxer. Er streckte den Kopf wie ein Stier über den Tisch nach vorn und presste die Worte zwischen den Lippen hervor, wobei er mit einem unsichtbaren Horn nach ihr stieß. Sie dagegen lehnte sich abwehrend so weit wie möglich zurück, reckte den Nacken und die Schultern so weit gegen die Stuhllehne, wie es Gleichgewicht und Eleganz zuließen.

Dann trat eine Pause im Kampf ein, es war Halbzeit. Maria Azzopardi lehnte sich ein wenig vor und stand auf, sammelte ihr langes schwarzes Kleid und ergriff eine kleine Handtasche. Als sie sich vom Tisch wegdrehte und zur Damentoilette ging, konnte ich sehen, dass sie lächelte. Sie lächelte ganz ruhig und diskret.

Ich blieb sitzen, aß meine Krabben und überlegte, was für ein unverdientes Privileg es doch war, an so einem Ort einfach sitzen zu dürfen, in die Sonne zu schauen und hunderte kleiner, ausgewählter Meerestiere, gewürzt mit den von der Sonne gedörrten, Wunder wirkenden Kräutern der Provence essen zu dürfen. Der Mensch kann doch so viel. Normalerweise zur Ehre des Menschen.

Der zurückgelassene Mann sah kein einziges Mal zu mir. Er nahm aus einem vornehm aussehenden Etui eine Zigarette, zündete sie sich an und schloss die Augen, als gäbe es etwas, auf das er sich konzentrieren und jetzt mit sich selbst ausmachen wollte.

Es gibt Männer, die Zigarettenetuis haben, und es gibt Männer, die keine haben. Ich selbst hatte nie eins, und ich war nie mit jemandem befreundet, der eins hatte.

Deshalb spürte ich vielleicht erst in diesem Augenblick eine Antipathie dem Mann gegenüber. Vielleicht war es nur dieses golden glänzende Zigarettenetui, das aussah, als wollte es mit der Sonne im Wasser konkurrieren.

Maria Azzopardi kam mit einem geschmeidigen, halb tanzenden Gang aus der Damentoilette. Sie entdeckte mich dieses Mal sofort und grüßte lächelnd und anmutig, als träfe sie einen alten Bekannten von den fashionablen Strandpartys letzten Sommers an der Côte d'Azur.

Sie kam sogar ganz an meinen Tisch heran.

Sie gab mir die Hand. Sie sagte guten Tag und fragte, wie es mir ginge. Sie sah aus, als wäre sie die Gastgeberin bei einem Empfang in einer Botschaft.

Nichts war mehr zu spüren von der missbilligenden Zurückhaltung in der Apotheke gestern, auch nichts von dem verbissenen Schimpfen oder dem starren Nacken. Es war nur noch ein bezauberndes Lächeln.

»Sie müssen auch Tony begrüßen, meinen Mann.«

Diese Frau war eine Schauspielerin. Und das noch mehr als die meisten Frauen.

Tony ließ die Vorstellung höflich über sich ergehen, gab mir leicht zögerlich die Hand, als wäre er nicht so ganz sicher, sie auch wiederzubekommen, und sah aus, als hätte er es sehr eilig, wieder zu einer wichtigen Verabredung zu kommen. Er lächelte wie eine Schlange.

Er sagte in dem wunderbarsten Englisch, es wäre ein Vergnügen, mich zu treffen, er müsste aber jetzt (Maria mit einem gutmütigen, bekümmerten Blick zugewandt) lieber sehen, dass er davonkomme.

Sie nickte lächelnd, und wir nahmen Abschied.

Ich setzte mich zu meinen letzten Krabben und überlegte, was wohl zwischen diesen beiden Menschen vor sich ginge. Es war etwas im Busche, da gab es gar keinen Zweifel. Und es ging nicht um die Farbe der neuen Küchengardinen daheim, es war etwas, das tiefer saß und in beiden wie ein Messer stak, so wahr ich überhaupt Augen im Kopf habe.

Worüber man andererseits geteilter Meinung sein konnte.

Egal, die Angelegenheiten der Azzopardis waren ihre Angelegenheiten, und jemand anders sollte sich lieber um seine eigenen kümmern.

Es gab keine Krabben mehr. Es gab keinen Weißwein mehr.

Ich bat den Kellner um eine weitere Portion von beidem. Es kommt der Tag im Leben eines Mannes, wo er sich nur eines wünscht: Krabben, Krabben und Weißwein.

Der Kellner sah mich an, als wäre ich geisteskrank, aber da es andererseits eine verhältnismäßig unschuldige und leicht verständliche Form der Geisteskrankheit war, vermutlich ungefährlich für die anderen und außerdem noch förderlich für das Gaststättengewerbe, wollte er lieber nicht eingreifen.

Während ich kleine, knusprige Tiere kaute, rekapitulierte ich die Hauptpunkte des Falls und notierte sie gewissenhaft auf dem Notizblock, der – wie immer bei einem Journalisten – sich an seinem Platz in der linken Innentasche meiner Jacke befand.

Je genauer ich auf die Dinge sah, umso weniger glaubte ich an irgendeine Art von ›crime passionel‹. Es sah überhaupt nicht aus wie so etwas. Höchstwahrscheinlich war Hauschildt der lokale Don Juan in der IV. Division der Firma Scan-Ad gewesen, aber warum musste dann Helle, ob sie nun eine Affäre miteinander hatten oder nicht, warum musste sie deshalb sterben? Und warum wurde er dann selbst erschossen? Das konnte man sich nur erklären, wenn man genug Fantasie hatte, sich Frau Lene Prahm als eine feurige Stute vorzustellen, die sich fest vorgenommen hatte, alle früheren Bekanntschaften ihres Hengstes auszurotten, und sich dann währenddessen dazu entschlossen hatte, ihn sich selbst auch noch vorzunehmen, damit es keinen Ärger mehr gab.

Dazu hatte ich nicht genug Fantasie. Darin sah ich keinen Sinn. Dahinter steckte etwas anderes, es steckt immer etwas anderes dahinter.

Das ewigliche Grammofon – oder war es etwa ein Radio – fing erneut mit ›Over the Rainbow‹ an. Ich war kurz davor, einen Verfolgungswahn zu bekommen. Es war etwas Ekliges an der Art und Weise, wie mich diese Melodie verfolgte. Ganz gleich, ob ich in einem Flugzeug saß, mir die Jacke zuknöpfte, die Rundfunknachrichten einschaltete oder eines meiner seltenen Mittagessen zu mir nahm, ich musste offenbar immer und ewig ›Over the Rainbow‹ hören. Wenn das so weiterginge, dann würde es sicher passieren, dass bei meinem Begräbnis, genau in dem Moment, wenn die Trauernden – sicher Leute vom Bladet, das wahrscheinlich auch die Rechnung bezahlen muss – den Sarg in die Erde sinken lassen und ein Kirchenlied anstimmen, dann wird bestimmt ein Typ mit seinem Kofferradio außen an der Friedhofsmauer entlanglatschen, und sein Transistor wird alles übertönen, indem es ›Over the Rainbow‹ spielt.

Ja, ja.

Sonne, Weißwein und Krabben.

Entschlossen bestellte ich Kaffee und begann, langsam und sorgfältig, mit der üblichen Plackerei, einen Bericht fürs Bladet daheim zu schreiben.

Es sieht so einfach aus, wenn man es in der Zeitung sieht, als säße der Journalist bequem in einem plüschverkleideten Büro mit einer Erfrischung neben und einer Zigarrenkiste vor sich und würde der Schreibmaschine nur ab und zu einen müden Blick zuwerfen und ihr ein paar leichte Stöße versetzen.

In Wirklichkeit, wenn die Storys geschrieben und so schnell wie möglich fertig sein sollen, ist es genau umgekehrt. Immer steht man auf einem Bahnsteig und wartet auf einen verspäteten Zug, wenn man überdenken muss, was eigentlich passiert ist, immer sitzt man in einem Taxi, das einen genau zur

Deadline zum Bladet fährt, wenn man mit zittriger, vom fahrenden Auto krakeliger Handschrift versucht, die Tatsachen so ungefähr zusammenzubringen. Manchmal ist man mitten in einer Liebesaffäre mit einer Frau, einer Affäre, die man viel lieber weiterbetrieben hätte, was vielleicht den entscheidenden Unterschied machte.

Das heißt, in La Famiglia zu sitzen, war eines der besseren Angebote der Branche, ganz zweifellos.

Ich beugte mich also artig vor und krümmte meinen Rücken über dem Notizbuch. Ich schrieb alle Details, die wir wussten, nieder, alle Informationen, die bisher zu unserer Verfügung standen. Ich kaute den Fall noch einmal durch und nahm ihn sodann – wie ein alter Mann mit den dritten Zähnen, der ein ordentliches Steak bekommt – zur erneuten Erwägung vor und kaute ihn noch ein weiteres Mal durch.

Selbst der Kaffee half mir nicht weiter. Geschehen ist geschehen, aber es schien, als ob das ›Warum‹ nicht mit im Spiel war, jedenfalls nicht richtig hervorkommen und mitmachen wollte.

Während ich dasaß und schrieb, spürte ich eine Irritation in den Nerven, eine spontane Reaktion, wie man sie spürt, wenn ein Nagel auf der Schultafel kratzt oder eine Maschine einen zu lauten und zu schrillen Ton ausstößt. Etwas war nicht in Ordnung. Es gab etwas, das sich vollkommen verändert hatte.

Die Sonne war verschwunden. Mit einem Mal war das ganze Glitzern in der Bucht fort, das Flimmern der Sonnenstrahlen durch die Scheibe auf mein Notizbuch war fort, das warme Gefühl im Rücken war fort.

Und das Wasser draußen zeigte, dass Wind aufkam.

»Mehr Kaffee?«, fragte der Kellner.

»Nein, danke«, antwortete ich. »Kommt Sturm auf?«

»Das ist der Mistral«, erklärte er. »So nennen wir den Nordwestwind. Er ist sehr stark.«

Er sah wirklich stark aus. Einzelne vorbeieilende Passanten hielten ihre Hüte und Kinder fest. Der Mistral hatte eine sehr abrupte Art, zu erscheinen.

Ich beendete den Artikel und den Kaffee und ging hinaus, um Ehlers anzurufen. Ehlers war in Muscats Büro, und ich bekam ihn gleich ans Telefon. Ich konnte hören, dass seine Stimme wütend klang.

Es ging also nicht voran.

»Entschuldige, wenn ich störe«, sagte ich höflich. »Ich wollte nur fragen, ob ich nach Hause schreiben darf. Und wie viel.«

Ehlers sprach gedehnt.

»Wenn die maltesischen Zeitungen drüber schreiben, kann ich dir nicht verbieten, sie zu lesen. Nur keine Indiskretionen!«

»Gibt es welche?«

»Du weißt, was ich meine.«

»Ich werde schon erwähnen, dass es eine vorbildliche Zusammenarbeit zwischen der dänischen und der maltesischen Polizei gibt.«

»Hm.«

»Gibt's was Neues?«

»Ja, zum Teufel, das gibt es. Ja, danke, es läuft prima. Wir haben zwei Morde, um die wir uns kümmern müssen, zwei Morde, mit denen wir keinen Schritt weiter kommen, und jetzt können wir gar nicht mehr weiter kommen, weil ein Selbstmord geschehen ist.

»Ein Selbstmord?«

»Ja. Der alte Dr. Azzopardi hat sich erschossen, und Muscat ist vollkommen aufgelöst. Die Haushälterin des Doktors hat es uns gemeldet. Wir sind auf dem Weg dorthin, aber Muscat versucht vorher, den Sohn zu finden.«

»Ich habe ihn gerade gesehen.«

»Wo?«

»Hier, wo ich bin. Im La Famiglia in St. Julian's. Er und seine Frau waren hier, während ich Mittag gegessen habe.«

»Bleib da. Frag nach, ob jemand weiß, wo sie hinwollten. Wir fahren jetzt los. Azzopardi hat in St. Julian's gewohnt. Wir holen dich.«

20

Keiner der Kellner wusste, wo Mr. und Mrs. Azzopardi hinwollten, aber sie kannten sie gut, alle beide, sogar ihre Vornamen. Sie kannten auch den alten Dr. Azzopardi, der – wie sie mir höflich konversierend erzählten – oft herkam, um zu speisen.

Es war nicht mein Job, ihnen zu erzählen, dass er nicht mehr kommen würde. Ich bezahlte meine Rechnung, verneigte und bedankte mich und ging auf den Gehsteig hinaus.

Der Mistral hatte ihn verändert. Die Straße war voller zerrissener Zeitungsseiten und leerer Zigarettenschachteln, die er mit festem, aber liebevollem Griff in den Rinnsteinen ergriffen hatte und nun in alle Himmelsrichtungen ausschickte wie ein Kind, das Bälle wirft. Wenn man den Blick über diesem Schauspiel nach oben erhob, konnte man feststellen, dass der Rauch aus allen Schornsteinen zur gleichen Seite wehte, als hätte er den heimlichen Plan, sich an einem genauer beschriebenen Ort, den nur die einzelnen Rauchsäulen kannten, zu vereinigen und zu verschmelzen.

Muscat, Ehlers und Grech kamen schnell in einem Auto vorgefahren mit Platz für eine weitere Person, nämlich mich, und ich setzte mich neben Grech, der wohlwollend brummte, auf den Rücksitz.

»Hast du was rausgefunden?«, fragte Ehlers verbissen.

»Sie sind hier Stammgäste, und der alte Doktor war's auch. Nein, keiner weiß, wo sie hinwollten.«

Muscat fuhr den Wagen. Er sah unendlich melancholisch aus, wie er wieder zur Hauptstraße hinauffuhr.

»Er mochte den Alten sehr gern«, sagte Ehlers auf Dänisch, während er sich langsam im Sitz umdrehte. »Sag nicht zu viel. Du bist Stenograf.«

Ich nickte. Wieder einmal unser altes, lieb gewonnenes Spiel.

Muscat fuhr schnell und routiniert, wie einer, der nicht nur den Weg kennt, sondern auch mit jeder einzelnen Kurve vertraut ist und unterwegs Zeit und Muße hat, sich über einen Busch zu wundern, der letztes Mal noch nicht dort war. Er bog in eine Seitenstraße ab, in noch eine und noch eine weitere – und dann fuhr er rechts ran und blieb stehen.

Es war ein kleiner, heller Weg, eine Sackgasse, mit

Blick aufs Meer und im Norden auf die Festungen von St. Andrew's, ja fast bis nach Bahar-ic-Caghaq.

Das Haus war weiß mit blauen Fensterläden, umpflanzt mit Rosen und Oleander. Man ging eine Treppe hinauf, durch eine Veranda, bis man an die Haustür kam.

Wir stellten uns davor und klopften. Eine ältere, hausfraulich aussehende, traurige Frau mit tiefen Falten auf der Stirn und einem Kopftuch ums Haar, einem Kopftuch, das ohne ihr Wissen bis auf die Schulter hinuntergerutscht war, ließ uns sofort ein und warf sich Muscat in die Arme.

»Er ist tot, er ist tot!«, jammerte sie.

Muscat versuchte sie zu beruhigen. Er selbst hatte kleine, vorsichtig hervortretende Tränen in den Augen.

»Wir müssen darüber hinwegkommen, Iona«, sagte er ihr. »Meinst du, dass du uns ein bisschen Kaffee kochen kannst?«

Die Frau nickte resolut und schien jetzt gefasster.

»Er ist im Arbeitszimmer«, sagte sie nur. Dann ging sie in die Küche.

Muscat schritt an der Spitze unserer vierköpfigen Prozession durch Dr. Azzopardis Haus.

Es war ein schönes Haus. Nicht nur, weil es in weißen Steinen mit blauen Balken gebaut war, nicht nur, weil es einen fantastischen Blick über die gesamte maltesische Traumwelt von Bergen und Meer bot, sondern auch, weil das Haus so durchgeplant war, so durchgestylt, so wirklich durchdacht. Gewisse Menschen, wie zum Beispiel Ihr ehrwürdiger Diener, haben die Gewohnheit, ihre Taschen auf dem Tisch zu entleeren und dann deren Inhalt am nächsten Tag zu ordnen, und gewisse Menschen machen das Gleiche mit den Möbeln: Sie stellen sie beim Einzug irgendwo hin und entdecken ein halbes Jahr später, dass man jedes Mal, wenn man hinausgeht, sich die Schienbeine am Tisch blutig schlägt. Nach dieser Einsicht folgt ein weiteres halbes Jahr, in dem der Plan Stück für Stück wächst und reift, dass dem Problem vielleicht damit beizukommen wäre, wenn man den Tisch einen Meter von der Tür entfernte. Ein halbes Jahr später geschieht das dann – vielleicht.

So geht es einigen von uns. Dr. Azzopardi gehörte nicht zu unserem Teil der Bevölkerung. Jedes einzelne Möbelstück, jedes kleine zerbrechliche Tischchen, jeder einzelne, edel bezogene Sessel, jede stilvolle Lampe sahen aus, als wären sie von einem Innenarchitekten geplant und arrangiert worden. In der Diele standen ein Ständeraschenbecher und ein kleines Zeitungstischchen genau einen halben Meter von einem Sessel entfernt, sodass man bei einigermaßen normalem menschlichen Körperbau sich nicht verbiegen musste, um die Asche von der Zigarre zu streifen.

Es war geschmackvoll, äußerst geschmackvoll. Alles war in gedämpften Farben gehalten, und im Wohnzimmer mit Blick auf einen Wintergarten, der in mehreren Terrassenstufen zu den Felsen hinunter verschwand, stand ein Klavier bereit, ein Blüthner, mit ›Chopins Gesammelten Klavierwerken‹ auf dem Notenständer, aufgeschlagen bei der As-Dur-Polonaise, als sollte gerade diese bei dieser Aussicht gespielt werden.

An zwei Stellen im Zimmer kreischten kleine, bunte Tropenvögel in vornehmen, blau gestrichenen, arabischen Rundbogenfantasien von Vogelbauern. An den Wänden hingen in ovalen Rahmen die Portraits von Männern und Frauen in langer Reihe. Nicht eines hing schief.

Hinter dem Wohnzimmer lag das Arbeitszimmer. Muscat öffnete mit vertrautem Griff die Tür, zögerte jedoch einen Augenblick, bevor er den Türknauf ganz umdrehte.

Das Arbeitszimmer war der größte Raum im Haus. Es war hoch und weiß, und an dreien der vier Wände, an denen, die keine Fenster hatten, standen Bücherregale, vorwiegend mit gebundenen Werken. Auf einem riesigen Schreibtisch lagen große Papierstapel, und überall im ganzen Raum verteilt standen Vitrinen mit Ausstellungsstücken, anscheinend Skelettreste und kleine Silber- und Holzteile, die altmodischen Waffen ähnelten, sowie Münzen, wie man sie in Vitrinen in den Museen findet.

Hinter dem großen Schreibtisch saß Dr. Azzopardi, als wäre er immer noch ins Studium der vielen Dokumente vertieft – genauso zwergartig winzig, wie ich ihn in Erinnerung hatte, immer noch mit seinem Halstuch.

Sein Halstuch war rot von Blut.

Auf dem Boden vor ihm lag eine Pistole. Seine beiden Hände hingen schlaff von den Armlehnen hinunter, mit gespreizten Fingern, als wollten sie überhaupt gar nichts mehr festhalten.

Muscat blieb in der Tür stehen, als wäre er zu Eis erstarrt.

»Sieh, dass du Sullivan herkriegst!«, gab er Grech Order.

»Dr. Azzopardis engster Assistent«, fügte er sachlich für Ehlers hinzu. »Er muss kommen. Ich kann das hier nicht glauben.«

Er schaute wieder auf die Leiche des Doktors. Grech war gegangen, ich stand im Hintergrund, und er sprach ausschließlich mit Ehlers.

»Das sieht dem alten Paul nicht ähnlich, ganz und gar nicht. Ich weiß gut, dass er es schwer hatte, ich weiß gut, dass er viele Gründe hatte, traurig zu sein. Seine Frau ... Und der Sohn ... Aber es sieht ihm gar nicht ähnlich, sich das Leben zu nehmen, das glaube ich nicht.«

Ich ging lautlos zu den Bücherregalen und starrte die Buchrücken an, während Muscat und Ehlers sich in einer Art absurdem Paartanz der Leiche näherten.

»Du hast ihn gut gekannt?«, fragte Ehlers mit sanfter Stimme. Mit dieser Gefahr verheißenden sanften Stimme, die sagte, dass er jetzt etwas wissen wollte.

»Er war fast wie ein Vater für mich«, sagte Muscat langsam. »Mein Vater ist gestorben, als ich sechs war, und meine Mutter und ich sind allein geblieben. Eines Tages kam Dr. Azzopardi und sah nach mir, ich war zwölf und hatte Masern, und er hat mit mir geredet und mochte mich gern. Deshalb hat er sich um meine Zukunft gekümmert, was meine Mutter allein nie gekonnt hätte. Sie hatte ganz einfach nicht seine Mittel ... Er ließ mich auf eine gute Schule gehen und schickte mich später zur Polizei. Ich war nur ein armer Junge, und von denen gibt es auf Malta genügend. Ich habe ihm viel zu verdanken.«

Ehlers sagte keinen Ton.

Ich starrte auf die Bücher. Es standen Klassiker in langen Reihen dort, von Dickens bis Dostojewski, aber es gab auch unglaublich viele Bücher über Maltas Geschichte. Malta im Altertum, Malta in der Bronzezeit, Malta durch zweitausend Jahre, Malta in Vergangenheit und Zukunft, Malta und seine Beziehungen zu Afrika und Europa, Malta wird überleben!, Malta und sein Freiheitskampf.

Irgendwo klang es, als spiele jemand ›Lil din l-Art‹, die maltesische Nationalhymne.

»Aber ich war nicht der Einzige, dem er geholfen hat«, sagte Muscat missmutig und stolz zugleich, während er sich über die Leiche beugte. »Es gibt eine ganze Reihe von Menschen auf Malta, die die gleiche Geschichte erzählen können. Er war ein guter Mensch, wie wir hier so sagen. Und er war einer unserer Besten während des Krieges, darüber gibt's gar keine Diskussion – die Leute reden heute noch davon. Er und Mr. Mifsud waren in unserer Freiheitsbewegung damals so was wie Kameraden. Das sind die Männer, denen wir Maltas Existenz verdanken.«

Ein sonst so gelassener Bulle sah aus, als wollte er mit dem Heiligen Franz konkurrieren.

»Du hast von seiner Frau gesprochen?«, fragte Ehlers.

»Ja, ich denke, das war ein harter Schlag für ihn, als er Helène verloren hat. Schau her, sie steht immer noch auf seinem Schreibtisch.«

Er zeigte Ehlers ein Foto vor dem toten Mann, das Foto einer schlanken, blonden, mädchenhaften Frau, die Helle ähnlich sähe, wenn diese dreißig Jahre älter geworden wäre, immer noch ebenso blond, lebhaft und jugendlich, wie ein magischer Troll, der aus einer Schachtel mit braun getönten Vergangenheitserinnerungen herausspringt.

»Sie ist vor fünf Jahren gestorben«, sagte Muscat. »Sie waren seit über dreißig Jahren verheiratet.«

Ehlers nickte verständnisvoll. Ich ging weiter an den Regalen entlang: Ausgrabungen auf Malta, Kunst auf Malta, Maltesische Küche, Maltesische Industrie ...

»Wir müssen die Pistole untersuchen lassen«, sagte Ehlers praktisch. »Es geschieht oft genug, dass ein Mord auf diese Art und Weise als Selbstmord getarnt wird.«

Muscat ergriff den Rettungsanker und richtete sich auf, als würde er Mord bei weitem Selbstmord vorziehen, und allein der Vorschlag ließ seine Nasenflügel vibrieren.

»Ja«, sagte er. Er nahm die Pistole nicht hoch, sondern betrachtete sie, als wäre sie unantastbar, bis sie ihre kleine Geschichte erzählt hätte.

Er öffnete die Tür, rief nach Grech und gab ihm einen Befehl, der dazu führte, dass Grech einen weiteren Befehl vom Wohnzimmer weitergab. Muscat sah mit einem entschuldigenden Lächeln zu Ehlers.

»Es ist immer was anderes, wenn man jemanden kennt«, sagte Ehlers.

Die beiden sahen sich einen Augenblick lang verständnisvoll an. Dann zuckte Ehlers mit den Schultern und fragte: »Was macht eigentlich der Sohn?«

»Tony? Er ist Geschäftsmann.«

»Was heißt das?«

»Ach, so alles Mögliche. Er betätigt sich als Immobilienhändler und Makler und ist auch ein wenig an einigen Restaurants beteiligt. Er ist der Typ, der überall seine Finger drinhat.«

»Aber du hast so etwas angedeutet, als ob sein Vater nicht besonders zufrieden mit ihm war?«

»Nein, nein, so war das nicht gemeint. Der alte Paul – Dr. Azzopardi – gehörte in eine bestimmte

Welt, und Eigentumsmakeln und Nachtclubgeschäfte gehören nicht in diese Welt, das ist alles. Er wäre sicher glücklicher gewesen, wenn Tony Rechtsanwalt, Arzt, Verleger oder Politiker geworden wäre, oder wenn Tony Historiker geworden wäre und Maltas Geschichte aufgeschrieben hätte, statt so verdammt praktisch zu sein und Maltas Erde Quadratmeter um Quadratmeter in Pfund und Cents aufzurechnen.«

Muscat lächelte ein wenig.

»Ich gehe davon aus«, sagte er entschuldigend, »dass man wohl sagen kann, Paul gehörte noch zur ›Alten Generation‹.«

Ich weiß nicht, ob Ehlers verstand, was er meinte, aber ich tat es. Wenn man sich umsah unter den hohen Decken, auf den breiten Regalen und dem voll gepackten, aber ordentlichen Schreibtisch, wenn man ganz leise hier drinnen das Zwitschern der Vögel zusammen mit dem anschwellenden Brausen des Meeres und dem trockenen Heulen des Mistrals hörte, dann hatte man das Gefühl, eine Welt zu verlassen, die man kannte, schätzte und gleichzeitig verspottete, die man aber auf jeden Fall kaum wieder sehen würde.

Die Haushälterin trat mit einem Tablett ein, stellte es auf einen kleinen Tisch, schaute auf ihren verstorbenen Herrn und flüchtete.

»Danke Iona«, sagte Muscat, ohne sich umzudrehen. Dann machte er schnell kehrt, legte den Arm um ihre Taille, flüsterte ihr ein paar beruhigende Worte ins Ohr und führte sie hinaus.

Ehlers war mittlerweile dicht an den Schreibtisch herangetreten. Mit auf dem Rücken gefalteten Händen stand er da und betrachtete die Ansammlung der Dokumente und Papiere des verstorbenen Dr. Azzopardi.

Plötzlich hob er den Kopf, ohne seine Hände zu bewegen oder etwas zu berühren, und sagte in einem aufmunternden Tonfall:

»Guck mal, Muscat. Hier ist ja ein Brief für dich!«

Im gleichen Moment ging die Tür auf, und zwei Herren traten ein. Den einen erkannte ich von letzter Nacht wieder – es war entweder Fenick oder Spiteri.

Den anderen kannte ich nicht.

21

Der andere, den ich nicht kannte, begrüßte Muscat und ergriff mit beiden Händen seine, wie zwei gleichaltrige Studienfreunde, die sich beim Begräbnis eines gemeinsamen Freundes treffen und überlegen, wer wohl als Nächstes dran ist. Sullivan war ein großer Mann mit Nickelbrille, und nachdem er seine Anteilnahme bekundet und geistesabwesend alle anderen im Raum begrüßt hatte, ging er direkt zum Leichnam und begann mit seinen Untersuchungen.

Fenick oder Spiteri ging danach zu Muscat und bekam hinsichtlich der Pistole eine Order. Die Pistole wurde in ein Taschentuch eingeschlagen und hinausgetragen, nachdem Sullivan ihr einen inspizierenden und gleichzeitig anklagenden Blick zugeworfen hatte, wie einem unartigen Schuljungen oder einem höchst unerwünschten Krebsgeschwür, das in der normalen Prostata des Patienten aufgetaucht war.

Muscat ging langsam zu Ehlers hinüber, jetzt, wo die üblichen Geschäfte getätigt worden waren, und wandte den Kopf, um Ehlers' Blick zu folgen. Ich stand direkt hinter den beiden und sah zu. Auf der Mitte des Schreibtischs lag ein großer, gelber Umschlag mit der Mitteilung, ›nach meinem Tode von Apotheker Mifsud oder Inspektor Muscat zu öffnen‹.

Muscat schaute einen Augenblick lang Ehlers an. Dann riss er den Umschlag auf und nahm drei, vier handbeschriebene Seiten Papier heraus.

Taktvolle Menschen hätten Muscat in Anbetracht der Situation seine Korrespondenz allein lesen lassen.

Ehlers und ich waren nicht taktvoll. Wir waren beide gleich neugierig. Wir lasen über Muscats Schultern mit, und der Brief lautete ungefähr folgendermaßen:

Lieber Mifsud oder Muscat (ich weiß nicht, wer von euch beiden mich findet, aber ich rechne damit, dass einer von euch herbeigerufen wird):

> *Mein Leben ist schon lange nicht mehr so, wie es sein sollte – ich fühle mich alt und müde, ich habe bald keine Kräfte mehr. Ich bin aufgebraucht. Man macht, solange man kann, aber ich möchte nicht gern als der in Erinnerung bleiben, der versucht hat, es unnötig lang hinauszuziehen.*
> *Ihr kennt mich, du, mein alter Freund Mifsud, und du, mein junger Freund Muscat, ihr wisst, wie schwer es für mich war, meine liebe Helène zu verlieren. Seit sie*

aus meinem Leben verschwunden ist, hat es nicht mehr die gleiche Bedeutung für mich.

Das hier ist mein Testament, das ich, in Besitz aller meiner bescheidenen Geisteskräfte, bevor ich in vollem Bewusstsein Selbstmord begehe, euch bitte, nach meinem Willen zu erfüllen:

Meine Besitztümer, darunter mein Haus, mein Auto, mein Bankkonto, meine noch ausstehenden Einkünfte usw. fallen uneingeschränkt meinem Sohn zu, meinem und Helènes einzigem Kind, Tony Azzopardi.

Doch mit folgenden Einschränkungen:

1. *Ich hoffe, dass mein alter Freund aus den Zeiten des Kampfes, Apotheker Mifsud, meine gesamten Bücher über Maltas Geschichte und Entwicklung als Erinnerung entgegennehmen wird.*
2. *Meine medizinische Bibliothek soll Dr. Joseph Sullivan, meinem zuverlässigen und kundigen Kollegen zufallen, von dem ich noch viel erwarte. Ich hoffe, die eine oder andere Abhandlung oder Aufzeichnung wird ihm später einmal nützlich sein oder auch nur einem Patienten helfen.*
3. *Meinem Freund, Inspektor Muscat, hinterlasse ich das, von dem ich weiß, dass es ihn am meisten freuen wird: Zwei Sparkonten zur Unterstützung der Ausbildung seiner Kinder, beide eingerichtet bei der Mid-Med Bank, Sliema, jeweils auf den Namen seiner Kinder, jeweils über £M 5.000 plus anfallende Zinsen.*

Tränen liefen aus Muscats Augen, und er senkte die Seiten. Das Lesen wurde für eine halbe Minute unterbrochen.

In der Zwischenzeit mühte sich Dr. Sullivan weiter mit dem Doktorzwerg ab, ohne zu wissen, was wir stumm lasen.

Wir fuhren fort:

4. *Unsere treue Haushaltshilfe Iona soll eine Summe, eingezahlt auf ein Bankkonto, erhalten, die sie für den Rest ihrer Tage schadlos hält. Auch dieses Konto ist eingerichtet – unter ihrem Namen – bei der Mid-Med Bank, Sliema.*
5. *Ich bitte meine Schwiegertochter Maria, den Schmuck meiner Ehefrau entgegenzunehmen.*

Ich vertraue darauf, dass meine Freunde meine Anweisungen hinsichtlich meines Begräbnisses befolgen werden. Ich wünsche keine große Zeremonie. Ich möchte nur Seite an Seite mit Helène auf dem Friedhof hier in St. Julian's liegen, wo wir so viele Jahre zusammen gelebt haben.

Es tut mir Leid, mich von euch in dieser Form zu verabschieden, lieber Mifsud und Muscat, und es tut mir Leid, dass ich nie die Gelegenheit haben werde, mich von vielen anderen zu verabschieden, aber ich kann nicht mehr. Ganz gleich, was ihr auch von mir denken werdet, zweifelt bitte nicht an meinen guten Absichten.

Lebt wohl, ich wünsche euch und Malta nur das Beste.

Ich werde Helène von euch grüßen.

Euer

Paul Azzopardi

Es gab kein Datum, aber vieles andere in dem Brief war deutlich genug.

Als wir am Ende angekommen waren, sah die kleine, zwergenhafte Gestalt auf dem Stuhl viel größer aus.

»Was meinen Sie, Sullivan?«, brummte Muscat.

Die Vögel nebenan begannen nach einer langen Zeit des Schweigens wieder zu piepsen.

»Aus nächster Nähe erschossen«, sagte Sullivan, während er wie ein zerstreuter Professor in einem Lustspiel seine Brille auf die Stirn schob. »Verdammt nah mit einem 32er erschossen, und ich wette, das ist der, den Spiteri zur Untersuchung mitgenommen hat.«

»Mord oder Selbstmord?«

»Das kann ich noch nicht sagen«, antwortete Dr. Sullivan, als wollte er sich ob seiner Unsicherheit halbwegs gegenüber der Leiche entschuldigen, die immer noch aufwachen könnte, und das nur, um ihn fachlich zurechtzuweisen. »Ich muss mir die Hände noch genauer ansehen.«

»Tun Sie das«, sagte Muscat.

Ionas Kaffee wurde kalt, sie hatte vier Tassen hingestellt. Ich nahm mir eine.

Es klingelte laut und durchdringend an der Tür. Ein anderes Läuten mischte sich darunter, als wären alle Störungseinrichtungen des Hauses zugleich in Gang gesetzt worden, und die Vögel schraubten ihren Geräuschpegel höher, um bei diesem Lärmwettbewerb mitzumachen.

Iona kam mit Tony und Maria Azzopardi herein. Diese blieben in der Tür stehen und sahen verwundert auf das Massenaufgebot an Menschen in einem üblicherweise sicher ruhigen Arbeitszimmer.

Dann erblickte Tony Azzopardi seinen zusammengesunkenen Vater – und Dr. Sullivan, der dessen Hände mit einem nachdenklichen Ausdruck durch die Lupe betrachtete.

»Was ist passiert?«, rief er. »Ist Vater krank?«

Er warf sich quer durch den Raum, genau wie ein wirbelnder Ball, und erreichte seinen Vater mit einem Tigersprung. Als er ihn sah, sank er vor ihm auf die Knie – Dr. Sullivan machte so schnell Platz, dass es aussah, als tanzte er auf seinen langen, dünnen Beinen einen Flamingo-Trippelwalzer – und schluchzte laut auf.

Maria Azzopardi blieb an der Tür stehen. Sie hatte wieder ihren spöttischen Gesichtsausdruck, als glaubte sie, es wäre wirklich zu kindisch, einfach loszuheulen, auch wenn nun mal zufällig der eigene Vater tot war.

Iona ging diskret zu Muscat. Muscat folgte ihr.

»Was ist passiert?«, fragte Maria Azzopardi.

Sie stellte die Frage nicht jemandem Bestimmten, sie schaute nur in die Luft, während sie das sagte, und starrte danach aufmerksam jeden Einzelnen von uns an, als würde sie die Geschichte im nächsten Augenblick auf unseren Stirnen und Augenbrauen lesen können. Besonders eindringlich blickte sie mich an, als wäre sie der Meinung, dass wir beide doch reichlich oft aufeinander trafen.

»Der Doktor ist tot«, sagte Dr. Sullivan gedämpft.

Vielleicht eine ganz überflüssige Information, aber er brachte sie hervor wie ein Mann, der den Fall bis auf den Grund untersucht hat und weiß, wovon er spricht.

Muscat kam wieder herein, ohne Iona, ging zu Tony und schlug ihm auf die Schulter, wobei er ihm etwas zumurmelte. Tony schaute abwehrend drein, als wollte er gegen irgendetwas protestieren. Muscat murmelte noch etwas. Tony sah halbwegs resigniert aus, als wüsste Muscat es letztendlich ja doch besser.

Kurz darauf war das Ehepaar Azzopardi fort.

»So können wir in Ruhe arbeiten, mein Freund«, erklärte Muscat Ehlers. »Ich werde sie später am Abend aufsuchen, wenn wir etwas wissen.«

Er stöberte wie ein eifriger Hund im Arbeitszimmer herum, schnüffelte und hechelte sich seinen Weg zwischen Möbeln, Vitrinen und Regalen hindurch auf der Jagd nach etwas, von dem er nicht wusste, was es war, und das er auch nie erfahren würde.

Ehlers folgte ihm, und sie sahen aus wie zwei Boxer, die einander in einem anfänglichen Schattenboxen umtanzten. Während Muscat auf der rechten Seite des Zimmers war, war Ehlers auf der linken, und zwischendurch – wie von einem gemeinsamen plötzlichen Einfall getrieben – wechselten sie gleichzeitig die Seiten.

»Ich gehe zu Grech«, sagte Dr. Sullivan laut, nachdem er sich lange Zeit über die Leiche gebeugt hatte.

»Rufen Sie hier an«, sagte Muscat.

Sullivan nickte und ging.

Die Polizisten setzten die Untersuchung von Dr. Azzopardis Arbeitszimmer mit der gleichen gediegenen germanischen Gründlichkeit fort. Ich setzte mich an das Kaffeetischchen und schaute ihnen zu. Es ist so lustig, Menschen zuzusehen, es ist fast immer lustig, Menschen zuzusehen.

Ehlers und Muscat waren lustig, nur der kleine Dr. Azzopardi war eine Ausnahme, er war nicht lustig. Er war tragisch, erschütternd, bedrückend. Da saß er in der Mitte seines Lebens, mitten in seinem schönen Haus, umgeben von seinen Büchern und mit seinen Papieren auf dem Tisch, anerkannt und respektiert – und erschoss sich. Da saß er, umgeben von allem, was er schätzte, und verabschiedete sich von allem mit einer Kugel des Kalibers 32.

Der Mistral wütete draußen weiter. Der Mistral und der Mond kümmern sich nicht um solche Kleinigkeiten.

Zu irgendeinem Zeitpunkt verließ Muscat das Zimmer, und aufgrund der Stimmen aus dem Wohnzimmer begriff ich, dass er mit dem Dienstmädchen Iona sprach. Er kam wieder herein und schüttelte Ehlers gegenüber den Kopf.

»Sie war in der Küche am anderen Ende des Hauses«, sagte er. »Sie war gerade dabei, das Mittagessen für den Doktor zu kochen. Das Radio lief. Sie hat die Türklingel nicht gehört oder dass jemand hereingekommen wäre, aber sie ist nicht sicher, ob die Tür abgeschlossen war, sie hat erst nachgesehen, nachdem sie die Polizei angerufen hat. Sie hat keinen Lärm gehört – auch keinen Schuss. Sie hat es erst gesehen, als sie hereinkam, um den Doktor zu fragen, ob er jetzt sein Mittagessen serviert haben wollte.«

Ehlers kniff die Augen zusammen.

»Sie hat seit einem Menschenalter für ihn gearbeitet«, sagte Muscat. »Sie lügt nicht.«

»Okay«, nickte Ehlers. »Entweder es ist Selbstmord, oder jemand, der sich im Haus auskannte, ist leise durch die Tür gekommen, hat ihn erschossen und sich dann davongeschlichen, während sie draußen das Essen gekocht hat. Ist das vorstellbar?«

Muscats Stirn glich einem Krater. Er überlegte verschiedene Dinge gleichzeitig. Unterschiedliche Verdachtsmomente verzerrten sein Gesicht.

Das gleiche Läuten wie bei dem Eintritt der Azzopardis mischte sich aufdringlich unter seine Meditation.

Als er wieder hereinkam, sah er aus, als hätte er innerhalb dieser wenigen Minuten zehn Kilo zugenommen und wäre fünfzehn Jahre älter geworden. Sein Gesicht hing fast auf dem Oberkörper, wie der Schwanz eines Hundes hängt, wenn dieser aufgegeben hat zu bellen, zu laufen und zu wedeln.

»Das war Grech«, sagte er mit einem melancholischen Blick auf Ehlers. »Grech und Sullivan haben die 32er untersucht.«

»Was haben sie rausgekriegt?«, fragte Ehlers, während er interessiert in eine Schublade schaute, die er aus dem Schreibtisch herausgezogen hatte.

»Es ist die Waffe, mit der Paul erschossen wurde. Die Kugel passt. Aber sie können noch nicht sagen, ob er selbst geschossen hat oder jemand anders. Die Paraffinprobe ist nicht sicher. Er hat Spuren von Pulverrückständen an den Händen, aber nicht mehr als er hätte, wenn ihm z. B. jemand den Revolver zwischen die Finger geschoben hätte, ihn dann fallen gelassen hätte und gegangen wäre.«

»Was ist mit Fingerabdrücken?«

»Da sind nur Pauls, aber die sind schwach und verwischt, was die Möglichkeit eines Mordes unterstützt. Wenn er die Pistole selbst auf sich gerichtet hätte, müsste das mit einem ziemlich festen Griff geschehen sein. Diese Abdrücke hier ähneln eher einer kraftlosen Hand, die vergebens zugreift. Aber das ist vielleicht auch nur natürlich. Jedenfalls wird das weiter untersucht. Die Untersuchungen laufen auf Hochtouren, wirklich. Und je mehr sie finden, umso schlimmer wird es.«

»Wovon redest du?«, fragte Ehlers ungeduldig.

»Grech hatte eine Idee«, erklärte Muscat. »Grech hat fast immer irgendwelche Ideen, und fast immer, wenn er blau ist. Er ließ die Kugeln aus William Hauschildts Leiche untersuchen und sie mit Pauls Kugel vergleichen. Er sagte, er habe gedacht, man sollte es einfach mal versuchen. Er war, wenn du den Ausdruck entschuldigst und nichts verlauten lässt, stinkbesoffen.«

»Ja, und?«

»Ja«, fuhr Muscat gedehnt fort, als hätte er Schwierigkeiten, Luft zu holen, »ja, und er hatte die Genehmigung dafür, denn wie üblich hatte er vollkommen Recht. Die Pistole, aus der der alte Paul in seinem Haus erschossen wurde, ist dieselbe, mit der William Hauschildt niedergeschossen wurde, bevor man ihn in Bahar-ic-Caghaq rausschmiss. Also, entweder hat Paul Hauschildt und dann sich selbst erschossen, oder jemand hat beide umgebracht und brauchte den Revolver nicht mehr und hat ihn deshalb bei Paul liegen gelassen.«

22

Ehlers gab die Untersuchung der Schreibtischschublade auf und begann stattdessen in kleinen, nachdenklichen Kreisen umherzulaufen.

»Jedenfalls beweist es, dass Azzopardis Tod irgendwie mit den anderen zusammenhängt«, sagte er.

»Das muss er nicht«, widersprach Muscat als ein Mann, der – wider alle Vernunft – versucht, sich selbst zu überzeugen. »Wenn die, die Hauschildt ermordet haben, die Pistole weggeworfen haben wie die Leiche …«

»Und jemand sie gefunden hat, wie wir Hauschildt gefunden haben?«, bemerkte Ehlers sarkastisch. »Und festgestellt hat, dass es ja genau das richtige Werkzeug wäre, um den alten Doktor loszuwerden? Muscat, das ist zu weit hergeholt. Dr. Azzopardi hatte irgendwie eine Verbindung mit den beiden Dänen, sein Tod hängt mit ihrem zusammen. Wir müssen diese Verbindung finden, das ist das Allererste.«

»Er kann einen von ihnen behandelt haben«, räumte Muscat ein. »Das können wir in seiner Patientenkartei feststellen.«

Er zog einige Schubladen in einem großen Karteischrank auf und machte sich daran, einige Karten anzusehen.

»Ich glaube, er hat halb Malta behandelt«, sagte er sanft. »Hier ist übrigens der gesamte Polizeistab einschließlich meiner Person. Nein, keine Nyman, auch kein Hauschildt.«

»Aber vielleicht eine Prahm?«, fragte ich.

Ehlers sah aus, als merke er erst jetzt, dass ich anwesend war.

Er warf mir einen Blick zu, der besagte, dass auch blinde Hühner mal ein Korn finden.

Aber das blinde Huhn hatte dieses Mal kein Glück. Es gab auch keine Prahm.

»Hör mal«, sagte ich. »Am merkwürdigsten finde ich die letzten Sätze in dem Brief. Habt ihr auch bemerkt, dass da ein paar dunkle Untertöne drin sind, etwas in der Richtung ›egal, was ihr auch denken werdet …‹, oder so? Das muss doch irgendwas bedeuten.«

»Das muss nicht sein«, erwiderte Muscat. »Vielleicht ist das nur so eine altmodische Art und Weise, darum zu bitten, dass man doch das Beste von ihm denken möge. Ihm gefiel es schon immer, sich etwas geschnörkelt auszudrücken.«

»Irgendwas stinkt hier«, widersprach Ehlers. »Aber was? Muscat, ich fürchte, wir sind gezwungen, das ganze Haus zu durchsuchen.«

»Das ist ein großes Haus. Ich werde ein paar Mann herbeordern«, nickte Muscat.

Mit diesen Worten verließ er das Arbeitszimmer, um zu telefonieren.

»Ich muss auch anrufen«, sagte ich. »Euch ist es wohl sowieso am liebsten, wenn ihr hier in Ruhe herumwühlen könnt.«

»Mir gefällt das nicht«, entgegnete Ehlers ruhig. »Das ist die Arbeit, die mir in meinem Job am allerwenigsten behagt, wenn ich immer wieder gezwungen bin, in den Hinterlassenschaften verstorbener Leute herumzuwühlen, Briefe zu lesen, die nicht für mich bestimmt sind, in ihrer Küche zu schnüffeln und meine Nase in ihren Kleiderschrank zu stecken. Aber es gibt keinen anderen Weg.«

»Okay, dann viel Glück. Ich hau ab. Übrigens, willst du nicht heute Abend mit mir essen, bei Arches? Das ist das beste Restaurant auf Malta, oder auf jeden Fall eines der besten. Nach alldem hier kannst du sicher ein Steak gebrauchen. Du hast doch fast nichts zwischen die Zähne gekriegt, seit wir angekommen sind.«

»Ab und zu ein Sandwich«, räumte Ehlers ein, während er sich über den Bart strich. »Aber ich weiß nicht, wann wir fertig sein werden.«

»Man sollte glauben, du arbeitest im Akkord.«

»Manchmal wünschte ich mir, dass dem so wäre. Dann wäre ich ein sehr reicher Mann.«

»Okay, ich gehe um 20 Uhr hin, und wenn du kommen kannst, dann komm. Sonst ruf an. Es könnte den einen oder anderen Tipp für dich geben.«

»Einen Tipp?«

»Ja, wenn ich beim Bladet anrufe, will ich sie bitten, mal nachzusehen, was sie sonst noch über William Hauschildt finden können. Wir wissen einfach zu wenig, und hier unten erfahren wir nicht sonderlich viel. Mal sehen, ob das Bladet nichts ausgraben kann.«

»In Ordnung, aber erst mal kein Wort über Azzopardi. Wohin gehst du?«

»Nach Valletta, um vom Hauptpostamt aus anzurufen.«

»Dann bis nachher.«

»So long.«

Ich warf Dr. Azzopardi einen letzten Blick zu und ging ins Wohnzimmer, wo Muscat in ein Telefon hineinschnatterte. Ich nickte ihm höflich zu, ging zum Ausgang und gelangte an die frische Luft, wo mich der trockene Mistral mit einem gutmütigen Peitschenhieb ins Gesicht empfing.

Von außen sah dieses Todeshaus unglaublich schön aus. Genau das Traumhaus, um sich zurückzuziehen, wenn man es satt hatte, sich ein ganzes Leben lang abgestrampelt zu haben.

Der gesamte Weißwein vom Mittagessen war verdampft, als ich über ein paar Umwege auf die Hauptstraße von St. Julian's gelangte. Deshalb gönnte ich mir in ›Rose & Lily Bar‹ ein Hopleaf, bevor ich mir einen Wagen suchte, der mich die wenigen Kilometer nach Valletta fahren sollte.

Valletta war weihnachtlich. Im Zentrum, in dem die großen Einkaufsstraßen lagen, hingen Tannenzapfen und farbige Lichter über den Straßen.

Die Leute trotteten auf dem Weg zum und vom Einkauf hin und her, bepackt mit Taschen, Körben und Paketen jeglicher Größe.

Ich hatte Glück. Ich fand das Postamt nicht nur schnell, sondern auch noch eine halbe Stunde vor Feierabend. Ich hatte auch Glück mit meiner Verbindung mit dem Bladet. Und ich hatte absolutes Oberschwein, dass Otzen da war.

»Ja, mein Junge?«, fragte er, offensichtlich zufrieden über meinen Anruf. »Kann ich dir irgendwie helfen?«

»Im Gegenteil. Ich kann dir helfen.«

»Helfen – mir?«

Otzen klang, als wäre so eine Möglichkeit im Augenblick und für alle Zeiten in jeglicher Hinsicht undenkbar.

»Ja, dir oder deinem Scheißblatt, was auf das Gleiche herauskommt. Habt ihr die Neuigkeiten noch nicht gehört?«

»Nirgends auch nur ein Wort. Was ist passiert?«

»Noch ein Mord. An noch einem Dänen.«

»Fantastisch – ich meine – sehr interessant. Wer war es?«

»Der Direktor einer Werbeagentur.«

»Noch besser, die gehören sowieso alle umgebracht. Von wo aus rufst du an?«

»Aus dem Postamt, Valletta, Malta.«

»Bist du bereit zu diktieren?«

»Ja.«

»Gut, ich stelle durch und höre mit.«

Gut zehn Minuten lang stand ich da und diktierte

aus meinem Notizbuch heraus, während die Leute vor der Telefonzelle mit ihren Briefen und Paketen hin und her wanderten.

»Fantastisch!«, rief Otzen, als ich fertig war. »Es freut mich, dass du dich etwas gefangen hast. Das ist eine prima Reportage, und wir werden sie morgen als Einzige haben. Das bedeutet eine Extrazigarre für dich, wenn du nach Hause kommst.«

›Eine Extrazigarre‹ war Otzens Bezeichnung für eine deutliche finanzielle Belohnung.

»Aber um eine Sache möchte ich euch noch bitten«, sagte ich.

»Schieß los, mein Junge, du weißt doch, wie viel wir für dich tun würden. Worum dreht es sich?«

»Ich möchte gern, dass ihr William Hauschildt mal genauer unter die Lupe nehmt. Redet mit einigen von den Reklamefritzen und hört euch nach dem Klatsch um, der in der Branche grassiert – du kannst einen schlauen Lehrling drauf ansetzen, aber achte um Gottes willen drauf, dass er wirklich schlau ist. Rede mal mit Friis.«

Und nach einer kurzen Pause fügte ich hinzu:

»Und frage auch Mavis.«

Friis war der Bladet-Redakteur für die Geburtstagsnotizen bekannter und herausragender Namen, von dem es hieß, er hätte das gesamte Who is Who im Kopf, was er gern und oft unter Beweis stellte, nicht zuletzt bei Wetten in der Kantine.

Mavis hatte dagegen das inoffizielle Who is Who im Kopf. Sie war die Klatschtante vom Bladet, Redakteurin der Spalte ›Unter uns‹, die sich hauptsächlich mit Hochzeiten, Scheidungen und den Gerüchten über illegitime Verbindungen beschäftigte.

Friis wusste, wann ein Mann seinen Abschluss und seinen Titel bekommen hatte. Mavis wusste, wann er geschieden worden war und oft auch, aus welchem Grund. Zeitweise kannte sie sogar die Telefonnummer des Grundes.

Die beiden ergänzten sich hervorragend.

»Wird gemacht, mein Junge«, sagte Otzen in seiner charakteristischen saloppen Art, die dazu führte, dass man sogar von Malta aus sehen konnte, wie er die Stichworte aufgeschrieben hatte und jetzt entspannt seine Zigarre in den anderen Mundwinkel schob, wohl wissend, dass die Titelseite für den nächsten Tag gerettet war. »Wo können sie dich erreichen?«

»Ich habe hier kein Telefon, aber ich denke, ich werde mit Polizeiinspektor Ehlers heute Abend in einem Restaurant essen, das Arches heißt.«

»Denk an die Quittung. Das Bladet bezahlt natürlich deine Ausgaben. Im angemessenen Umfang, versteht sich, haha.«

»Selber haha. Sei froh, dass du der Einzige bist, dessen Korrespondent bei einem dänischen Doppelmord im Ausland zur Stelle ist.«

»Mein Junge, ich bin hingerissen. Du willst also dort angerufen werden?«

»Ja. Zwischen 20 und 22 Uhr. Ich werde schnell nach der Nummer fragen.«

Er bekam die Nummer, schrieb sie nieder, klopfte mir väterlich auf die Schulter, soweit sich das durchs Telefon machen lässt, und bat mich schließlich anzurufen, sobald es etwas Neues gab.

Es war noch zu früh, um Gitte anzurufen. Ich bezahlte mein viertelstündiges Gespräch, und das war so teuer, dass ich sogar daran dachte, mir eine Quittung geben zu lassen. Otzen wäre stolz auf mich, wenn er es gesehen hätte.

Weniger stolz auf seinen pflichtbewussten Mitarbeiter wäre Chefredakteur Otzen wohl, wenn er gesehen hätte, wie ich wenige Minuten, nachdem ich meinen so oft verfluchten Job erfüllt hatte, die Hauptstraße entlangmarschierte, dann weiter um die Ecke und hinunter in den Keller des Cafés Britannia. Das Britannia ist ein großer, stattlicher, altmodischer Bierkeller, und ein Glas großes, stattliches, altmodisches Bier war genau das, was ich jetzt brauchte.

Es war erst 17 Uhr. Ich hatte noch Zeit. Ich konnte es mir erlauben, mich für eine halbe Stunde ruhig niederzulassen, und hoffte, dass es hier einen Fernseher gab, ein Grüppchen von Leuten, die Dart spielten oder irgendeine andere Form friedlicher Unterhaltung, die einen lange genug stillsitzen lässt, um sich konzentrieren zu können.

Das klappte auch prima. Der Fernseher lief und zeigte einen alten Krimi mit rasanten Autoverfolgungsjagden und quietschenden Reifen, so einen, den man genießen kann, ohne ihm genau folgen zu müssen. Und wirklich spielten einige Dart, und das Bier war kühl und gut.

Aber in einer Ecke am anderen Ende des Lokals saß – wie sich zeigte, als mein Blick routinemäßig im Lokal herumschweifte – Maria Azzopardi mit zwei jungen Typen.

Mir fiel auf, dass Frau Azzopardi ziemlich viel in der Stadt herumkam.

23

Dieses Mal grüßte sie nicht, aber vielleicht sah sie mich gar nicht. Jedenfalls gab es keinen Grund, sich aufzudrängen.

Die beiden jungen Männer trugen Lederjacken, T-Shirts und Jeans. Sie sahen so ähnlich aus wie die Typen, die für eine Autoverleihfirma arbeiteten. Vielleicht waren sie es.

Alle drei tranken Kaffee. Maria führte das Wort, und es klang, als gäbe sie irgendwelche Befehle.

Vielleicht Autos betreffend.

Ich leerte mein Glas, sah auf dem Fernsehschirm, wie ein Auto über einen Abgrund stürzte und in Flammen aufging, und überlegte, wie viele Autos die Filmbranche innerhalb der letzten fünfzig Jahre wohl verbrannt hatte. Und nicht nur Autos, sondern auch wie vielen Häusern sie zum Einsturz verholfen hatte, wie viele Schiffe und U-Boote sie versenkt und wie viele Überschwemmungen, Orkane, tödliche Bedrohungen und Katastrophen sie in Gang gebracht hatte.

Das war nicht das geeignete Thema zum Nachdenken. Ich trank noch einen Krug Bier. Langsam glitt ich in das Loch des Wartens, das alle Journalisten – oder zumindest die ausgeschickten Korrespondenten – so gut kennen. Es ist wie bei einem Boxer, der wochenlang wie wahnsinnig trainiert hat, und jetzt beginnt endlich der Kampf – in zwei Stunden. Man kann nichts mehr tun, jetzt geht es ums Ganze. Diese zwei Stunden können ein Albtraum an Vorahnungen sein, aber auch ein sanftes Dahindämmern.

Ich habe gehört, dass Schauspieler das gleiche Gefühl kurz vor der Premiere haben.

Als ich es einmal Ehlers erzählte, nickte er und antwortete: »Das glaube ich. Jeder neue Fall ist eine Premiere.«

Er und Muscat taten, was sie tun mussten, und ich war nicht mit im Spiel. Es gab nichts, was ich im Augenblick hätte tun können, gar nichts. Ich hatte meinen bescheidenen Teil dazu beigetragen.

Ich lehnte mich auf dem harten, hohen, dunklen Holzsitz zurück und vergrub mich tiefer im Stuhl, als wäre das ein schon wichtiger Entschluss.

Ein Typ mit einer Pistole hatte wunderbarerweise den Fall des Autos in den Abgrund überlebt und stand nun da und wedelte mit seinem Schießeisen, während er nach allen Seiten schaute. Das Auto brannte immer noch. Es musste reichlich Benzin drin gewesen sein.

Ich schloss die Augen und dachte an Frauen. Man muss an irgendwas denken, wenn man fern der Heimat ist, mit niemandem reden kann, nichts tun kann. An Frauen lässt sich gut denken.

Ich dachte an Frauen, die ich gekannt hatte. Ich dachte an Frauen, die ich gern gekannt hätte. Ich dachte an Frauen, die ich in den unterschiedlichsten Situationen erlebt hatte – weinende, beißende, zänkische, lasterhafte, herrische, unterwerfende, untreue, verlassene, verlockende, eitle, bestürzte, beunruhigte, verführerische Frauen. Ich blätterte ein wenig in den Nachtseiten meines nicht existierenden Tagebuchs. Ab und zu ist es unterhaltsam, seinen eigenen Film zu sehen.

Es war wohl eine Viertelstunde vergangen, nehme ich an. Als ich wieder aufstand und mich streckte – wie einer, der aus einem Traum erwacht oder aus dem Kino in die Kälte kommt und versucht, einen Film abzuschütteln –, war Maria Azzopardi fort, aber die beiden jungen Typen saßen immer noch am Tisch und unterhielten sich. Sie hatten Bier auf dem Tisch, sahen aber ganz sachlich aus.

Ich folgte Frau Azzopardis Beispiel und ging.

Es war dunkel geworden in Valletta. Die vornehmen alten Häuser verschmolzen in der schwachen Straßenbeleuchtung fast mit der Dunkelheit, und nur die Lichter der vereinzelten privaten Wohnhäuser machten es überhaupt möglich, sich zu orientieren. Anscheinend hatte der Mistral in der Zwischenzeit einen seiner Freunde geholt, nämlich den Nebel. Über der gesamten Stadt lag ein Nebelschleier, der – zusammen mit dem altmodischen Straßenpflaster und den antiken Straßenlaternen – einen glauben ließ, man wäre plötzlich im London von 1890, wo man jeden Augenblick ein ›hansom cab‹ antreffen könnte.

In dieser merkwürdigen Stimmung der Dämmerstunde, ›l'heure bleu‹, wie die Franzosen sagen, trieb ich mich auf der Republic Street herum, der Straße mit den regionalen Kaufhäusern. Von der Republic Street stieß ich auf eine Seitenstraße, und plötzlich war die Welt, wie durch einen Zauberspruch, selbst in diesem Halbdunkel, eine ganz andere.

Die Straße war eng, bestand fast nur aus ununterbrochen ansteigenden und abfallenden Treppenstufen. Die Mauern waren hoch und schlossen jedes Geräusch aus der übrigen Stadt aus. Unnötigerweise, denn aus jeder zweiten Tür erscholl Musik. Grammofonmusik jeder erdenklichen Art.

In den Türen standen Frauen und warteten. In den Fenstern saßen Frauen und warteten. Es sah aus wie ein Ausschnitt aus dem Hafenviertel in Amsterdam, oder vielleicht aus der Kopenhagener Pisserende in alten Zeiten.

Auf allen Seiten gab es Kneipen mit englischen Namen. Auf nur wenigen Metern konnte ich die ›Kennedy Bar‹, ›James Bond 007 Bar‹, ›Monte Carlo Bar‹, ›Playboy‹, ›Lolita‹, ›Silver Horse‹ und ›Garden of Eden‹ erblicken. Nicht gerade wenig für einen Blick.

Ich ging ein paar Schritte vor. Ein Mädchen stürzte aus einer Türöffnung direkt in meine Arme und presste sich an mir hoch. Sie sah aus, als wäre sie fest entschlossen, für ihr Geld anständige Arbeit zu leisten.

Ich erzählte ihr mit entschlossener Miene, ich hätte es eilig, und widerwillig ließ sie von mir ab.

Die Straße hieß Strait Street, und für das, was hier offenbar vor sich ging, war sie perfekt. Selbst zwar eng, schmal und einsehbar, war sie doch reichlich versorgt mit verschlungenen Hinterhöfen und Wegen, noch kleineren Wegen, die kreuz und quer abzweigten wie in einer arabischen Medina. Das perfekte Spezialrevier einer kleinen Stadt, ein diminutives Harlem – ein Ort, von dem man sich gut vorstellen kann, dass seine Bewohner nur selten und nicht allzu lange in die übrige Stadt kommen.

Die Straße roch nach Prostitution, Schnaps und Schlägereien, und das ist ein Geruch, den man überall finden – und wiedererkennen – kann, wenn man ihn erst mal in den Nasenflügeln hatte.

Ein paar Meter weiter, vor dem ›Garden of Eden‹, fürchtete ich zunächst, überfallen zu werden, aber dem war nicht so. Es war nur ein Vergewaltigungsversuch, und zwar ein doppelter. Zwei Frauen, eine ältere und eine sehr junge, klammerten sich gleichzeitig an mich, indem sich jede eines Beins und eines Arms bemächtigte. Das waren offenbar die Methoden in der Strait Street.

Sie sahen aus wie Mutter und Tochter. Eine füllige 50-Jährige und eine feingliedrige 18-Jährige, die energisch an meinen Extremitäten zerrten.

Mit ziemlicher Kraftanstrengung gelang es mir, aus diesem gemeinschaftlichen Eisengriff freizukommen.

»Du kannst uns beide haben!«, rief die Mutter hinter mir her.

Irgendjemand lachte in einem Fenster über uns. Eine hungrige Straßenkatze in einem Hofeingang schien auch zu grinsen und alles zu kennen.

Ich bog wieder zur Republic Street ab, sah, dass es 18.30 Uhr war, und erwischte ein Auto, das mich durch den Mistral nach Mellieha fuhr.

Der Fahrer war ein bedächtiger, alter Mann, der gemütlich auf einer Pfeife kaute, die er bereits sechs- oder siebenmal mit einem Eisendraht repariert hatte, die dafür jetzt aber roch, als hätte er sie mit Holzwolle gestopft.

Er wendete mit viel Geduld den Wagen und fuhr aus Valletta hinaus.

»Da unten in der Strait Street geht's aber hoch her, was?«, fragte ich.

Er drehte sich kurz zu mir um und sagte dann eindringlich: »Ich hoffe, Sie haben 'n Gummi benutzt. Sonst ist es gefährlich.«

Eine freundliche Seele.

Wir fuhren durch Floriana, vorbei am offiziellen

Regierungssitz des Staatschefs, die Küste entlang nach Sliema, wo die Schiffe auf dem Wasser blinkten, am Hafen vorbei und auf St. Julian's zu. In der Dunkelheit schien es, als wäre es bereits eine Woche her, dass ich dort im Sonnenschein gesessen, Krabben gegessen und Weißwein getrunken hatte. In Wirklichkeit war es, wie ich mir bei einem schnellen Überschlagen bewusst machte, erst vier, fünf, sechs Stunden her.

Manchmal zieht sich die Zeit zusammen wie ein Mann, der einen harten Schlag ins Zwerchfell bekommen hat. Manchmal dehnt sie sich wie ein Frosch, der sich aufbläst, oder eine Taube, die sich aufplustert. Die Zeit hat so ihre kleinen Gewohnheiten und Mucken.

Als wir durch Bahar-ic-Caghaq fuhren, sah ich bei Ronnie einen schmalen Lichtstreifen. Direkt vor seiner Felshöhle schlugen die Wellen fast im gleichen Tempo an die Küste wie gestern, als wir Hauschildt fanden.

Als wir uns Mellieha näherten, war es 19.30 Uhr. Mein optimistischer Plan hatte darin bestanden, zurück zum Holiday Centre zu fahren, um vor dem Essen noch ein Bad zu nehmen, denn es war immer noch – ein wenig – einer dieser Tage, aber Ehlers würde es wohl sowieso nicht zu würdigen wissen, wenn er überhaupt kam. Ich ließ mich vor demselben Café absetzen, in dem ich vormittags gesessen und das Straßentreiben beobachtet hatte.

Jetzt war es dunkel, draußen standen keine Tische und Stühle mehr, und das Straßentreiben bestand nur noch aus einzelnen geschäftig vorbeihuschenden Silhouetten, die nach Hause zum Essen eilten.

Dennoch gab es noch einige, die ihren Aperitif im Café einnahmen.

Einer von ihnen war der Apotheker Mifsud.

Er hatte seinen Kittel ausgezogen und zeigte nun, dass er darunter einen Anzug in anonymem Grau trug. Er stand aber noch ebenso krumm da wie in seiner Apotheke und gestikulierte mit seiner goldgefassten Brille in der Hand langsam über einem Glas Cognac, als führe er eine Beschwörung aus.

Ich ging zu ihm und legte mein Gesicht in die angemessenen tragischen Falten.

»Guten Tag«, sagte ich höflich. »Sie erinnern sich vielleicht, wir haben uns gestern kennen gelernt. Haben Sie die traurigen Neuigkeiten schon gehört?«

Er zuckte zusammen und setzte instinktiv seine Brille auf. Dann gab er mir die Hand und sagte, er habe es gerade eben gehört. Ich müsse seinen Zustand entschuldigen, er sei fürchterlich aufgewühlt.

»Wir haben uns unser ganzes Leben lang gekannt, Paul und ich«, erklärte er. »Wir sind zusammen zur Schule gegangen. Wir waren Jugendfreunde, wir haben im Krieg zusammen gekämpft. Wir haben zusammen studiert, Medizin und Pharmazie. Und wir hatten immer das gleiche Interesse an Maltas Geschichte.«

»Ja«, sagte ich. »Er hinterlässt Ihnen ja alle seine Bücher und Unterlagen über Malta.«

Der Apotheker sah für einen kurzen Augenblick aus, als würde in seinen Augen ein kleines Licht angezündet. Dann seufzte er wieder tief und sank über der Bar zusammen, als wäre es sein eigener Tresen.

»Erzählen Sie mir etwas über ihn«, sagte ich mitfühlend.

»Da gibt es nicht so viel zu erzählen, wenn man

ihn nicht gekannt hat«, wehrte Mifsud ab, während er missmutig – und ganz unnötig – seine Brille putzte. »Er war ein Gentleman, wenn es so etwas noch gibt, und das allen gegenüber. Malta ist eine sehr kleine Gesellschaft. Jeder wird Ihnen erzählen, wie viel er bedeutet hat, als Arzt, als Mensch, als Helfer – ja, als Malteser.

Es gibt nicht wenige, die berichten können, was Paul alles für sie getan hat. Er hat vielen geholfen, aber er selbst war immer die Bescheidenheit in Person. Als er 60 wurde, bekam er offiziellen Besuch von Dom Mintoff höchstpersönlich, der ihm die Glückwünsche der Regierung aussprach.«

Mifsud hatte feuchte Augen und griff in seiner Not nach seinem Cognac.

»Aber dass er auf diese Art und Weise sterben würde, das hätte ich nie erwartet, das kann ich immer noch nicht so recht glauben. Aber es muss ja wohl stimmen, oder?«

»Das ist schwer zu sagen ... Es kann ja viel passiert sein.«

»Es sieht Paul einfach nicht ähnlich.«

Mifsud sah aus, als strenge er sich an, etwas zu verstehen.

»Sie hätten Paul während des Krieges sehen sollen«, sagte er dann verträumt. »Es gab keinen Besseren.«

Dann fuhr er fort, ohne Übergang, wie ein Mann, der zurückblickt und nur die Hauptpunkte braucht, um sich an alle Details zu erinnern:

»Aber, natürlich, seit Helènes Tod ... Und dann der Sohn ...«

»Was ist mit dem Sohn?«

»Ach, nichts«, sagte Mifsud abwehrend. »Er ist nur

einfach eine Enttäuschung für den Vater gewesen, aber das kann man nur verstehen, wenn man selbst ein alter Mannn ist. Meine Frau und ich haben nie Kinder bekommen, aber Paul hatte so gehofft, dass ... Ach, nichts, aber alte Männer erträumen sich für ihre Kinder so viel. Paul war enttäuscht darüber, dass Tony keines seiner Interessen teilt: Musik, Geschichte, Philanthropie. Er ließ sich nie etwas anmerken, wenn andere über ihn sprachen, aber ich glaube, er war nicht glücklich über das Leben, das sein Sohn führte. Ich glaube, die beiden haben sich nie richtig verstanden. Vielleicht war Paul zu alt, als er Vater wurde.«

Mifsud leerte seinen Cognac.

»Ich werde ihn vermissen«, sagte er ganz schlicht, »es ist, als wäre die Hälfte meines Lebens weggerissen worden. Nun ja, ich muss nach Hause. Guten Abend.«

»Guten Abend.«

Mifsud verschwand, und ich konnte ebenso gut seinem Beispiel folgen. Es war fünf Minuten vor acht, und das Arches lag vermutlich immer noch gegenüber auf der anderen Straßenseite.

24

Zu meiner Überraschung war Ehlers bereits gekommen. Er saß mit einem großen Drink in einem bequemen Lehnstuhl in der Bar und sah entspannt und zufrieden aus, während er eine Speisekarte im Kingsize-Format studierte.

Ich ließ mich auf dem Sessel neben ihm nieder und sagte Guten Abend.

»Guten Abend. Was willst du haben?«

Er reichte mir die Speisekarte.

»Spargel und ein Steak mit Zwiebeln. Und eine Flasche Marsovin.«

»Okay, da mache ich mit.«

Wir gaben unsere Bestellung auf und gingen hinauf in den Speisesaal. Ehlers betrachtete den Wein, der geöffnet wurde, probierte ihn mit einem kleinen Funkeln in den Augen und lehnte sich dann auf seinem Stuhl zurück, als wollte er die Hände falten.

»Du siehst aus, als wenn es dir gut ginge«, sagte ich. »Du siehst unglaublich zufrieden aus.«

»Es geht überhaupt nicht gut«, sagte er mit einer Andeutung von Fröhlichkeit. »Genau genommen geht alles zum Teufel. Aber ich hatte gerade die Möglichkeit, mit meiner Frau zu sprechen und zu hören, wie es bei ihr läuft.«

»Und wie läuft es?«

»Prima. Der Kleine hat Masern gekriegt und der Große eine Fensterscheibe im Keller eingeworfen, das heißt, alles läuft normal. Weißt du, das ist wirklich merkwürdig. Man rennt den ganzen Tag herum und vermisst seine Kinder und malt sich alles Mögliche aus, was passieren könnte, und wenn man dann nach Hause kommt, haben die vielleicht gar nicht gemerkt, dass man weg war.

Aber ich habe dir wohl nie von meinen Kindern erzählt, oder?«, fuhr er fort.

»Nein«, antwortete ich, mit Pokerface, aber mit allen Nerven zitternd bei der Aussicht, dass er jetzt damit anfangen würde. Nichts ist so uninteressant wie die tollen Fähigkeiten anderer Leute Kinder, vor allem, wenn man selbst keine hat. Nichts kann langweiliger sein, und in der Regel endet es unvermeidlich damit, dass der stolze Erzeuger dieser unglaublichen Kinder aus seiner Westentasche ein ganzes Bündel Amateurfotos herauszieht, mit den Superwesen im Bad, mit Teddy, beim Ballspielen und am Strand.

Der Kellner sprang mir beherzt zu Hilfe, indem er Ehlers' Spargel genau im strategisch richtigen Augenblick servierte.

»Aber warum geht es nicht gut? Was ist denn mit dem Fall?«, fragte ich ablenkend.

Ehlers blickte von seinem Spargel auf, zwinkerte einmal und antwortete nicht.

»Habt ihr was bei Dr. Azzopardi gefunden?«, fragte ich hartnäckig.

»Ja.«

»Und was, du mundfaule Auster?«

»Das gesamte Leben des Mannes. Seine Bücher, seine Briefe, seine Fotos, seine Hemden, seine Schuhe, sein Angelzeug, sein Ritterkreuz. Seine medizinischen Remedien, seine Hobbymalereien, seine Papiere und Sparbücher. Alles an seinem Platz. Dr. Azzopardi muss ein Ordnungsmensch gewesen sein. Das ist vielleicht leckerer Spargel, was?«

»Ja, stimmt. Wovon redest du eigentlich?«

»Du möchtest sicher noch einen Schluck Wein. Bitteschön.«

»Alle Experten raten davon ab, Wein zum Spargel zu trinken. Was verschweigst du mir? Was habt ihr gefunden?«

»Dreimal darfst du raten«, sagte Ehlers, während er sich über eine weitere Spargelstange beugte und entgegen den Ratschlägen aller Experten sein Glas leerte.

Ich zuckte mit den Schultern, nahm mir auch eine Spargelstange vor und überlegte eine Sekunde. Dann schoss ich ins Blaue:

»Narkotika.«

»Verflucht, woher weißt du das?«, stieß Ehlers hervor, so verblüfft, als wäre ihm nach einem zielgenauen Stoß in den Solarplexus die Luft weggeblieben.

»Ich habe so meine Methoden«, antwortete ich würdevoll. »War er selbst süchtig?«

Ehlers stellte sein Glas ab.

»Ich gebe auf«, sagte er. »Okay, 2:0 für dich. Jedes Mal ein Volltreffer. Wie hast du das rausgefunden?«

»Ganz simples, systematisches Rätselraten. Wenn bei einem Arzt etwas nicht stimmt, handelt es sich fast immer um Drogen. Ein Arzt wird nie zum Schmuggler. Aber ein Arzt kann ganz leicht drogensüchtig werden. Du weißt selbst, wie viele Drogenabhängige es unter Ärzten und Krankenhausangestellten gibt.«

»Ja.«

»Ich wette, damit hat er erst nach dem Tod seiner Frau angefangen. Es ist ihm sicher äußerst beschissen gegangen, er hat weder essen noch schlafen können, und deshalb hat er sich ›was zur Beruhigung‹ gegeben.«

»Sullivan hat ungefähr das Gleiche gesagt. Sullivan meinte, er hätte es nie gedacht. Muscat war direkt entsetzt, er hat sich aufgeführt, als wenn ein Märtyrer von seinem Sockel gefallen wäre. Er hat mir die strengste Schweigepflicht auferlegt. Die erteile ich jetzt dir, und das meine ich auch so. Hast du mit dem Bladet gesprochen?«

»Ja.«

»Gibt's was Neues daheim?«

»Nicht dass ich wüsste. Verflucht, was hast du denn gefunden?«

»Morphium. Morphium in großer Menge. In seinem Safe.«

Ehlers nahm sich die letzte Spargelstange und brütete einen Moment lang darüber.

»Viel zu viel Morphium für eine medizinische Praxis«, sagte er. »Viel zu viel auch für ihn selbst. So viel, dass sich die Frage gar nicht vermeiden lässt, ob er selbst damit gehandelt hat.«

»Die jungen Junkies kann ich gut verstehen«, sagte er dann. »Ich habe einige von ihnen gesehen, und bis zu einem gewissen Grad kann ich verstehen, warum sie tun, was sie tun, auch wenn ich es idiotisch von ihnen finde. Aber ein alter Mann, und dann noch ein Arzt – warum tut er das?«

»Weil es ihm gefällt«, antwortete ich. »Die Leute werden drogensüchtig aus dem gleichen Grund, aus dem sie Kaffeetrinker oder Kinogänger werden, nämlich weil es ihnen gefällt. Sie probieren es mal, finden es gut, und dann schreien sie wie ein Kleinkind, das noch einen Lakritz haben will – Mama! Das ist alles.«

»Du bist verdammt zynisch.«

»Bin ich nicht, ich habe es selbst ausprobiert. Aber wenn es überhaupt einen Sinn hat, dass so etwas wie Morphium existiert, dann für so einen alten Mann, der selbst glaubt, dass er am Ende ist und gern noch ein paar Jahre lang Luft holen möchte ohne allzu große Schmerzen.

Verflucht, Ehlers«, sagte ich eindringlich, »ihr wisst doch einen Scheißdreck von Drogen, warum seht ihr dieser Tatsache nicht ins Gesicht?«

»Wir sehen die Resultate«, antwortete er. »Ich sehe jeden Tag auf dem Halmtorvet einige.«

»Cool, du siehst sie also. Aber das ist nur die Hälfte oder ein Drittel oder was weiß ich von den Resultaten. Das sind Leute, die es da hinzieht, die für einen Braunen, für einen Schuss, jemand niederknallen, okay. Aber es gibt auch diejenigen, die – wie Dr. Azzopardi – in schönen, hübsch möblierten Häusern wohnen und alles unter Kontrolle haben, inklusive ihrer kleinen, netten, täglichen Gewohnheiten.«

»Glaubst du, der Drogenmissbrauch ist in den oberen Gesellschaftsschichten höher?«

»Ich glaube, man sollte hin und wieder mal eine Razzia im Strandvej statt in der Istedgade durchführen.«

Der Kellner unterbrach uns mit dem Hinweis, es gebe ein Gespräch aus Kopenhagen für mich. Er fragte diensteifrig, ob er mein Fleisch so lange warm stellen sollte, bis ich fertig war.

Ehlers knöpfte sein Jackett auf und füllte sein Weinglas.

Das Telefon stand im Hinterzimmer, in das ich geführt wurde. Ich nahm den Hörer.

»Hallo?«

»Hello ... Copenhagen ... One moment, please ... Copenhagen ...«

Eine Stimme kam glockenrein durch das Kabel. Barbara, unsere Kummerkastenredakteurin. Die intelligente, kritische, selbstständige Barbara. Barbara, von der man fast nicht genug des Guten sagen konnte.

»Bist du's?«

»Ja. Hallo.«

»Hallo. Lass mich schnell kondolieren, dann ist das überstanden. Ich will dich nicht nerven, ich nehme an, es geht dir saumäßig. Ich will dir nur sagen, was wir zusammen über William Hauschildt rausgekriegt haben. Otzen hat die Sache wirklich forciert, wir waren zu dritt bis heute Abend dran – auch, um die Teile für ein Portrait von ihm für morgen zusammenzutragen, wer war der Mann, der auf so unschöne Weise den Tod fand, du weißt, wie's läuft ... Nun, aber langer Rede kurzer Sinn: In der Branche wird er als Dauerblender angesehen. Er hat vor fünfzehn Jahren schnell und flink eine kleine Firma aufgebaut und wurde Chef einer größeren, wo er nach ein paar Jahren gefeuert wurde. Es laufen Gerüchte, dass er zu viel aus der Firmenkasse auf sein Konto gebucht hat, aber das wurde nie genauer untersucht. Hauschildts Vater hat einen reichlich hohen Posten im Justizministerium.«

»Ach, der Hauschildt!«

»Ja, wusstest du das nicht? ... Warte mal, dann hat er ein paar Jahre als Grundstücksmakler gearbeitet, nicht besonders erfolgreich, und dann ist er zu Scan-Ad gekommen. Das war sicher so eine Art letzter Chance oder Strohhalm oder wie man nun sagen will. Sein Vater sitzt im Aufsichtsrat.«

»Gewisse Leute sind einfach mit den richtigen Vätern geboren.«

»Ja, nicht? Meiner ist nur Waldhüter auf Falster. Nun ja, aber sein Einsatz bei Scan-Ad war anscheinend nicht überwältigend zufrieden stellend, und er hat diverse Dinge verschlampt und ist ein bisschen zu oft verreist. Sie haben aus Rücksicht auf den Alten getan, als wenn nichts wäre, waren aber der Meinung, dass es so nicht weiterginge.

Er hat einen schlechten Ruf«, fügte sie warnend hinzu. »Missversteh mich nicht, ich rede nicht über den üblichen Klatsch – da gibt es eine Menge Leute, die mit vollem Recht behaupten würden, dass du, mein Liebster, einen schlechten Ruf hast –, aber hier handelt es sich eher um den Eindruck, den man erhält, wenn man mit den Leuten um ihn herum redet, wenn du verstehst, was ich meine. Es ist die Art und Weise, wie sie von ihm reden. Die meisten würden am liebsten gar nichts sagen, und wenn man lange genug nachbohrt, dann murmeln sie so etwas wie, dass er ›sicher nicht so ganz ohne Makel war‹, und dann schauen sie zu Boden und fügen hinzu, sie wüssten ja eigentlich nichts Genaueres, es sei nur etwas, was sie gehört hätten. Es ist aber jedenfalls sicher, dass er mehr Freunde im Istedgade-Viertel gehabt hat als Werbeleute gewöhnlicherweise haben. Und noch etwas ist sicher: Er spielte gern. Karten, Würfel und Pferde.«

»Nie verheiratet? Keine Kinder?«

»Jung verheiratet und im folgenden Jahr geschieden. Keine Kinder. Seitdem keine Hochzeiten. Aber Massen von Affären, nicht zuletzt innerhalb der Branche. Wie ich gesagt habe: Ich glaube, er war ein Dauerblender, sowohl was die Arbeit als auch was die Frauen betrifft, aber das ist nur meine Theorie. Das ist es so ungefähr, was wir ausgegraben haben. Viel Glück, ich freue mich drauf, dich bald wiederzusehen. Ist es hübsch da unten?«

»Nun ja – es weht verdammt viel.«

»Okay, ich soll von Otzen und allen grüßen – und auch von Mavis. Tschüs.«

Sobald ich wieder am Tisch war, standen die Steaks bereit, jeweils ein ganzer Teller voll mit Fleisch. Wie in einer Pantomime kamen danach fünf kleine schwarz gekleidete Damen mit weißen Schürzen herein, jede mit einem Gemüse, das sie huldvoll sich verneigend darboten, als wären sie in einer früheren Inkarnation Haremstänzerinnen am Hofe von König Salomon gewesen.

Während wir ins Fleisch schnitten, erzählte ich Ehlers, was Barbara gesagt hatte.

»Hm«, meinte er. »Ich muss zugeben, dass euer Nachforschungsapparat manchmal besser funktioniert als unserer.«

»Die Leute erzählen einem Journalisten Dinge, die sie der Polizei nicht sagen.«

»Das ist wohl richtig. Was meinst du, ob ich von hier aus in Kopenhagen anrufen kann?«

»Wenn du dafür bezahlst, kannst du sicher in der Antarktis anrufen. Um was geht es denn?«

»Ich habe nur was vergessen«, sagte Ehlers unbestimmt und verschwand mit einem Happen Fleisch im Mund, energisch kauend.

Es dauerte nur zehn Minuten, dann war er zurück. Er machte sich aufgeräumt über seinen Teller her und sagte: »Das ist wirklich nett hier. Das war eine gute Idee. Prost!«

Wir prosteten uns zu.

»Was wolltest du in Kopenhagen?«, fragte ich.

»Reine Routine«, antwortete Ehlers. »Ich Idiot hatte es nur vergessen. Wir müssen natürlich eine gründliche Durchsuchung von Hauschildts Wohnung in Kopenhagen vornehmen, irgendwo im Bredgadeviertel, aber es war einfach so viel zu bedenken … Jetzt ist Bendtsen auf dem Weg dorthin. Er sagt, am Halmtorvet sei es ein ruhiger Abend.«

Wir aßen weiter und tranken noch mehr Wein. Während wir unter den vornehmen Kronleuchtern an weißen Tischtüchern saßen und immer mehr Gäste hereinkamen und sich draußen die Dunkelheit weiter verdichtete, bis der Mond aufging, fast so messerscharf wie gestern, dachten wir beide an die Stadt, von der wir gerade gesprochen hatten. Ich konnte sehen, wie Ehlers' halbes Hirn Bendtsen in Hauschildts Wohnung folgte, und ich selbst war mit halbem Kopf in der Rotationsdruckerei vom Bladet, wo sie in wenigen Minuten mit der ersten Auflage der Zeitung beginnen würden, mit einem lauten, dumpfen Startdröhnen der Maschine, das im ganzen Haus zu hören war.

Nichtsdestotrotz ging es uns gut. So gut, dass Ehlers, nachdem wir das Fleisch verspeist und beide die Jacken aufgeknöpft hatten, doch noch die Erlaubnis erhielt, ein paar kleine, rührende Histörchen von seinen offenbar wundersam klugen, lebendigen und aufgeweckten Kindern zu erzählen.

25

Nun«, sagte ich, als wir beim Kaffee saßen und das Thema ›Ehlers' zauberhafte Kinder‹ mittlerweile erschöpft zu sein schien, »nun, jetzt wissen wir also, was Dr. Azzopardi mit seinen dunklen Andeutungen im Testament meinte. Du weißt, das mit

›ganz gleich, was ihr auch von mir denken mögt‹. Das war also seine Sucht, auf die er hindeutete.«

»Vermutlich«. Ehlers nickte.

»Natürlich würde das bei der Untersuchung seiner Leiche herauskommen, und natürlich wusste er das als Gerichtsmediziner besser als jeder andere.«

Ehlers nickte wieder.

»Das bestätigt also, dass es Selbstmord war, oder?«

»Selbstmord hin, Selbstmord her – mir gefällt es nicht so recht«, räumte Ehlers ein. »Alle, die ihn kennen, sogar Muscat, und Muscat ist nicht irgendein Windhund, alle sagen, dass sie das nie von ihm gedacht hätten.«

»Mein lieber Ehlers, du solltest doch am besten wissen, dass die Leute das immer sagen, ganz gleich, wer da als Mörder, Erpresser, Vergewaltiger oder nur als Einbrecher überführt wird. ›Das war doch immer so ein netter, liebenswerter junger Mann, immer so freundlich und so gut zu seinem Hund. Ich kann überhaupt nicht verstehen, dass ausgerechnet er …‹ Hast du diese Litanei nicht schon tausend Mal gehört?«

»Fast so oft wie die Nationalhymne. Aber ich sage ja gar nicht, dass es kein Selbstmord sein kann, es gibt nur noch die andere Möglichkeit, die ich schon hinter einigen anscheinend ganz offensichtlichen Selbstmorden entdeckt habe: Dass ein anderer dastand, die Pistole im Rücken des ›Selbstmörders‹, und ihn gezwungen hat, einen Abschiedsbrief zu schreiben, bevor er schoss. Das ist möglich. Das lässt sich jedenfalls denken.«

»Alles lässt sich denken. Meinst du nicht, du wirst langsam allzu misstrauisch?«

»Ich fürchte, in meinem Job muss man einfach misstrauisch werden, das ist eine Berufskrankheit. Wir Bullen werden bei allem und jedem misstrauisch, ihr Journalisten werdet dafür zynisch und versoffen.«

»Jede Branche hat ihr Risiko.«

»Wie wahr.«

»Wo ist Muscat heute Abend?«

»Er ist ein paar hundert Meter oberhalb von uns, wenn ich mich nicht irre. Er verhört die jungen Azzopardis und bespricht praktische Sachen wie die Leichenschau und das Begräbnis. Sullivan ist auch da.«

»Müsstest du nicht auch dabei sein?«

»Denke ich nicht. Das ist eine rein maltesische Angelegenheit. Ich will mich nicht in ihre Begräbnisse einmischen, am liebsten auch nicht in ihre Drogenaffären. Meine Aufgabe ist es, den Mörder zweier dänischer Staatsbürger zu finden, einer Frau und eines Mannes. Wovon die eine offenbar ein netter Mensch war, und der andere ganz offensichtlich nicht.«

»Aber die Pistole.«

»Ja, die Pistole. Das ist dieselbe, das steht fest.«

»Könnte Dr. Azzopardi Hauschildt erschossen haben?«

»Muscat hat seinen gestrigen Tag rekonstruiert. Er war in Valletta im Institut, ungefähr bis zur Lunchzeit, und dann ist er nach Mellieha gefahren, hat vergebens versucht, seinen Sohn zu besuchen, und ist danach zu Mifsud gegangen. Er hätte es tun können, ja. Aber ich glaube nicht, dass er die Leiche hätte aus dem Auto werfen können – jedenfalls nicht allein. Er war kein starker Mann, er war ein alter Mann. Und Hauschildt war groß.«

»Er kann einen Helfer gehabt haben.«

»Dann müssen wir diesen Helfer finden.«

»Es könnte Ronnie gewesen sein.«

»Ich glaube, du traust Ronnie alles zu.«

»Lach nur. Es gibt so etwas, das heißt Intuition. Auch in Polizeikreisen. Du hörst doch, Grech zum Beispiel hat sie. Das sagt sogar Muscat.«

»Wenn man vom Teufel spricht ... Da ist er.«

Auf der obersten Treppenstufe stand Muscat und blickte von Tisch zu Tisch. Selbst ohne ihn zu kennen, konnte man mit geübtem Blick erkennen, dass er Polizist war. Nur Polizisten – und vielleicht Verbrecher sowie bis zu einem gewissen Grad Journalisten – schauen sich in dieser prüfenden Art und Weise um, wenn sie einen Raum betreten.

Als er sich einen Überblick über die Lage verschafft hatte, kam er direkt zu uns. »Guten Abend«, sagte Ehlers.»Setz dich. Eine Tasse Kaffee?«

»Nein danke«, sagte Muscat mit dem Schatten eines Lächelns, »ich habe schon den ganzen Abend Kaffee getrunken. Ich nehme lieber ein Glas Cognac. Es ist jetzt fast Feierabend, ich muss nur noch nach Valletta zurück und meinen Bericht schreiben – und dann nach Hause. Ich freue mich drauf, mein Bett zu sehen. Das war ein harter Tag.

»Was haben die Azzopardis gesagt?«

»Nichts. Sie machte den Eindruck, als wäre es ihr vollkommen gleichgültig, als ginge es sie überhaupt nichts an, dass ihr Schwiegervater tot ist – aber so sieht sie immer aus, und dafür darf man sie nicht verurteilen, es gibt kein Gesetz, das besagt, dass man seinen Schwiegervater lieben oder über seinen Tod weinen muss. Er weint reichlich, zu viel für meinen Geschmack. Er bricht immer wieder in lautes Schluchzen aus, auf mich wirkt das wie Schauspielerei, aber es kann ja sein, dass er erst jetzt anfängt, überhaupt über seinen Vater nachzudenken, man hat schon manches erlebt. Es ist schwer zu beurteilen.«

»Das müssen wir auch gar nicht«, sagte Ehlers. »Das ist Aufgabe der Gerichte, wir sollen nur die Tatsachen herausfinden. Wo waren die beiden? Was haben sie den ganzen Tag über getan?«

»Er hat sich vormittags geschäftlich auf der Insel herumgetrieben, sich ein paar Grundstücke in Qormi angeguckt. Das Alibi hält. Dann hat er in St. Julian's mit seiner Frau Mittag gegessen – wo die beiden Sie getroffen haben.« (Muscat nickte mir zu, und ich nickte zustimmend zurück) »Sie sind am Hafen spazieren gegangen, und dann ist sie zum Friseur gegangen, während er seinen Vater treffen wollte. Er behauptet, dass beim ersten Mal die Tür verschlossen war und niemand auf sein Klingeln reagiert hat – verständlich, wenn Paul bereits tot war und Iona die Tür nicht hören konnte. Paul lebte ja ein wenig wie ein Einsiedler, er hatte zu Hause nur Besuch von seinen alten Freunden. Dann lief der Sohn ein wenig umher, und als er es ein weiteres Mal versuchte – eine halbe bis eine Stunde später –, waren wir alle zusammen dort, und den Rest kennst du.«

»Hat er gesagt, was er bei seinem Vater wollte?«

»Ja, daraus hat er gar keinen Hehl gemacht. Er wollte mit dem alten Paul über eine Investition sprechen – er sollte Geld zu den Grundstücken in Qormi zuschießen, hinter denen der Sohn her war.«

»Was meinst du, was der Doktor dazu gesagt hätte?«

»Keine Ahnung. Mit Grund und Boden zu spekulieren wäre genau das Gegenteil von all dem, was Paul sein ganzes Leben lang vertreten hat, aber er würde sich gewiss krumm legen, um seinem Sohn zu helfen.«

»Sein Sohn!« Das klang wie ein schwaches, biblisches Echo. »... Sein Sohn, der Einzige!«

Aber so sind nun mal die Familiengefühle der Malteser.

»Jetzt haben wir also alle Möglichkeiten«, sagte Muscat. »Es erscheint immer komplizierter. Und Tony sah niemanden kommen oder gehen, als er das erste Mal am Haus war.«

»Was glaubst du?«

»Ich glaube nie etwas, ich bin Polizist. Aber ich kann gar nicht umhin, darüber zu spekulieren, was der Leichenbeschauer wohl glauben wird. Oder was ein Schwurgericht glauben wird, wenn es so weit kommt. Wie gesagt, Dr. Azzopardi wurde sehr geschätzt. Und wenn sein Sohn das auch wird, dann jedenfalls nicht in denselben Kreisen.«

Er leerte seinen Cognac und stand auf, um zu gehen.

Im gleichen Augenblick kam der Kellner und flüsterte Ehlers etwas zu. Ehlers stand auf und bat Muscat, noch einen Augenblick zu warten. Muscat setzte sich wieder hin. Ich nutzte die Gelegenheit, noch einen Kaffee zu bestellen. Es schien, als würde das Arches, abgesehen davon, dass es ein hervorragendes Restaurant war, für einen Abend als Hauptquartier der Polizei fungieren.

Fünf Minuten später kam Ehlers zurück, in strahlender Laune, die er gar nicht zu verbergen suchte. Er sah aus, als hätte er im Lotto gewonnen oder wäre nach vielen Jahren der Trennung auf verschiedenen Kontinenten endlich mit seiner großen Liebe wieder vereint.

»Ich müsste eigentlich Champagner ausgeben«, sagte er ausgelassen und schlug Muscat auf die Schulter. »Wir sind auf der richtigen Fährte, Alter!«

Muscat wich für einen Moment dem dänischen Wikinger mit seinem struppigen Bart aus. Sein Schnurrbart zitterte bedenklich.

»Was sind wir?«

»Die richtige Fährte«, sagte Ehlers schnell, während er sich mit funkelnden Augen setzte. »Einer meiner Leute hat heute Abend William Hauschildts Wohnung in Østerbro einen Besuch abgestattet, einer schönen großen Eigentumswohnung mit echten Teppichen. Dort gab es viele schöne Dinge. Und es gab auch ein paar weniger schöne. Eins davon war Morphium.«

»Morphium?«

»Ja, und nicht nur das. Dieses Morphium war ganz genauso verpackt, in den gleichen kleinen Tüten, wie wir sie in Dr. Azzopardis Safe gefunden haben.«

Ehlers warf die Arme in die Luft, rief den Kellner und bestellte noch Cognac.

»Prost!«, sagte er wie ein aufmerksamer Toastmeister, als die Getränke gekommen waren. »Das ist die Verbindung, und damit haben wir die Erklärung dafür, warum Hauschildt in diesen undurchschaubaren Geschäften so oft hierher kam. Jetzt haben wir das Skelett, Muscat. Nun müssen wir nur noch ein wenig Fleisch dran haben.«

Muscat sah nicht sonderlich begeistert aus, aber wie gewöhnlich dachte er konstruktiv.

»War denn Hauschildt selbst süchtig?«, fragte er.

Ehlers sah aus wie vom Blitz getroffen. Ein kleiner Blitz, vielleicht, ein bescheidener Blitz, so ein Lehrling von einem Blitz – aber immerhin ein Blitz.

»Azzopardi hat ihn untersucht«, sagte er.

Nicht mehr.

Jetzt war es an Muscat, aufzustehen und zum Telefon zu gehen.

Und an Ehlers, weiteren Kaffee zu bestellen.

»Sullivan war noch da«, sagte Muscat. »Er wird sich sofort darum kümmern. Er ruft zurück. Das wird nur zehn Minuten dauern.«

Wir sahen einander über den Tisch hinweg an wie drei kleine, verschworene Jungen, die in einer Erdhöhle Blutsbrüderschaft geschlossen haben, in einer Erdhöhle, die sie gebaut hatten, um heimlich Zigaretten zu rauchen.

Ehlers versetzte mir einen Schlag auf die Schulter.

»Vielen Dank, alter Freund! Das war dein Gerede über Drogen am Strandvej, das mich drauf gebracht hat. Zugegeben, es war die Bredgade, aber trotzdem – es ist gar nicht so schlecht, dich dabeizuhaben.«

Große Worte aus Ehlers' Mund. Und zum ersten Mal sah ich den Polizeiinspektor in einem fast idyllischen Augenblick. Einem Augenblick seltener diensteifriger Euphorie, hervorgerufen von den gleichen Morphiumtütchen in St. Julian's und in der Bredgade.

Dann sank er wieder ein wenig in sich zusammen, nippte sachlich an seinem Kaffee und sagte: »Nun ja, damit sind die Morde noch nicht geklärt. Es ist nur ein winziger Lichtkegel im Dunkel. Aber trotzdem ist es schön, ihn schon mal zu sehen.«

Niemand widersprach ihm.

Jeder dachte das Seine, wie Herman Bang gesagt hätte.

Kurz darauf rief Sullivan an und teilte Muscat mit, dass er seine fachliche Ehre und seinen Sachverstand darauf wetten würde, dass William Hauschildt nicht drogensüchtig war und es in den letzten Jahren auch nicht gewesen wäre.

Im Gegenteil, meinte Sullivan, gäbe es kaum einen Zweifel, dass er Alkoholiker mittelschweren Grades gewesen sei.

Die letzte Information des Tages. Danach brachen wir auf, und ich, d. h. das Bladet, bezahlte die Rechnung. Wir verließen das Arches und gingen nach Hause – Muscat zunächst in sein Büro, dann zu seiner Familie, Ehlers und ich ins Holiday Centre.

26

Auf unserem Heimweg waren wir guter Laune, fast unanständiger, unpassender, aller Vernunft widersprechender guter Laune, als wären alle Probleme gelöst und die Welt stünde in einem helleren Licht da, weil der verstorbene William Hauschildt die Gewohnheit hatte, seinen Wohnsitz in der Bredgade mit Morphium zu isolieren. Ehlers lächelte rundheraus, und falls dem nicht so war, tat er jedenfalls als ob.

Als wir gegen Mitternacht vor der geschlossenen Rezeption standen, fragte ich ihn:

»Nun, wollen wir noch in die Bar und ein wenig feiern?«

»Ich nicht«, antwortete Ehlers mechanisch. »Das war ein langer Tag. Ich muss noch in Ruhe einiges durchdenken. Vielen Dank für den schönen Abend, er war wirklich nett – genauso nett wie damals, als wir bei deinem chinesischen Freund in der Vesterbrogade gegessen haben. Gute Nacht!«

Das war mindestens ein Jahr her, und damals hatten wir uns kennen gelernt. Es schien mir aber schon viel länger her zu sein, viel, viel länger.

Aber Ehlers hatte Recht: Es war ein langer Tag gewesen. Jeder Mensch mit dem geringsten Fünkchen gesunden Verstands würde sich in sein Bett legen und eine Mütze Schlaf holen. Nur ein Narr würde einen dermaßen aufreibenden Tag noch verlängern.

So wie ich.

Die Bar war ruhig. Der Barkeeper war neu, sehr jung und entsprechend nervös. Die Vegetarier und die Ebbas saßen wieder da, am selben Platz wie am Tag zuvor, was zum Teufel auch immer Vegetarier und Ebbas in einer Bar zu suchen haben. Auch der Gitarrist war dort, aber ohne Gitarre, dafür aber mit dem Mädchen, das ihm gestern tief in die Augen geschaut hatte. Die Menschen treffen sich, wie der verstorbene Jens August Schade sagte. Die Menschen treffen sich, auch auf Malta, und auch in einer Bar unter einer dünnen Mondsichel.

Gott segne sie. Gott segne jeden, der noch Energie und Hartnäckigkeit genug hat, ein Mensch zu sein.

Das ist ein verdammt harter Job.

Ich hatte gerade erst an meinem Hopleaf genippt, als aus einer der dunklen Ecken des Lokals ein Schatten hervorkam, sich langsam zu mir schlich und mich in den Nacken küsste.

Ein Kuss in den Nacken ist – wie ein Diskjockey im 3. Programm sagen würde – eine ›feine Sache‹, kein Zweifel. Aber nicht immer am rechten Platz, und nicht immer unter allen Umständen richtig platziert. Oftmals kann er direkt ablenkend wirken.

Als ich die umgekippte Flasche wieder hingestellt hatte, sah ich, dass es Helle war. Nein, nicht Helle – Hanne, so hieß sie, Hanne, meine ich. Aber an diesem Abend ähnelte sie Helle noch mehr als am vorigen. Sie bewegte sich wie Helle, sie gab Nackenküsse wie Helle. Sie ließ ein ganzes Potpourri längst vergessener Situationen wieder erwachen.

Nun ja, ich selbst küsste – wenn ich es tat – mehr oder weniger wie William Hauschildt es getan hatte. Da gibt es nicht so viele Möglichkeiten, oder aber die Menschen sind einfach nicht so fantasievoll.

Elefanten sind es vielleicht? Oder Seelöwen? Oder Krokodile? Erscheinen die ihren Artgenossen genauso albern, wenn sie sich einander nähern?

Oder zwei Giraffen? Man muss sich nur mal vorstellen, wie zwei Giraffen sich küssen – eine Arbeit, fast die Überwindung von Naturgesetzen, wenn zwei derartige Wesen überhaupt ihre Mäuler aneinander pressen können.

Fantastisch. Fantastischer als vieles sonst.

Ich erwiderte den Kuss. Ich hatte das Gefühl, dass man das von mir erwartete.

»Wo bist du den ganzen Tag gewesen?«, fragte sie.

Heute Abend trug sie hellblau – was hatte sie eigentlich gestern Abend angehabt? –, und das stand ihr gut, das war genau ihre Farbe. Hellblau passte zu ihrer Größe, zu ihrer Zartheit, zu ihren

Augen. Hellblau, das war sie, als wenn es Helle gewesen wäre.

Hellblau war nicht Gitte. Gitte war entweder schwarz oder sehr dunkelrot – bordeaux.

Frauen, das sind auch Farben.

»Ach, überall ein wenig«, antwortete ich.

Das war keine Lüge.

Während ich so an der Bar stand und in voller Übereinstimmung mit dem Heiligen Franz von Assisi wie auch Martin Luther, King oder nicht, keine Lügen von mir gab, fiel mir ein, dass ich Gitte anrufen sollte, und das halbwegs mit ihr verabredet hatte.

Helle, Gitte, Hanne. Hel-le, Git-te, Han-ne. Das klang wie der Anfang eines Kinderlieds, eines von dieser Sorte, bei der man im Kreis tanzt und einander bei den Händen hält. Hel-le, Git-te, Han-ne. Hel-le, Git-te, Han-ne. Eins, zwei, eins zwei, eins zwei. BA ba BA ba BA ba.

»Ich muss eben kurz in Kopenhagen anrufen«, sagte ich mit einem Arm um Hennes, ich meine Halles Hals. »Ich bin gleich zurück.«

Der Barkeeper war so freundlich, mir ein Telefon in einem Hinterzimmer zu geben. Nach kurzer zielgerichteter, disziplinierter Anstrengung konnte ich mich an Gittes Privatnummer erinnern.

Nach diversen Minuten kam ich durch. Lange bevor ich ihre Stimme hörte, war laute Schallplattenmusik zu hören.

»Hallo«, sagte ich.

»Bist du es?«, fragte sie. Nicht in Begeisterung ausbrechend, sondern eher, als hätte sie gehofft, dass es wirklich jemand wäre. Jemand anders.

»Ja«, bestätigte ich. »Was ist denn bei dir los?«

»Wir haben heute einen Fall gewonnen«, sagte sie. »Unser Büro. Einen langen, schwierigen Fall. Den feiern wir.«

Ihre Stimme klang aufgekratzt, als käme sie gerade vom Tanzen und würde gern so schnell wie möglich dorthin zurückkehren.

Kurz gesagt klang es, als würde ich sie stören. Als wäre es ihr lieber gewesen, das Telefon hätte nicht geklingelt – und wenn es schon klingeln musste, dass es jedenfalls wichtig wäre. Wichtig!

»Ist was nicht in Ordnung?«

»Mir geht's nicht so gut.«

»Du klingst aber ganz aufgekratzt.«

»Ich bin krank, du Dummkopf. Ich habe den ganzen Tag gespuckt!«.

»Du Arme.«

»Kommst du bald zurück?«

»Ich weiß es nicht.«

»Was weißt du dann?«

»Verflucht, was ist das für ein Ton?«

»Das ist mein Ton, und über den bestimme ich.«

»Bist du sauer auf mich?«

»Du kapierst gar nichts.«

»Was meinst du damit?«

»Genau das, was ich sage. Du verstehst überhaupt nichts.«

»Ja, aber, mein Schatz ...«

»Du und dein ›Schatz‹. Wenn ich dich brauche, bist du nie da.«

»Verdammt, du weißt doch, wo ich bin.«

»Ja, und warum. Du rennst da herum und wühlst in deinen alten Affären, anstatt ...«

»Anstatt was?«

»Anstatt hier zu sein. Ich bin furchtbar krank, und

du solltest mich in den Arm nehmen, und stattdessen treibst du dich auf Malta herum, und ich wette, du trinkst zu viel.«

Es entstand ein Augenblick schicksalhafter Stille, ein Augenblick, in dem es in den mediterranen Kabeln zitterte.

Irgendjemand mit schriller, lauter Stimme rief nach Gitte, und sie rief zurück, sie würde gleich kommen.

Ich starrte auf die Wand hinter dem Telefon. An der Wand hing ein Bild des Ministerpräsidenten Dom Mintoff, und ich sah ihm direkt in die Augen. Ich starrte Dom Mintoff an, als wäre ich überzeugt davon, dass er gerade dabei war, mir Gitte abspenstig zu machen. Ich schielte zu Dom Mintoff, als wollte ich ihn morgen Früh um acht zu einem Pistolenduell in Bahar-ic-Caghaq herausfordern.

Das kümmerte Dom Mintoff gar nicht. Er blieb mit erhobenen, segnenden Händen vor dem Denkmal für Den Maltesischen Arbeiter in Gzira stehen. Er kümmerte sich einen Scheißdreck um meinen Blick.

Das tat Gitte auch.

»Nun gut, ich muss Schluss machen … Ich habe Gäste. Gute Nacht.«

»Ist das alles, was du zu sagen hast?«

»Hast du noch was zu sagen?«

»Oh, Scheiße …«

»Da sagst du nicht besonders viel.«

»Also, hör mal …«

»Ich kann nicht länger reden. Mir geht's beschissen, und wenn du mal näher drüber nachdenkst, dann wirst du wissen, warum. Gute Nacht!«

Die Verbindung war unterbrochen.

Der Barkeeper kam wie auf Kommando und rechnete mit den Fingern ab, um den Ruf der maltesischen Ehrlichkeit zu bestätigen und niemanden zu betrügen.

»Geschäfte?«, fragte er vertraulich lächelnd, als er seine £M entgegennahm.

»Ja«, antwortete ich. »Schlechte.«

Hanne saß an der Bar und wartete. Als ich kam, gab sie mir schnell so einen Kuss, dass mir ganz heiß wurde und ich nur wünschte, es wäre Gitte gewesen.

Mein Gott, dachte ich. Nun bin ich bald vierzig, und jedes Mal, Jahr für Jahr, erlebe ich wieder das Phänomen, dass es eine Frau gibt, in die ich verliebt bin, und eine, die in mich verliebt ist. Mein Gott, das sieht aus wie eine Gesetzmäßigkeit, als ob es so sein sollte.

Das Radio des Barkeepers spielte ›Smoke Gets in Your Eyes‹ mit The Platters – eine dieser Platten, die man immer wieder hört, ganz gleich, wo auf der Welt man auch ist, ein Lied, das einen ebenso schamlos und brutal am Halmtorvet wie auch im Mellieha Holiday Centre überfallen kann.

Ich dachte daran, dass ich mein ganzes Leben – jedenfalls bis jetzt – damit verbracht hatte, an Bartresen herumzuhängen und Melodien zu hören wie ›Smoke Gets in Your Eyes‹ (oder ›Just a Gigolo‹ oder ›On a Clear Day‹ oder ›Strangers in the Night‹ oder ›I Get a Kick out of You‹ oder ›I Can't Give You Anything But Love‹ oder ...), während ich einen neuen Drink bestellte, auf die Uhr sah und mir noch eine Zigarette ansteckte. Ich dachte, dass auf meinem Grabstein, wenn der überhaupt infrage kam, d. h. wenn mein kleiner Bruder oder meine Schwester, also meine engste Familie, ihren angeborenen und anerzogenen Geiz überwinden könnten, um in so etwas zu investieren, wenn ich abkratzte, mit einem gewissen Recht stehen konnte, dass ich reichlich Rauch in die Augen bekommen hätte. Man konnte vieles über mich sagen – auch, wie Barbara meinte, dass mein Ruf ziemlich schlecht wäre, so schlecht wie mein Leben. Aber das konnte man mir nicht nehmen. Ich hatte meine Dosis an Rauch in die Augen bekommen.

›When you say good-bye
Smoke gets in your eyes‹

Hanne war so blau, so ganz hellblau, ihre Kleidung, ihre Augen, ihre Gedanken, wie das Wasser draußen im Swimmingpool. Hannes Augen waren ein Mittelmeer. Hannes Augen waren ein Ort, sich zu ertränken.

Wir gingen zu ihrem Bungalow und ins Bett. Schon als sie sich auszog, sorgfältig und gewissenhaft, ohne mit einem ihrer vielen Kleidungsstücke herumzuschlampen, als wäre sie ein Opfertier, das nach gründlicher Überlegung sich rituell bereitmachte, auf dem Altar, dem Bett, dargeboten zu werden, schon als ich sie sich ausziehen sah, so nackt und durchsichtig wie jeder Mensch in der Situation, diese kleine, schmächtige Ansammlung von Knochen, Haut, Gewebe und Fett – schon da wusste ich nicht mehr, ob sie Hanne, Helle oder Gitte war.

Wahrscheinlich war sie alles zusammen. Sie alle zusammen.

So sind Frauen.

Meere. Ozeane.

27

Als ich wieder aufstand und das (Vormittags)licht erblickte, war es Donnerstag. Das behauptete zumindest die ›Times of Malta‹ mit ihrer üblichen Autorität auf der Titelseite.

Die ›Times‹ machte viel Aufsehen von Dr. Azzopardis Tod. Er war auf der Titelseite, direkt unter dem Datum, direkt neben den jüngsten Entwicklungen in Polen. Seine Karriere wurde Jahr für Jahr abgehandelt, sein Einsatz während des Krieges wurde hervorgehoben, seine Verdienste als Wissenschaftler unterstrichen und sein einwandfreier Lebenswandel und guter Charakter ausdrücklich kursiv und gesperrt gedruckt. Niemand konnte einen Zweifel daran hegen, dass Paul Azzopardis Tod ein großer Verlust war.

Laut ›Times‹ war sein ›Tod ein Unglücksfall‹. Eine sehr diplomatische Formulierung, wie ich fand, aber so ist nun einmal die ›Times‹.

Das Begräbnis würde, wie das Blatt mitteilte, am Sonntag in St. Julian's stattfinden. Man ging davon aus, dass viele erscheinen und dem Verstorbenen die letzte Ehre erweisen würden.

Selbst trug die ›Times‹ ihren Teil dazu bei, dem Verstorbenen die letzte Ehre zu erweisen, indem sie eine Rede abdruckte, die er 1960 vor der maltesischen Ärztevereinigung gehalten hatte. In dieser Rede hatte Dr. Azzopardi die große, schwere Verantwortung hervorgehoben, die Maltas Ärzte gegenüber dem Land und dem Volk trügen und mit der sie in einer Art und Weise umgehen müssten, die zum Vorteil und zur Gesundheit des Landes und des Volkes ausfalle.

Das klang uneingeschränkt gut. Das würde wohl kaum zu sehr vielen wütenden Leserbriefen führen.

Tony Azzopardi hatte bereits seine Todesanzeige aufgegeben.

›Mein geliebter Vater, Doktor Paul Azzopardi, St. Julian's, ist plötzlich von uns gegangen ...‹

Neben Tony Azzopardis Anzeige gab es noch ein halbes Dutzend anderer Todesannoncen, aber die waren für nicht halb so frische Leichen wie die des alten Paul. Sie waren für Menschen, die seit zehn oder fünfzehn Jahren tot waren, Menschen, die sich seit langem definitiv mit der Erde vermischt hatten. ›Zur Erinnerung an William zu seinem zwölften Todestag. Die Familie wird ihn nie vergessen.‹ – ›In liebem Gedenken an Mary, die vor fünf Jahren starb. Mann, Kinder und Schwiegerkinder.‹ ›In herzlichem Gedenken an Guiseppe Gatt, der 1973 mit fünf Jahren starb. Wir beten immer für dich.‹

Offenbar machen die Malteser es folgendermaßen: Wenn man tot ist und aufgehört hat, seinen Geburtstag zu feiern, dann bekommt man zum Ausgleich einen Todestag, der gefeiert wird, und dabei bleibt es bis zehn oder zwanzig Jahre nach dem Tod des Betreffenden, so lange irgendjemand sich noch an ihn erinnert.

Also würde es Tony Azzopardis verdammte Pflicht und Schuldigkeit sein, von jetzt ab mindestens einmal im Jahr eine Anzeige aufzugeben, in der er bekannt gab, dass er immer noch seinen Vater vermisste. Falls nicht, würde er wahrscheinlich als ein schlechter, hartherziger Sohn angesehen.

Vielleicht bekam man ja einen Mengenrabatt auf die Anzeigen.

Aber abgesehen von Dr. Azzopardi und der jährlichen maltesischen Billardmeisterschaft brachte die ›Times‹ nicht viel Neues. Und es war ein trockener Tag, ein Tag ohne Sonne, ein Tag, der den Eindruck erweckte, über Nacht wäre ein Vampir da gewesen und hätte Malta alle Flüssigkeit ausgesaugt, alle Nässe, alles Leben – ein trockener, unbeweglicher Tag, an dem sogar die Wolken aussahen, als könnten sie nur still dastehen. Nicht ein Blatt bewegte sich an den Felshängen.

Und Ehlers war weg, wie üblich, und ich saß hier, wie üblich, mit Kaffee und Zeitung.

Helles Eltern hatten inzwischen sicher die Nachricht erhalten, wenn nicht von der Polizei, dann vom Bladet. Sie würden untröstlich sein, und niemand würde ihnen helfen können. Sie säßen sicher da, Hand in Hand, auf ihrem hübschen hellroten Sofa und schauten sich die Fotos von Helle an, Helle mit Rattenschwänzen, Helle am ersten Schultag. Helle beim Abtanzball in Andersens Tanzschule, Helle als Konfirmandin. Und zu irgendeinem Zeitpunkt würde Helles Mutter aufstehen und mit geröteten Augen sagen, dass sie nun doch versuchen müssten, einen Bissen hinunterzubringen, bevor sie in die Küche ging, und dann würden sie das tun.

Menschen sterben die ganze Zeit. Menschen treffen einander, und es gelingt ihnen – in den glücklichsten Fällen – mühsam ein wenig Wärme füreinander zu schaffen, und dann sterben sie.

Helles Eltern gaben jetzt sicher auch telefonisch eine Todesanzeige auf. Aber immerhin mussten sie es nicht die nächsten zehn Jahre lang tun.

Der Kaffee schmeckte nach Tod, nach bitterem

Tod. Eine Art salziger Tod. Man konnte sich gut vorstellen, dass der Tod reichlich salzig ist.

Und auch heute würde jemand sterben, irgendjemand. Das konnte sonst wer sein. Das konnte Gitte sein, Hanne, Ehlers oder Otzen oder auch Muscat oder Mifsud. Das konnte ich sein. Letzteres wäre vielleicht, wenn man alles in Betracht zieht, eine kluge Wahl.

Ein neues Kinderlied, dachte ich. Wie ›Wir fahren übern See‹, in einem leicht holprigen Rhythmus. ›Wer wird heute ste-erben, wer wird heute ste-erben?‹

Und abgesehen davon, abgesehen von meinem Morbiditätsfestival im Unterbewusstsein, was war mit denen, die (noch) lebten? Was würde der Tag ihnen bieten, womit würde dieser Tag ausgefüllt sein? Was hast du dir gedacht, du Idiot? Was willst du denn machen? Es ist erst 10 Uhr am Vormittag, und der ganze Dezemberdonnerstag liegt offen vor dir wie ein ätherbetäubter Patient auf einem Operationstisch. Du entscheidest selbst, Kumpel. Was soll's denn sein, Kumpel? Willst du Gedichte lesen, ins Museum gehen, willst du Ehlers und Muscat finden, die menschlichen und ökonomischen Probleme einer Zahnarzthelferin mit Hanne diskutieren, oder willst du dich nur wie gewöhnlich voll laufen lassen?

Ich war meiner selbst überdrüssig. Ich wusste nur zu gut, das viele andere das Gleiche empfanden, aber das nützte mir nichts. Ich muss mich trotz allem häufiger aushalten als andere es müssen. Das ist im wahrsten Sinne des Wortes ein lebenslängliches Urteil.

Das Leben ist lebenslänglich, aber lebensgefährlich. Haha, sagte ich zu mir selbst. Haha. Alte Konfirmationswitze. Der Mensch ist eine wahnsinnige Kreatur, ganz ohne den gesunden Verstand, der Klapperschlangen, Kamele und Pottwale auszeichnet.

In Muscats Büro waren weder Muscat noch Ehlers oder Grech, sondern nur ein kurz angebundener, pflichtbewusster Borg. Borg vertraute mir an, dass alle zusammen in Bahar-ic-Caghaq waren, um Ronnie zu vernehmen. Borg wünschte mir abschließend einen guten Morgen in einem Ton, als bedauere er zutiefst, dass meine neunzigjährige Tante sich den Knöchel verstaucht hätte.

Ich legte auf, starrte die Dame an der Rezeption an, überlegte (wenn das kein zu großes Wort für diese mechanischen Prozesse ist, die ohne unser Zutun in einem begrenzten Teil des Körpers vor sich gehen) einen Augenblick lang, griff wieder zum Hörer und rief das Bladet an. Otzen war nicht da, Barbara war auch nicht da. Der Einzige, den ich zu fassen bekommen konnte, war der Chef vom Dienst Michelsen, der griesgrämige, alte Michelsen, der seine permanente üble Laune wie einen Mantel trägt, den er immer am Leibe hat, eine Laune, die einem Kittel oder einer dünnen Haut ähnelt, die sich im Laufe der Jahre auf dem Körper angesammelt hat wie bei anderen eine Fettschicht. Michelsen, der irgendwo in einem Reihenhaus in einem Vorort, in Ballerup oder Måløv, eine Frau und vier Kinder hat, was sich niemand beim Bladet vorstellen konnte, genauso wenig, wie irgendjemand verstehen konnte, wie er überhaupt zu einer Familie gekommen war, er, der anscheinend Tag und Nacht beim Bladet war und immer in der

Redaktion saß und über das eine oder andere fluchte, oder besser gesagt über den einen oder anderen.

»Hallo«, sagte er spitz, »na, du hast ja wohl den Vogel abgeschossen?«

»Das würde ich nicht sagen.«

»Das ist doch die Solo-Story. Otzen ist jedenfalls vollkommen hin und her gerissen. Gibt's was Neues? Soll ich die Titelseite freischaufeln?«

›Die Titelseite freischaufeln‹! Der stehende Witz beim Bladet, wie bei allen anderen Zeitungen, dass man die Story habe, für die die Titelseite freigeschaufelt werden müsste. Lieber Gott, das letzte Mal, dass die Titelseite geräumt wurde, war für den Pudel einer berühmten Schauspielerin, der an den Hoden operiert werden sollte. ›Der kleine Fiffi ist so tapfer‹, hatte die Schönheit erklärt.

»Noch nicht. Ich rufe später nochmal an. Habt ihr noch mehr über Hauschildt rausgefunden?«

»Nicht dass ich wüsste. Du willst sicher auch lieber mit Barbara sprechen, nicht wahr? Ihr beide könnt doch so gut miteinander.«

Michelsen klang wie jemand, der nichts zu essen bekommen hatte und obendrein noch verdammt schlecht mit dem Kopf auf dem Schreibtisch geschlafen hatte. Beides war wirklich äußerst wahrscheinlich.

Oder aber er klang, als wenn er in Barbara verliebt wäre und es missbilligte, dass sie andere Herrenbekanntschaften vorzog.

Bei dem Gedanken musste ich fast grinsen. Dann wurde mir klar, dass das, was ich für mich selbst als einen kleinen, privaten Witz angesehen hatte, die reine, scharfe Wahrheit war. Natürlich. Michelsen war in Barbara verliebt. Dieser kleine, knochentrockene, geizige Vater von vieren, und daneben die schwarzhaarige, elegante Barbara, die Dame von Welt, die ›femme fatale‹ des Bladets ... Ja, warum eigentlich nicht. Ja, natürlich. Plötzlich blitzten eine Reihe von bestimmten, vereinzelten Situationen vor mir auf, die ich vorher nie verstanden hatte. Vielleicht verlieben sich ja alle Menschen in ihr Gegenteil, wie Michelsen in Barbara. Warum sonst wäre ich in Helle verliebt gewesen, in die ordentliche, sorgfältige, besonnene, ehrliche, nüchterne Helle?

»Ich rufe später nochmal an.«

»Tu das.«

Michelsen nahm nicht gerade sehr freundschaftlich Abschied.

Als ich den Hörer auflegte, klingelte ein anderes Telefon, und die Dame an der Rezeption nahm ab und zeigte auf mich.

»Sie haben doch Nr. 105, nicht wahr?«

»Ja.«

»Ein Gespräch für Sie. Aus dem Ausland.«

Ein paar Touristen, die in Ausflugsbroschüren blätterten, schauten mich respektvoll an. Ich fühlte mich wie der Mittelpunkt der Welt.

Es war Gitte.

»Hallo, ich habe einfach gedacht, ich versuche, ob ich dich noch erwische. Du musst entschuldigen, dass ich gestern so gereizt war.«

»Ja.«

»Aber mir ging's so schlecht. Ich war die ganze Zeit krank. Und mir war schwindlig. Deshalb war ich heute beim Arzt, um mich untersuchen zu lassen.«

»Ja und?«

»Ja. Ich bin schwanger.«

»Was sagst du?«

»Ich bin schwanger, du Idiot.«

»Du bist schwanger?«

»Ja, schwanger.«

»Wirklich, schwanger?«

»Ganz genau. Schwanger!«

Nach dieser wunderbaren Konversation (copyright P. G. Wodehouse), breitete sich im Hörer eine tiefe Stille aus. Wir konnten durch die Leitung die Atemzüge des anderen hören.

Die Broschüreleser verfolgten aufmerksam das Geschehen.

»Und zwar von dir«, fügte Gitte hinzu, als wäre das am schlimmsten bei diesem sich aufdrängenden Problem, »Ich habe seit langem sonst niemanden gesehen.«

›Niemanden gesehen‹! Das macht die gute Erziehung aus Menschen. Sie gewöhnt ihnen ab, klar und deutlich zu sprechen.

»Ich weiß nicht, ob ich es will«, sagte sie leise. »Das, das ist nichts, was ich mir jemals gewünscht habe.«

Das wusste ich. Die Karriere-Rechtsanwältin war eine schöne Frau, und eine erotische Frau, aber sie arbeitete wie ein ganz normaler Mann. Job vor allem anderen.

»Ich wollte es dir nur gleich sagen«, fügte sie überflüssigerweise besorgt hinzu.

Ich brachte sicher noch ein paar Worte heraus, bevor ich auflegte, erinnere aber nicht mehr, welche. Dagegen erinnere ich genau, dass ich Schweißperlen auf der Stirn hatte.

Vielleicht nichts im Vergleich zu dem, was Gitte hatte, aber immerhin.

Ich bat die Dame, mir einen Wagen zu rufen, um nach Bahar-ic-Caghaq zu fahren und zuzuschauen, wie die vier erwachsenen Jungen Ehlers, Muscat, Grech und Ronnie miteinander spielten. An diesem Tag sah ich nicht sonderlich viel von der trockenen, wüstenähnlichen Küstenlandschaft, und ich vergaß, auf die müden, japanisch aussehenden, kurzen, kräftigen Wellen zu blicken.

Gitte hatte mir wirklich etwas zum Nachdenken gegeben.

28

Aber es sollte noch mehr werden. Viel mehr. Und viel mehr als mir lieb war.

Im Licht dieses Tages sah Bahar-ic-Caghaq aus wie eine klassische, altmodische Landschaftsmalerei. Schafe weideten auf den Abhängen, und vereinzelt standen Frauen vor ihren Häusern und polierten die Türgriffe, putzten die Fenster oder arbeiteten im Küchengarten. Eine perfekte Komposition für einen Maler – oder auch nur für einen Amateurfotografen mit einer Polaroidkamera.

Jedenfalls wenn man nach rechts, zum Dorf hin sah. Schaute man nach links, zur Küste, dann sah man nur Ronnies Bar, und Ronnies Bar war fast verborgen hinter nicht weniger als drei Polizeiwagen. Entweder machte die gesamte Polizei hier ihren jährlichen Betriebsausflug und aß aus ihren mitgebrachten Picknickkörben, oder es war etwas passiert.

Ich bezahlte den Fahrer, dachte an eine Quittung und wurde vor Ronnies Café abgesetzt.

Auf dem Weg zu der verschlossenen Tür wurde ich aufgehalten. Ein langer, dünner Bulle mit einem freundlichen, verbindlichen Gesicht, das dennoch verhärmt aussah, als hätte er die Neigung zu Kopfschmerzen, Migräne oder Schlaflosigkeit, tauchte zwischen den Autos auf, legte eine Hand auf meine Schulter und erklärte mir, dass ich nicht hineingehen könnte. Die Bar sei geschlossen. Es sei ein Unglück geschehen, und die Polizei dabei, die Sache zu untersuchen.

»Ist Muscat drinnen?«, fragte ich.

Das ließ ihn die Augenbrauen einen Augenblick lang heben, genug, dass ich einen Schritt näher kommen konnte.

»Und Grech?«, fragte ich. »Ist Borg auch da? Fenick? Spiteri?«

Ich konnte sehen, wie ein vorsichtig keimendes Vertrauen langsam in seinen Augen wuchs. Ein Mann, noch dazu ein Ausländer, der so viele maltesische Polizisten mit Namen kannte, konnte kein vollkommener Idiot sein.

»Jedenfalls Muscat und Grech«, sagte er bedächtig. »Und einer von der dänischen Polizei, Mr. Ilers. Und noch ein paar. Aber ich bin gerade erst gekommen, und ich habe den Befehl, niemanden hereinzulassen, und Muscat hat betont, es gelte für alle außer Dom Mintoff höchstpersönlich.«

»Hören Sie«, sagte ich. »Wollen Sie mir einen Gefallen tun?«

»Ich kann nicht weg von hier.«

»Das ist auch gar nicht notwendig. Ich möchte Sie nur darum bitten, dem dänischen Polizeibeamten, Mr. Ilers – wir sprechen ihn übrigens Ehlers aus – zu sagen, dass ich drüben in der Holiday Bar sitze, gleich da hinten, und gern mit ihm reden möchte, sobald es geht. Sagen Sie ihm jedenfalls, ich bin da drüben.«

Ich nannte ihm meinen (zumindest auf dieser Insel) verhältnismäßig makellosen Namen und schlenderte den kleinen Weg hinauf, an dem geschlossenen persischen Restaurant vorbei, zur Holiday Bar.

Beim Eintreten hatte ich das merkwürdige Gefühl einer Art filmischer Spiegelbildwelt. In diesem kleinen, ländlichen Flecken lagen diese beiden Cafés einander genau gegenüber, mit direktem Blick auf das andere, sodass die beiden Wirte, wenn sie denn wollten, genau überblicken konnten, wer beim Konkurrenten einkehrte und somit ihren gegenseitigen Status täglich, ja stündlich einschätzen konnten. Vielleicht saßen sie ja wie bei einem Fußballkampf da und dachten die ganze Zeit: 3:2 für mich?

Vermutlich, dachte ich, hatten sie genau dieselben Preise, und es war ja möglich, dass im Dorf die Leute danach beurteilt wurden, ob sie lieber in die eine oder in die andere Bar gingen.

Die Holiday Bar war ein wenig besser ausgestattet als Ronnie's. Die Stühle waren ein paar Saisons jünger, die Auswahl in der Bar ein bisschen größer, und der Barkeeper bedeutend freundlicher. Er sah ganz gewitzt aus, wie er dort groß, rund, mittleren Alters hinter seinem Tresen stand. Er sah aus wie eine fröhliche Marionette in einer italienischen

Komödie. Er sah aus, als hätte er noch eine Trumpfkarte im Ärmel, von der er niemandem erzählen wollte, die ihn aber durchs Leben retten sollte. Er hatte so ein Zwinkern in den Augen, fast so, wie man es bei Revuegirls oder Refrainsängerinnen findet.

Ich stellte mich an den äußersten Tresenrand, sodass ich durch die offene Tür zu Ronnie's und zum Meeresufer hinüberschauen konnte. Ich war wohl fünfzig Meter Luftlinie entfernt. Der Ausblick war umwerfend.

Ein weiteres Auto kam bei Ronnie's an, und ein Mann mit einer Tasche in der Hand stieg aus. Der Mann hatte offenbar einen offiziellen Polizeiausweis, denn der Bulle, der mich abgewiesen hatte, verbeugte sich und ließ ihn durch. Vielleicht war es ja sogar Dom Mintoff.

»Ich möchte nur wissen, was da vor sich geht«, bemerkte ich.

Der Barkeeper sah mich wohlwollend überheblich an. Sein Bauch hüpfte ein wenig, wie ein Ballon, der in einer leichten Brise des Sonntagnachmittags im Stadtpark spielt.

»Das kann ich Ihnen sagen«, entgegnete er mit einem Augenzwinkern. »Ich habe wohl gesehen, dass Sie da waren. Das ist eine Polizeiuntersuchung.«

»Was ist denn passiert?«

»Kennen Sie Ronnie?«

»Ich habe ihn einmal getroffen. Ich war dabei, als neulich oben bei St. Andrews, bei dem Denkmal für den Heiligen Franz von Assissi eine Leiche gefunden wurde. Wir haben von Ronnie aus telefoniert.«

»Tja, das kann man nicht mehr«, sagte der Barkeeper und schaute zufrieden auf sein eigenes Telefon. »Seine Leitungen sind durchgeschnitten. Die Polizei musste herkommen, um nach einem Arzt zu telefonieren.«

»Und was ist mit Ronnie passiert?«

»Jemand hat auf ihn geschossen. Er ist bewusstlos. Sie wissen nicht, ob er es überlebt, aber er ist zäh. Vielleicht schafft er es ja.«

»Wissen sie, wer geschossen hat?«

»Keine Ahnung. Ich habe nur gehört, was sie am Telefon gesagt haben. Danach sind sie sofort wieder gegangen. Die sind schon seit einer Stunde dort.«

Ein Kind lief draußen vor der Bar entlang, ein kleines Mädchen, das die drei Polizeiwagen anstarrte und ziemlich stark die Schultern hochzog, als bereite es sich instinktiv vor, ›Mama! Mama‹ zu rufen.

Es geschieht nicht jeden Tag, dass drei Polizeiwagen in Bahar-ic-Caghaq zu sehen sind.

Der Wind erwachte langsam und machte sich an die Arbeit. Zumindest wehten einzelne Zeitungsseiten vorbei.

Einen Augenblick später kam Ehlers.

»Guten Morgen«, sagte er formell, woraufhin er sich eine Tasse Kaffee bestellte und sich mir zuwandte. »Ich habe deine Nachricht erhalten. Ich muss schnell zurück, aber es macht nichts, wenn ich für zehn Minuten weg bin. Ehrlich gesagt, wir sind dort so viele Polizisten, dass wir uns kaum rühren können. Es erinnert mich an diese Studentenwetten, du weißt schon, die man immer auf der Zeitungsrückseite sehen konnte, wie viele Menschen wohl in eine Telefonzelle passen, wenn man sich wie die Sardinen stapelt.«

»Erzähl, was passiert ist.«

»Ronnie ist niedergeschossen worden. Zwei Schüsse. Ganz nah, aber vielleicht nicht tödlich. Er war bewusstlos. Wir haben ihn so gefunden, nach hinten über eine Kiste leerer Flaschen gefallen, gleich hinter der Bar. Er ist immer noch bewusstlos, und das wird er wohl noch eine ganze Weile bleiben – und das ist vielleicht auch am besten so, denn Sullivan sagt, er müsse so schnell wie möglich operiert werden, um überhaupt eine Überlebenschance zu haben. Ich verstehe nicht so viel von Medizin, schon gar nicht in fremder Sprache, aber Sullivan hat von irgendwas geredet, das auf Lateinisch auf -ex endet und das perforiert ist, und mir ist jedenfalls klar, dass Ronnies Leben am seidenen Faden hängt. Verdammter Scheiß!«

»Damit hätten wir also den Toten des Tages.«

»Was meinst du damit?«

»Entschuldige, das ist mir so herausgerutscht. Ich bin morgens immer etwas morbid. Ich habe nur daran gedacht, dass hier unten faktisch jeden Tag jemand stirbt.«

»Ich glaube, er hat noch 'ne Chance. Der größte Mist dabei ist, dass wir ihn in der Zange hatten, wir haben es jedenfalls gedacht. Gestern Abend, als Muscat nach Valletta zurückgefahren ist und wir vom Restaurant nach Hause gingen – ich jedenfalls –, da hatte Muscat die gute Idee, nochmal ins Gefängnis zu gehen und sich unseren Freund Manuel vorzunehmen – mit vollem Namen Manuel Schembri. Er hat Manuel nicht dazu gekriegt, direkt etwas auszuspucken ...«

»Wer ist Manuel?«

»Hast du ihn etwa vergessen? Den charmanten kleinen, dicken, unrasierten Typen, den ich geschnappt habe, als er im Bungalow Nr. 205 herumgewühlt hat – dessen Kumpel dich niedergeschlagen hat.«

Ich fasste mir an den Kopf. Wirklich, ich hatte ihn bereits vergessen. Die Ereignisse überschlugen sich offensichtlich zu schnell für mich, oder es war nur mein eigener Senilitätsprozess, der sich auf das Idiotischste beschleunigte.

Ehlers nahm geduldig den Faden wieder auf.

»Nun ja, jedenfalls sagte Manuel, er würde gern mit Ronnie über bestimmte Dinge reden. Er war offenbar der Meinung, er könne mit der Polizei handeln – vielleicht wollte er irgendwas mit Ronnie verabreden, oder er wollte ihn irgendwas fragen. Aber Muscat meinte, das sei besser als gar nichts, deshalb sind wir heute Morgen mit Manuel im Auto hierher gefahren – Grech und Manuel haben sich die Rückbank geteilt –, um die beiden Kerle miteinander zu konfrontieren. Muscat war reichlich optimistisch. Ihm gefiel die Idee. Bis wir hineingingen und Ronnie in den Scherben der Flaschen liegen sahen, die er zerbrochen hat.«

»Und nun?«

»Nun gehen wir die gleiche Prozedur wie bei Dr. Azzopardis Haus durch, nur mit dem Unterschied, dass es hier keine Zweifel gibt. Die Pistole ist nicht da, und Selbstmord steht nicht zur Diskussion. Dafür ist etwas am Laufen. Als Schembri Ronnie sah, bekam er einen nervösen Anfall, fast so wie Lene Prahm bei Hauschildt. Zwar fiel er nicht in Ohnmacht, aber er wurde blass. Sehr blass. Und dann fing er an zu reden, in einem Anfall akuter, panischer Munddiarrhö, und als ich gegangen bin, war er immer noch dabei, eine lange Geschichte zu erzählen. Muscat sah aus, als wäre er ein äußerst interessierter Zuhörer. Er sitzt auch in der ersten Reihe. Schembri hat solche Angst, dass er nur nuschelt.«

»Was sagt er?«

»Weiß ich noch nicht. Ich kann kein Wort Maltesisch, und es gibt niemanden, der die Zeit hat, es mir jetzt gleich zu übersetzen. Muscat stellt Fragen und macht sich Notizen, Sullivan tut, was er kann für seinen neuen Patienten – diese Ärzte sind ja wohl mit die professionellsten Menschen, die ich kenne, sie sind überall gleich, sie lassen einen nie im Stich, sie fluchen nur kurz, krempeln sich dann die Ärmel hoch und anschließend schneiden sie mit ihren Rasiermessern die Leute auf –, und Grech und Spiteri untersuchen alles mit einem Staubkamm. Unter der Bar ist noch ein Keller. Damit sind sie gerade beschäftigt.«

»Aber ich muss zusehen, dass ich zurückkomme«, sagte Ehlers, während er seine Kaffeetasse leerte. »Ich bin doch gespannt, was Schembri sagt. Das ist zwar Chinesisch für mich, aber Muscats Gesichtsausdruck verrät genug. Da gibt's was, an dem man weiterarbeiten kann.«

»Ich bin auch gespannt.«

»Du bist kein Polizist.«

»Ehlers, verdammt nochmal, ich weiß nicht, wie oft du mir schon gesagt hast, dass ich kein Polizist bin. Langsam bin ich es leid. Kannst du dein Repertoire nicht ein wenig ändern und mir lieber erzählen, dass ich kein Zahnarzt bin oder kein Sozialarbeiter oder kein Abteilungsleiter im Landwirtschaftsministerium? Das ist nämlich alles genauso wahr.«

»Du weißt schon, was ich meine.«

»Und du weißt, was ich meine. Ich laufe ja auch nicht den ganzen Tag herum und schimpfe mit dir, weil du kein Journalist bist. Bin ich nicht immer loyal gewesen?«

Ehlers seufzte.

»Ich weiß nur zu gut, dass du keinen Journalisten mit rübernehmen kannst. – Und ich weiß auch genau, dass ihr gestern nur vergessen habt, mich rauszuschmeißen. Aber du weißt, ich habe ein persönliches Interesse an dem Fall, und du kannst doch immer einen Stenografen gebrauchen. Das ist ja schon früher vorgekommen.«

Ehlers sah mich mit einem Blick an, als hätte er Zeit seines Lebens nach Fairness und Gerechtigkeit getrachtet, und wie sehr wünschte er doch, dass die übrige Welt, darunter – in unscheinbaren Klammern – nicht zuletzt ich mich ebenso verhalten würde. Dann nickte er und sagte:

»Zu den üblichen Bedingungen. Du schreibst nichts, bevor du nicht die Erlaubnis erhältst.«

»Die üblichen Bedingungen«, stimmte ich zu. »Und das ist kein größerer Verlust, denn das Bladet wird keine fünf Exemplare mehr verkaufen aufgrund eines Mordversuchs an einem maltesischen Cafébesitzer. Otzen wird dem vielleicht eine Fünf-Zeilen-Notiz in ›Aus Aller Welt‹ geben, neben der Geburt von Siebenlingen in Nicaragua und einem Erdbeben in Guatemala, aber das ist auch das Höchste. Nimm's nur mit der Ruhe.«

»Okay«, sagte Ehlers. »Komm mit!«

Wir gingen hinaus, hinüber zu Ronnie's Bar, verfolgt von dem verschmitzten Lächeln des Wirts. Er sah zum Verwechseln einem Fuchs in einem Kinderbuch ähnlich – einem satten, zufriedenen Fuchs mit zwei Gänsen im Wanst.

Aber vielleicht freute er sich nur, dass sein einziger Konkurrent aus dem Spiel war. Vielleicht würde sich jetzt sein Umsatz verdoppeln.

29

Der Wind war wirklich zurückgekehrt, es frischte auf. Das Wetter auf Malta ist wie die Drehbühne eines Theaters. Es war jetzt kein Mistral, aber es gab niemanden, der mir hätte erklären können, was das jetzt stattdessen war.

Vor Ronnies Bar waren Grech und Spiteri unter Sullivans strenger Aufsicht dabei, die Trage mit Ronnie, der mit Sullivans Kittel zugedeckt war, in einen gerade angekommenen Unfallwagen zu schieben. Der lange, dünne Bulle, der die undankbare Hundewacht gehabt hatte, lächelte mir wieder erkennend zu, während er einem erschrocken aussehenden, aber jetzt verblüffend gut rasierten Manuel Schembri in eines der Polizeiautos hineinhalf. Manuel Schembri klammerte sich an ihn, als wäre er ein ängstliches Kind, das sich nicht traute, allein in ein Auto zu steigen.

Alles deutete auf einen allgemeinen Aufbruch hin. Überall waren erwachsene Männer in Mänteln dabei, wichtige Dinge zu tun.

Eine einzelne Frau hätte gut ins Bild gepasst. Aber

es war nicht so einfach, sich viele Frauen als Gäste bei Ronnie vorzustellen – auch wenn Helle einmal dort gewesen war.

Die schäbigen Tische mit den schmierigen Decken standen unverändert dort, alles war wie gestern, bis auf die kaputten Flaschen, ein paar Tische, die Dr. Sullivan als Patientenlager gedient hatten und dem durchgeschnittenen Telefonkabel, das von der Wand baumelte.

Niemand konnte sehen, dass sich hier so viele Männer aufgehalten hatten.

Muscat ging allein im Lokal auf und ab, die Hände auf dem Rücken. Er lächelte, als er Ehlers sah.

»Komm!«, sagte er. »Wir müssen los. Die Situation ist unter Kontrolle. Ich erkläre dir alles im Auto.«

»Eilig?«, fragte Ehlers.

Muscat nickte.

»Schembri?«, fragte Ehlers.

Muscat nickte erneut.

»Okay«, sagte Ehlers und wandte sich zur Tür.

Muscat verteilte seine Truppen. Spiteri fuhr mit dem mageren Beamten, Calleja, Manuel zurück ins Gefängnis. Sullivan und der Unfallwagenfahrer fuhren Ronnie ins Krankenhaus. Ehlers und ich wurden in seinem Wagen platziert, Ehlers auf dem Todessitz, während Grech uns mit dem anderen Polizeiwagen nach Mellieha folgen sollte.

Das war eine militärische Operation. Mr. Muscat war in seinem Element. Das war sein Spielfeld.

Die Wagen fuhren einer nach dem anderen los – als erster, wie nach einer stummen Übereinkunft, der Unfallwagen, dann Muscat in die andere Richtung, dann der Gefangenentransport dem Unfallwagen hinterher, dann Grech Muscat hinterher. Es sah aus wie der formvollendete Umzug mechanischer Pinguine. Es war die absolute Party.

Übers Steuer gebeugt erzählte Muscat, immer noch mit einer gewissen Erregung in der Stimme.

»Ja, der Anblick von Ronnie war mehr, als Schembri vertragen konnte. Manuel gefiel das gar nicht. Manuel ist ja nicht so blöd. Er ist nur typisch Gozo.«

»Typisch was?«, fragte Ehlers.

»Gozo«, erklärte ich. »Maltas zweitgrößte Insel.«

»Und was heißt das?«

»Von dort kommen hier die Originale her. Weißt du, das ist so ähnlich wie mit den Århus-Geschichten. Man unterstellt denen von Gozo alles Mögliche, sie sind eben die Doofen.«

»Nicht so blöd wie die von Comino«, entgegnete Muscat verträumt.

»Und was zum Teufel ist Comino?«, fragte Ehlers.

»Maltas drittgrößte Insel«, erklärte ich, »über die machen sie sich auf Gozo lustig.«

»Gibt es so etwas bei euch zu Hause nicht?«, fragte Muscat.

Das brachte uns alle drei zum Lachen und beruhigte für einen Augenblick die Nerven.

»Nun gut, Schembri ist jedenfalls von Gozo«, wiederholte Muscat, während er fortgesetzt in zügigem Tempo die Küste entlangfuhr. »Er ist, wie gesagt, nicht allzu schlau, der alte Schmuggler. Und es gibt vieles, was er nicht weiß, und vielleicht auch einiges, was er gar nicht begreifen würde, wenn er es wüsste. Aber er hat solche Angst gekriegt, dass er, wenn ihr den Ausdruck entschuldigen wollt, Dünnschiss hatte.«

»Die Tatsachen sind folgendermaßen«, fuhr Muscat fort, jetzt mit gedehnter Stimme, »Schembri hat seinen alten Erwerbszweig wieder aufgenommen, er pendelt zwischen Malta und Sizilien, oder jedenfalls fährt er von Malta zu irgendeinem Treffpunkt vor Sizilien, und dort bekommt er Morphium ausgeliefert, das er dann mit zurückbringt. Er hat den Job von Ronnie gekriegt, und er hat nach Ronnies Befehlen gehandelt. Manchmal fuhr Ronnie mit, manchmal nicht. Jedes Mal hat er sein Geld direkt von Ronnie bekommen. Ich möchte schwören, dass er seinen Mund nicht aufgemacht hätte, wenn er Ronnie nicht gesehen hätte. Es ist das erste Mal, dass er überhaupt was sagt.

Nun gut, Schembri und Ronnie holen also das Morphium, und sie wissen, dass es bei ihnen wieder abgeholt wird. Alle diese Sachen sind wie eine Art Kette, jedes Glied verweist auf das nächste, bei diesem klassischen Aufbau eines Drogenrings kennt jeder nur seinen Übermann und seinen Untermann. Schembri kennt Ronnie, Ronnie muss noch einen kennen, denjenigen, dem er das Zeug abliefert.«

»Ich wusste gar nicht, dass ihr hier so viel davon habt«, warf Ehlers ein, während wir an dem Steilhang entlangfuhren und Ausblick auf die St. Paul's Bay bekamen, in der die Wellen sich erneut versammelt hatten, um den jahrhundertelangen Krieg gegen die Klippen fortzusetzen.

»Haben wir auch nicht«, räumte Muscat ein. »Aber wir sind nahe an Sizilien dran. Es ist mehr als einmal vorgekommen, dass sie rübergekommen sind, entweder, weil Catania oder Syrakus zu heiß waren und sie eine Pause brauchten, oder weil sie versuchten, ihren Markt auszuweiten, wir haben beispielsweise viel leichteren Zugang zu gewissen

Teilen von Nahost als sie. Das Merkwürdige ist nur, dass es diesmal offenbar andersrum gelaufen ist, das Morphium war für Europa bestimmt.

Aber ich greife vor. Das Einzige, was Schembri wusste, war, dass sie an dem Abend, als die beiden in die Bungalows eingebrochen und von den Herren überrascht worden sind, – es war nämlich Ronnie, der entwischt ist –, da sollten sie das Morphium suchen, das sie ja nur zu gut kannten. Es ist also klar, Hauschildt hat sich sein Morphium hier besorgt.«

»Warum hat er es nicht selbst aus Sizilien geholt?«

»Vielleicht ist es einfacher hier. Sizilien kann streng sein. Hier auf Malta haben wir nicht den Ruf, so streng zu sein.«

»Das wird bestimmt jetzt kommen«, erwiderte Ehlers ironisch.

»Auf jeden Fall ist es ganz praktisch«, warf ich ein. »Wenn ein Däne sich sein Morphium auf Malta besorgen will, gibt es jedenfalls einen unverdächtigen wöchentlichen Touristenflug. Wenn ein Däne nach Sizilien will, ist das nicht so einfach.«

Muscat nickte.

»Von uns aus ist es einfach dort hinüber«, sagte er. »Das ist bei günstigen Windverhältnissen in sechs, sieben Stunden zu schaffen. Aber Ronnie und Manuel haben jedenfalls etwas gefunden, und Ronnie hat es laut Manuel unten an der Böschung vor den Häusern versteckt, ist zurückgekommen und hat vorgeschlagen, sie sollten im anderen Bungalow weitermachen. Ronnie hatte Köpfchen – vielleicht hat er's ja noch. Er ist in der Dunkelheit entwischt, und ich gehe davon aus, dass er später seine Morphium-Tütchen geholt hat. Und ich habe eine gute Idee, wo diese Tüten schließlich gelandet sind.«

»Du meinst bei Dr. Azzopardi?«

»Ich denke schon. Aber den Clou habe ich mir bis zum Schluss aufgehoben. Das Beste, wenn du so willst. Ronnie war nämlich an dem Tag, als sie den Einbruch gemacht haben, etwas blau, und er hat mehr geredet als üblich. Es wundert mich wirklich, dass er diese Dummheit begangen hat, aber jedenfalls hat er Manuel erzählt, wer sein Übermann war.«

Für wenige Sekunden war es still im Auto. Nur das Brummen des Motors und ein paar Atemzüge erfüllten den Polizeiwagen, während wir uns der ersten Steigung nach Mellieha hinauf näherten.

»Er hat nur gesagt ›Tony‹. ›Tony sagt, was wir tun sollen. Tony bezahlt uns‹ oder ähnlich, und es gibt viele Männer auf Malta, die Tony heißen – ich zum Beispiel auch. Aber genau in dem Moment, als Manuel das erzählte – und ich saß dicht bei ihm, weil er nur murmelte, wie man es tut, wenn man einen Schock hat, es schien, als hätte er die ganze Zeit Probleme mit seinen Stimmbändern – im gleichen Moment sagte Dr. Sullivan, der über Ronnie gebeugt war, irgendwas zu dem Unfallwagenfahrer darüber, wie wohl Dr. Azzopardi, der alte Paul, irgendeine Sache angepackt hätte. Und genau in diesem Augenblick konnte ich sehen, dass Manuel etwas dämmerte. Seine Augen flimmerten.

Manuel Schembri kannte den alten Azzopardi, jeder auf Malta kannte ihn. Und er wusste, dass dieser Tony, den er ein- oder zweimal unten bei Ronnie gesehen hatte, Azzopardis Sohn war, aber darüber hatte er nie nachgedacht.

Das fiel ihm erst in dem Moment ein, als er es ernsthaft mit der Angst zu tun kriegte. Er wusste nicht mehr, als er gesagt hatte, und er wollte vor allem zurück ins Gefängnis, wo er unter sicherer Bewachung war. Ronnie, Tony und Paul – das muss wie eine Verschwörung für ihn ausgesehen haben, besonders nachdem Ronnie ihm erzählt hatte, dass der Bungalow, den sie als ersten und am gründlichsten durchsuchen sollten, von einem toten Mann bewohnt worden war.«

»Kannte Schembri Hauschildt irgendwie?«

»Das bestreitet er, und ich glaube ihm«, antwortete Muscat. »Ich kann mir die beiden nicht zusammen vorstellen, und ich kann nicht sehen, warum Azzopardi die beiden hätte zusammenbringen sollen. Sie gehörten unterschiedlichen Welten an. Azzopardi und Hauschildt waren zwei verwandte Seelen, Offiziere, Ronnie und Manuel waren zwei verwandte Seelen, die Bauern, wobei der eine nur etwas heller war als der andere. Wir wissen, dass Hauschildt bei Ronnie war, es ist also wahrscheinlich, dass er ihn kennt, aber das muss nicht sonderlich viel heißen, er kann auch nur ganz zufällig vorbeigekommen sein. Das ist einer der Punkte, über die wir Ronnie ausfragen wollen, falls wir jemals die Chance haben werden, Ronnie irgendwas zu fragen.«

»Ja«, nickte Ehlers und lehnte sich ein wenig in seinem Sitz zurück. »Das klingt ja sehr gut, wenn das alles stimmt, Muscat.«

»Das tut es«, antwortete Muscat und bog nach Mellieha ab, wo die Wellen ebenso hoch waren wie in St. Paul's.

»Damit hast du einen Drogenfall gelöst – zumindest erst mal«, sagte Ehlers. »Zumindest bis Sizilien. Aber das löst noch nicht den Mordfall. Wir wissen immer noch nicht, wer Helle Nyman ermordet hat, wer William Hauschildt erschossen hat, ob es jemanden gibt, der Paul Azzopardi erschossen hat, und wer wohl Ronnie das Licht ausblasen wollte.«

»Nur ruhig Blut, mein Freund«, sagte Muscat sorglos, als er elegant von der Hauptstraße den Berg hinauf abbog. »Nur ruhig, am Ende des Regenbogens wartet ein Topf mit Gold.«

Ehlers antwortete nicht.

Muscat hielt den Polizeiwagen an und parkte ihn lässig zwei Haustüren von Azzopardi jr.'s Haus entfernt. Im Rückspiegel sah ich Grech direkt nach uns ankommen und nach einem praktischen Parkplatz suchen.

30

Als wir zu dem weißen dreigeschossigen Gebäude mit der hellblauen Tür und den hervorspringenden Erkern hinaufgingen, drehte Muscat sich um und bewegte seine Finger in einer Art Signal für Grech. Grech ließ als Antwort seine Scheinwerfer aufleuchten.

Der Wind ließ uns erschauern, während wir zu dritt an der Tür klingelten und warteten.

Aber dieses Mal war es keine Nachbarsfrau mit Suppenkelle in der Hand, die uns empfing, es war Maria Azzopardi selbst – so unwiderstehlich verführerisch in einem erlesenen Hausmantel aus Seide, als käme sie gerade aus der Sauna und vom Friseur. Oder noch eher, als hätte sie Sauna und Friseur bei sich zu Haus.

Sie öffnete die Tür einen Spalt und schaute durch ihn nach draußen. Sie erkannte Muscat, der vorn stand, vielleicht auch uns beide, und sagte in höflichem Ton: »Guten Tag. Worum geht es?«

Sie klang, als wäre sie es gewohnt, gleich zur Sache zu kommen. Sie klang, als wäre sie nicht gerade die Katze, die um den heißen Brei schleicht, eher, als wäre sie der heiße Brei, der die Katze auf ihre Pfoten achten ließ.

»Ich möchte gern mit Ihnen reden«, erwiderte Muscat ebenso höflich. »Dürfen wir reinkommen?«

Sie betrachtete uns für einen Augenblick, zuckte dann mit einer vorwurfsvollen Miene mit den Schultern, als wollte sie fragen, was sie kleine Frau denn machen könnte, wenn drei so große Männer in ihr Eigentum hineindrängten, öffnete sodann die Tür und sagte sarkastisch: »Kommen Sie schon rein.«

Sie führte uns in einen breiten Aufgang mit kleinen Briefkästen für die Bewohner und um eine Ecke zu einer der beiden Parterrewohnungen. Bei der anderen ging die Tür gleichzeitig auf, und die dicke Frau vom letzten Mal stand da und starrte uns wortlos an. Wie beim letzten Mal hatte sie ein Kind am Rockzipfel, aber es schien mir, als wäre es diesmal ein anderes. Ihre Wohnung roch durch die offene Tür hindurch nach Kohl.

»Bitteschön, hier entlang«, sagte Maria Azzopardi mit einer Stimme, als wäre sie Sprechstundenhilfe und als hätte sie ihr ganzes Leben lang nichts anderes getan, als dutzende von Bullen in und aus Wohnungen zu geleiten.

Sie führte uns in einen Flur, der nicht nach Kohl roch, und weiter in ein großes Wohnzimmer, das zeigte, dass die Azzopardis komfortabler wohnten als der größte Teil der maltesischen Bevölkerung. Die Möbel waren modern, hell und leicht – und alles andere als billig, garantiert finnisch oder schwedisch. Die Sessel waren bequem im Raum verteilt, und die weißen Vorhänge bis zum Steinfußboden zugezogen. An den Wänden hing moderne Malerei, und überall lagen echte Teppiche.

»Das muss ich sagen«, bemerkte Muscat. »Sie haben es hübsch hier.«

»Dankeschön«, sagte sie, ohne Zeichen sonderlichen Interesses für das Thema Inneneinrichtung, wobei sie uns zum Sitzen aufforderte. »Und darf ich fragen, was Sie wünschen?«

Vor dem Sessel, auf den sie sich selbst setzte, lag eine glimmende Zigarette in einem Aschenbecher. Sie nahm sie schnell zwischen die Finger, aber zu spät. Ich sah, wie Muscat und Ehlers Blicke wechselten.

»Ja, eigentlich wollten wir mit Ihrem Mann sprechen«, erklärte Muscat. »Ist er zu Hause?«

»Nein, ist er nicht«, antwortete sie. »Gibt es etwas, was ich erledigen kann? Geht es um die Beerdigung seines Vaters?«

»Nein, damit ist alles in Ordnung. Wir wollten nur gern mit ihm sprechen. Wissen Sie, wo er ist?«

»Nein«, antwortete sie schnell. »Er ist geschäftlich unterwegs. Vielleicht ist er jetzt in Qormi. Ich kann es nicht sagen.«

»Wissen Sie, wann er nach Hause kommt?«

»Nein, das weiß ich auch nicht. Ich weiß nicht, wie Sie es mit Ihrer Frau in dieser Hinsicht halten, Herr Inspektor, aber Tony sagt eigentlich darüber nie Bescheid. Er wickelt seine Geschäfte ab, und dann kommt er heim, wenn er damit fertig ist. Das kann in einer halben Stunde sein. Das kann auch erst spät am Abend sein.«

Sie klang zuvorkommend, als versuche sie, einem ein wenig unhöflichen Menschen dennoch zu helfen.

»Wissen Sie etwas über seine Geschäfte?«

»Nicht viel, leider. Wollten Sie darüber mit ihm sprechen?«

»Tja«, bestätigte Muscat. Zumindest gab er einen Laut von sich, der nur auf diese Art und Weise verstanden werden konnte.

Sie seufzte und stand auf, um den Aschenbecher zu ihm und Ehlers hinüberzuschieben.

»Sie dürfen gern rauchen«, sagte sie im Gastgeberinnenton.

Gleichzeitig zupfte sie vollkommen überflüssigerweise an den weißen Vorhängen.

Muscat blinzelte Ehlers zu, und wenige Sekunden später war Ehlers, wie eine große, lautlose, jagdlustig Katze, draußen im Flur.

Maria Azzopardi setzte sich wieder, schlug ihre Beine geduldig übereinander und schaute abwartend wie ein artiges Schulmädchen zu Muscat. Er wiederum ähnelte einem Pokerspieler, der zwar den Mut hatte, seinen Einsatz zu erhöhen, gleichzeitig aber nicht ganz sicher war, ob er eigentlich genügend Asse in der Hand hatte, um das zu riskieren.

Schließlich fasste er einen Beschluss, und als

Mann des Gesetzes, der er war, tat er das gewissenhaft und zweifellos in Übereinstimmung mit allen den Fall betreffenden maltesischen Gesetzesparagrafen.

»Es ist meine Pflicht, Ihnen mitzuteilen, dass wir Gründe haben, anzunehmen, dass Ihr Mann am Handel mit Morphium beteiligt ist, einem ernsthaften Verbrechen. Was Sie sagen, bezeugen Sie also unter Eid. Sie haben das Recht, die Aussage zu verweigern, bis Sie mit einem Anwalt gesprochen haben, wenn Sie möchten.«

»Ich habe keinen Anwalt. Was wollen Sie wissen? Ich weiß nichts von Morphium.«

Im gleichen Augenblick kam Ehlers zurück. Er schüttelte Muscat gegenüber schwach den Kopf, bevor er sich setzte. Dann flüsterte er ihm etwas ins Ohr.

Maria Azzopardi beugte sich über den Tisch, als wäre es plötzlich zu viel für sie.

»Wann ist er weggegangen?«, fragte Muscat.

»Ich weiß es nicht«, antwortete sie.

Dann erhob sie sich in ihrer ganzen Länge, größer als Muscat, und sah aus, als wolle sie Amok laufen.

Sie schob ihren Sessel nach hinten, dass er in die Vorhänge rutschte und umfiel. Ihre Augen traten hervor und schienen ein Feuer zu enthalten. Sie stellte sich wie eine kampfbereite Walküre auf, die in jeder Hand ein unsichtbares Schwert zu halten schien. Und sie erhob ihre Stimme, die bis jetzt ganz ruhig und gelassen gewesen war, zu einem lauten und schrillen Ton, der selbst die Schmerzgrenze von sibirischen Präriewölfen weit überschritten hätte.

»So! Sie kommen also, um meinen Mann festzunehmen! Sie glauben also, Tony ist ein Drogenschmuggler! Sie sind ein ... ein ...«

Ihre Stimme stieg zu einem wirbelnden Crescendo an, einem Finale furioso, aber gerade als sie präzisieren wollte, was Muscat war, wurde sie unterbrochen. Draußen war ein lauter Pistolenschuss zu hören.

Sie ging zu einem Sessel und stützte sich auf. So wie sie dastand, erinnerte sie an ein feminines Feuerwerk. Sie sah aus, als hätte sie vor nichts und niemandem Angst, wie ein großer, stolzer Tiger, der weiß, dass Gott seine Zeit nicht damit verschwendet, sich mit einer Blattlaus zu unterhalten.

Sie wartete einfach.

Während sie zurücktrat, sprangen Ehlers und Muscat vor, gleichzeitig und so synchron wie bei ihrem Abgang aus Ronnies's Bar. Sie sahen aus wie Jagdhunde mit gespitzten Ohren.

Dann fiel ein zweiter Schuss.

»Bleibt da!«, rief Muscat uns zu. »Passt auf sie auf!«

Dann ergriff er seine Pistole, riss sie kraftvoll hervor und verschwand durch die Tür.

Ehlers und ich saßen Maria Azzopardi gegenüber. Sie stand wie eine Salzsäule da, wie eine von Sorgen gebeugte, griechische Elektra, wie eine Lady Macbeth, die vergeblich versucht, sich das Blut von den Händen zu waschen, wie ein Zombie in einem Horrorfilm. Sie presste den Sessel an sich. Aus ihren Fingern war alles Blut gewichen. Sie holte angestrengt Luft, wobei ihr sich hebender und wieder senkender Brustkorb die einzige Bewegung im Raum war.

Ehlers ging zu ihr. Sie zuckte zusammen, als erwarte sie einen Frontalangriff, aber Ehlers ging an ihr vorbei. Er ging zu den Vorhängen und riss sie auf.

Nachdem die Vorhänge geöffnet waren, kam der Raum erst richtig zur Geltung. Man konnte durch zwei riesige Fenster hinaussehen, und zwar mit Blick bis auf die Bergspitzen, wo der Sturm in den halb nackten Büschen zerrte. Ein Ausblick für einen König, oder für einen Dichter.

Und als die Vorhänge aufgezogen waren, konnte man außerdem – etwas handfester – eine Tür zwischen den beiden Fenstern erkennen, eine Tür, die in einen Hausgarten führte, der aufgrund des Geländes einen Meter tiefer lag. Er war durch eine kleine, dunkle, überdachte Treppe von einer schmalen Veranda aus mit der Wohnung verbunden.

Der Garten war nicht bepflanzt. Niemand war in ihm zu sehen.

Aber die Tür war unverschlossen.

Da war ein dritter Schuss zu hören, und Ehlers zog sich von der Tür zurück. Er verzog mir gegenüber das Gesicht.

»So lief das also«, sagte er. »Er hat sich da draußen versteckt, als wir gekommen sind, und dann hat sie ihm mit ihrem Schrei ein Zeichen gegeben, damit er abhaut. Das ist ja wie im Kriminalroman.«

»Liest du Kriminalromane?«, fragte ich dumm. Als ob das irgendetwas bedeutete.

»Ja«, sagte Ehlers. »Ab und zu bekommt man ganz gute Ideen. Und eines sage ich dir: Verbrecher lesen sie.«

Im gleichen Moment kam Muscat hereingestürmt, ein nunmehr etwas veränderter Muscat. Sein Gesicht war aufgerissen und zerkratzt, als hätte er einen Kampf mit einem Dutzend Katzen gleichzeitig durchgestanden, seine Kleidung war zerfetzt und in einem für einen Beamten zweifellos beklagenswerten Zustand. Nur die Pistole in seiner Hand schien unbeschädigt zu sein.

»Ich bin gestolpert«, erklärte er kurz. »Wir haben ihn nicht erwischt. Ich hatte Grech zwar hinten postiert, aber gleichzeitig sollte er dafür Sorge tragen, dass am Eingang kein Hokuspokus stattfand, und an beiden Orten gleichzeitig kann er nun mal nicht sein. Scheiße, wir haben einfach zu wenig Leute. Immer zu wenig Leute.«

»Wer hat geschossen?«

Bevor Muscat antworten konnte, sagte Maria Azzopardi mit einer schneidenden, unangenehmen Trancestimme, die klang, als käme sie aus einem anderen Raum, einem elektronischen Echoraum:

»Ihr habt ihn umgebracht.«

Muscat schüttelte den Kopf.

»Grech hat ihn zu spät gesehen. Er hat einen Schuss abgefeuert, der aber nicht traf, einen Schuss auf die Beine, und bekam als Dank dafür einen, der an seiner Schulter vorbeisauste und in einem Baum endete. Dann ist er hinterhergelaufen, er ist jedoch nicht so schnell wie Azzopardi. Ich habe ihn gerade noch verschwinden sehen, aber meine Kugel war verschenkt. Er war schon weg, die Berge hinauf.«

»Bist du sicher, dass er es war?«, fragte Ehlers.

»Ich habe nur seine Silhouette gesehen, und Grech konnte ihn nur von hinten sehen«, sagte Muscat. »Wir sind uns darüber einig, dass er es gewesen sein könnte. Natürlich könnte es auch ein anderer Mann gewesen sein. Einer von ungefähr gleicher Größe. Einer, der sich hier im Haus befand und auf so vertrautem Fuße mit Mrs. Azzopardi stand, dass sie es für nötig befand, ihn durch die Hintertür rauszulassen, als wir an der Vordertür klingelten. Und da sie ja nicht wissen konnte, wer wir waren, zumindest nicht, ohne hellsehen zu können, ist wohl anzunehmen, dass ihr Mann den Gast nicht sehen durfte.«

Natürlich bluffte Muscat, er bluffte reichlich. Aber eins muss man zugeben: Es wirkte.

Mrs. Azzopardi fuhr vor, die langen, spitzen Krallen zum direkten Angriff auf Muscats Hals ausgestreckt, und schrie: »Das ist eine Lüge!«

Muscat machte sich behutsam frei und führte sie zum Sessel, indem er sie elegant beim Arm nahm und die Hexe sich vorsichtig setzen ließ.

»Das weiß ich auch«, sagte er. »Aber Sie kennen die Wahrheit. Wie wäre es, wenn wir zur Abwechslung ein wenig davon zu hören bekämen?«

31

Als er das sagte, standen wir alle auf, ließen uns aber sofort – wie auf gemeinsame Eingebung hin – wieder auf unsere Plätze fallen.

So sind die Menschen. Geschehe da, was wolle, ob man sie nun den allerstärksten Gemütsbewegungen aussetzt, ihnen Liebe, Drogen, Elektroschocks verabreicht, sie in den Wahnsinn treibt, sie auf Abhängen herumrutschen und einander mit Pistolen beschießen lässt, ob man sie sich gegenseitig ins Gefängnis werfen lässt – früher oder später setzen sie sich wieder hin, lassen sich in die Sessel fallen, die ihrer menschlichen Anatomie angepasst sind.

Muscat schaute gezwungenermaßen geduldig Maria Azzopardi an.

Sie drehte den Kopf und schaute aus dem Fenster zu den Klippen.

»Ja, da draußen läuft er irgendwo herum«, sagte Muscat. »Und der Sturm nimmt noch zu. Es wird heute Abend wohl ein Unwetter aufkommen.«

Maria Azzopardi hatte keine Antwort auf seine Wettervorhersage.

»Und jetzt wird er gesucht«, fügte Muscat sachlich hinzu. »Alle Leute, die wir zur Verfügung haben, werden in fünf Minuten anfangen, nach ihm zu suchen. Wir werden eine Sondermeldung übers Radio verbreiten, und im Fernsehen werden wir heute Abend alle Fotos von ihm zeigen, die wir finden können.«

Wie zufällig streifte sein Blick ein Hochzeitsfoto der beiden jungen, schönen, schwarzen, schlanken Azzopardis, sie im weißen Kleid, er im schwarzen Anzug, vor der katholischen Kirche von St. Julian's. Er schaute das Foto lange genug an, bis ihr klar wurde, was er meinte.

»Und dann werden wir die Bevölkerung um ihre Mitarbeit bitten«, fuhr Muscat fort. »Und das werden sie tun. Von dem Moment an wird Ihr Mann zum gehetzten Wild, und wenn er die Pistole, die er bei sich hat, gegen irgendjemanden benutzt, ob Polizist oder eine zivile Person, dann ist es ganz mit ihm aus. Verstehen Sie das?«

»Das ist nicht so schwer zu verstehen.«

»Dann helfen Sie uns. Erzählen Sie uns, was Sie wissen.«

»Ich weiß nicht besonders viel.«

»Erzählen Sie, was Sie wissen, ich bitte nicht um mehr und nicht um weniger.«

Sie legte ihre gefalteten Hände in den Schoß und sah aus wie ein kleines Mädchen, das zur Messe will. Es war, als verändere diese Frau jedes Mal, wenn sie eine Bewegung machte oder einen Satz sagte, ihr Gesicht, ja, fast ihre Gestalt.

Ein großer Verlust fürs Theater.

»Ich wusste, dass Tony in irgendwas verwickelt war«, sagte sie, langsam und eindringlich, fast psalmodierend, mit direktem Blick zu Muscat.

»Tony war immer in irgendwas verwickelt. Tony war – ja, aber das verstehen Sie nicht, Sie kennen Tony nicht.«

»Ich habe seinen Vater sehr gut gekannt«, sagte Muscat vorsichtig.

»Genau dieser Vater hat ihn zerstört«, fuhr Maria auf, um gleich wieder in sich zusammenzusinken und das vorherige kleine Mädchen zu sein. »Entschuldigung, das meine ich nicht so. Er hat es nicht bewusst getan, im Gegenteil. Aber Tony wollte immer wie sein Vater leben, musste sich immer an seinem Vater messen, hat immer davon geträumt, ihm zu beweisen, was für einen tollen Sohn er doch hatte. Ich glaube, die Leute haben Tony einfach zu oft erzählt, was für ein hervorragender Mann sein Vater doch war.«

In einem Moment der Stille schielte ich zu Muscat hinüber, und mir war, als sähe ich einen leichten Ausdruck von Schuldbewusstsein in seinen Augen. Entschuldigung, Ausrede, Psychologisierung oder nicht – jedenfalls war es keine Lüge, was sie sagte, und das wusste er.

»Tony war sich sehr klar darüber, dass er nicht den Kopf seines Vaters hatte. Aber er war ehrgeizig, viel zu ehrgeizig. Er wollte so viel, er hatte den Kopf immer voller großer Pläne. Er wollte Hotels bauen, er wollte Kasinos eröffnen, er wollte in Restaurants investieren und in Wüsteneien ganze Städte errichten. Er wollte Maltas Rockefeller und Maltas Disney zugleich werden.

Nun ja, vielleicht war er auch nur ein Träumer«, sagte sie abrupt. »Aber ich wusste schon seit langem, dass es schief gehen würde, das musste schief gehen. Ich habe nur nicht gewusst, dass es sich um Morphium handelt.«

»Was haben Sie dann gewusst?«

»Ich habe nur gewusst, was sich gar nicht verbergen ließ, nämlich dass er einige Gelder verdiente, von denen er nie sprach. Sehen Sie sich nur hier im Wohnzimmer um, in der übrigen Wohnung, wenn Sie es nicht bereits getan haben. Gehen Sie auf den Flur und betrachten meinen Pelz. Das kann man nicht alles mit einer Viertelbeteiligung an einem Café bezahlen.«

»Haben Sie ihm das auch gesagt?«

»Natürlich. Oft. Manchmal habe ich mit ihm geschimpft, dass ich es wissen möchte, manchmal habe ich gebettelt und ihn gebeten, mir zu erzählen, was er treibt, manchmal habe ich das benutzt, was man die ältesten Waffen der Frau nennt.«

Sie sah unglaublich ehrbar aus, als sie das sagte.

»Aber ich habe nie ein Wort aus ihm herausbekommen.«

Ich zündete mir eine Zigarette an. Wieder einmal – wie schon zehntausend Mal in meinem lausigen Leben – hatte ich das Gefühl, bereits seit Stunden am gleichen Ort zu sein, schon immer am gleichen Ort gewesen zu sein.

Draußen begann es dunkel zu werden.

Tony Azzopardi würde es nun leichter haben, sich zu verstecken.

»Ich habe ihm hinterherspioniert«, sagte sie leise. »Ich war der Meinung, dass ich dazu ein Recht hatte. Ab und zu, wenn es möglich war, versuchte ich ihn aufzuspüren, herauszufinden, wo er hinfuhr, zu den unterschiedlichsten Zeiten ihn anzurufen, um zu wissen, ob er wirklich dort war, wo er gesagt hatte, alles so etwas.

Ich habe herausgefunden, dass er oft, wenn er nach Qormi fuhr, statt durch Naxxar und Birkirkara wie alle anderen zu fahren, über Bahar-ic-Caghaq fuhr. Ich wusste auch, dass es keine andere Frau gab, das merkt man, und ich fand heraus, dass er den Umweg machte, um bei Ronnie einzukehren. Aber ich wusste nicht, was sie dort trieben, und als ich Tony einmal danach fragte, wurde er sehr wütend und sagte, er hätte doch wohl ein Recht darauf, seinen Kaffee dann und dort zu trinken, wo er Lust dazu hätte, und dass Ronnie's Bar äußerst praktisch läge, wenn er seinen Vater besuche.«

»Hat er das oft getan?«

»Er hat oft gesagt, er täte es, aber ich weiß nicht, wie oft das stimmte. Ein paarmal war es gelogen, weil ... ja, einfach weil ich mit meinem Schwiegervater gesprochen habe.«

»Warum haben Sie nicht eingegriffen?«

»Wie sollte ich denn ›eingreifen‹? Nicht dass Sie mich missverstehen, Inspektor Muscat. Sie und ich betrachten das Ganze unterschiedlich. Ich beklage mich nicht darüber, dass Tony sein Geld als Verbrecher verdient hat. Ich beklage mich ausschließlich darüber, dass er nicht genügend Vertrauen zu mir gehabt hat, mir zu erzählen, wie er es verdiente.«

»Sie sprechen die ganze Zeit von ihm in der Vergangenheit.«

»Er ist jetzt Vergangenheit, das haben Sie selbst gesagt. Wenn Sie ihn finden, ist er fertig, und er kann nicht ewig fliehen.«

Muscat streckte seine Arme in einer bedauernden Geste aus, als wolle er sagen, es sei zwar seine verdammte Pflicht und Schuldigkeit, dafür zu sorgen, privat hoffe er jedoch das Beste.

»Ich war verletzt«, fuhr sie fort, »aber damit hätte ich leben können, denn ich habe Tony geliebt. Und das meine ich auch so.«

Die letzten sechs Worte sagte sie ganz schlicht, nur um zu unterstreichen, dass es keine Redewendung war, die sie da benutzte. Muscat und Ehlers schauten gleichgültig drein, sie wollten, dass es weitergehe, aber mir versetzte es einen Stoß. Das war es doch gewesen, worüber ich seit dem Tag, als ich sie im La Famiglia gesehen hatte, nachdachte: Ob sie sich stritten, weil sie einander liebten oder gerade weil sie es nicht taten. Selbst für jemanden, der beide Disziplinen kannte, war es nicht einfach, das festzustellen.

»Selbst ein Mord bedeutet nicht viel für mich«, sagte sie leise. »Was ist schon ein Mord gegen den eigenen Mann?«

Eine Bombe explodierte in aller Stille im Zimmer. Muscat richtete sich auf und fragte heiser:

»Welcher Mord?«

»An dem Dänen im Feriencenter. Tony hatte mehrmals mit ihm über Geschäfte gesprochen, wie er sagte, und am letzten Dienstag, als sie sich treffen wollten, bin ich ihm gefolgt. Ich wollte einfach wissen, womit Tony sich beschäftigte. Dazu hatte ich das Recht. Ich war seine Ehefrau.«

»Was haben Sie gesehen?«

Muscat hatte für einen Augenblick die Augen geschlossen. Jetzt starrte er wie ein Mann im Delirium, der eine Armee von Alligatoren auf der Hauptstraße erblickt.

»Er fuhr zum Mellieha Holiday Centre hinauf und hat den Mann abgeholt – ich weiß seinen Namen nicht mehr. Sie fuhren zu Ronnie, natürlich, und ich setzte mich in die Holiday Bar – kennen Sie sie, sie liegt Ronnies gegenüber genau. Dort habe ich gewartet und Kaffee getrunken und überlegt, was Tony wohl vorhatte. Kurz darauf, nur fünf, zehn Minuten später, ich hatte noch nicht einmal meinen Kaffee ausgetrunken, kamen sie wieder raus, aber Tony und Ronnie trugen den Dänen, er hing zwischen ihnen, als wenn er betrunken wäre. Das konnte in so kurzer Zeit nicht sein, deshalb glaubte ich, er hätte einen Anfall oder irgendeine Krankheit bekommen, ihm wäre einfach nicht wohl. Das habe ich wirklich geglaubt. Bis ich am nächsten Morgen die Zeitung gelesen habe.«

Endlich jemand, der der Presse das gab, was ihr zustand.

»Und dann?«, fragte Muscat mechanisch.

»Ich bin nach Hause gefahren. Am nächsten Tag habe ich Tony beim Mittagessen gefragt, was denn passiert sei. Er wollte nichts sagen, und wir haben uns im Streit getrennt. Und drei Stunden später ist sein Vater gestorben, und seitdem ist es nicht möglich, mit ihm zu reden, es ist vollkommen unmöglich. Er hat nichts sagen wollen, hat weder essen noch schlafen wollen, ganz gleich, was ich versucht habe, er saß nur da und hat aus dem Fenster gestarrt, als wäre er vollkommen gefühllos. Heute Vormittag ist er einmal weggefahren, das war alles. Als Sie gekommen sind, ist er aufgesprungen und hat mir gesagt, dass er mit dem Schlimmsten rechne, und dass er sich auf die Treppe zum Hintergarten stellen wolle, und falls es jemand wäre, der hinter ihm her wäre, sollte ich schreien.

»Was hätte ich denn sonst tun sollen?«, schloss Maria Azzopardi und wedelte entschuldigend mit den Händen. »Er war mein Mann. Und ich bin mir sicher, dass ich ihn nie wiedersehen werde.«

Sie lehnte sich in ihrem Sessel zurück und sah aus, als hätte sie nichts mehr zu sagen, das Programm war beendet.

Sie weinte nicht.

Wie als Antwort auf die Stille kamen zwei Beamte herein, und zwar ausgerechnet Fenick und Spiteri. Sie blieben wortlos in der Tür stehen, schauten Maria Azzopardi an, die ausdruckslos zurückstarrte, und guckten verstohlen zu Muscat hinüber, um weitere Befehle zu erhalten.

Muscat erhob sich mühsam, ging zu Maria Azzopardi, strich ihr unbeholfen über die Schulter und murmelte irgendwas Nichtssagendes zur Beruhigung.

Dann gab er Ehlers und mir ein Zeichen, auch aufzustehen, gab Fenick und Spiteri leise weitere Order, zog die Gardinen vor die Fenster, als wären es Leichentücher, und verließ das Wohnzimmer mit einer Verbeugung.

Wir folgten ihm artig.

Als wir auf die Straße kamen, eine inzwischen dunkle Straße, auf die der Wind die Essensdüfte aus allen Fenstern trug, während die Kinder Ball spielten und die Jugendlichen aus den Türen hingen, um zu sehen, ob nichts passieren würde, wo doch schließlich zwei Polizeiwagen hintereinander standen, da sagte Ehlers, als ersten Satz nach sehr langer Zeit:

»Es war dumm von ihm, abzuhauen. Wir hatten keinen einzigen Beweis.«

»Stimmt, und jetzt haben wir sie«, bestätigte Muscat. »Jetzt müssen wir die Fahndung organisieren. Wir müssen eine Extrameldung zum Flughafen schicken, zu den Fähren nach Italien, Libyen und Tunesien und, ja auch zur Gozofähre. Vielleicht will er dorthin. Er kann sich nicht lange auf Malta verstecken, obwohl ... Vielleicht hat er Freunde, bei denen er untertauchen kann. Vielleicht kann er sich in Gzira verstecken, vielleicht ist er bereits auf dem Weg nach Gozo, aber trotzdem – lange kann er nicht untertauchen, dazu ist Malta zu klein. Und inzwischen hat Grech alle zur Verfügung stehenden Polizeikräfte mobilisiert, die das Gebiet hier durchkämmen werden und an allen denkbaren Hauptstraßen Ausschau halten.«

»Das wird die reine Treibjagd.«

»Vielleicht klappt es, vielleicht nicht. Je schneller, umso besser.«

»Wie viele hast du zur Verfügung?«

»Vierzig Mann.«

»Wir brauchen mehr!«

»Mehr gibt es nicht«, entgegnete Muscat. »Wir sind hier auf der Insel nur eine Viertelmillion Menschen. Wir können doch nicht alle Bullen sein.«

»Okay«, winkte Ehlers ab, während wir die Autotüren zuwarfen, »und jetzt, fahren wir jetzt zum Polizeirevier von Valletta?«

»Nein«, sagte Muscat ganz praktisch, »wir fahren direkt zu Arches hinunter, holen uns dort einen Happen zu essen und telefonieren und dirigieren von dort aus. Das wird eine lange Nacht. Genauso lang für uns wie für Tony Azzopardi.«

32

Die ersten Regentropfen fielen, als wir im Arches einkehrten. Der Barkeeper schaute vorwurfsvoll auf Muscats zerrissene Kleidung, sagte aber nichts – gewisse Vorteile hat es doch, wenn man Polizeiinspektor ist. Muscat ging direkt ans Telefon, um alle Fähren, Flugzeuge und verschiedene Institutionen zu informieren. Ehlers und ich nahmen währenddessen mit Kaffee und Whisky in der Bar Platz.

Keiner von uns sagte etwas. Ich weiß nicht, woran Ehlers dachte, ich selbst dachte, na gut, dann hat also Tony Azzopardi Hauschildt umgebracht. Ganz gleich, ob er es nun war oder jemand anderes, oder vielleicht ganz gut, dass er es war. Aber hatte er auch seinen eigenen Vater umgebracht? Oder seinen Mitarbeiter Ronnie? Er war vormittags weg gewesen, das hatte Maria gesagt.

Und in diesem Fall: Was war mit Helle? Welchen Grund sollte er gehabt haben, sie umzubringen?

Es fiel mir auf, dass Muscat Maria nichts von Ronnie erzählt hatte. Warum sollte er auch? Was nützte es ihr, während sie da allein in einem dunklen Haus saß und nicht daran glaubte, ihren Mann wiederzusehen, bewacht oder beschützt von Fenick und Spiteri? Sie wusste sicher schon jetzt genug. Genug für ein gewöhnliches menschliches Gehirn.

Gehirne sind so zerbrechlich. Menschen sind so zerbrechlich. Wir müssten eigentlich alle einen Stempel ›Vorsicht, zerbrechlich‹ auf dem Körper tragen.

Körper. Körper auf Bahren im Medizinischen Institut in Valletta, einer neben dem anderen. Helles Körper, Hauschildts Körper, Dr. Azzopardis – drei Körper. Und Ronnies höchstwahrscheinlich auf einem Operationstisch, und nur Dr. Sullivan oder nicht einmal er konnte wissen, ob es der vierte werden würde.

-3 -3 ½ Menschen, das war das Fazit der letzten Tage. -3 -3 ½ und +1, Gittes Kind.

Gittes Kind, nicht unser Kind, jedenfalls jetzt noch nicht. Es war ihr Körper, und was sich darin befand, war rein juristisch ihr Eigentum. Und noch schlimmer als juristisch: auch physisch. Sie musste die Übelkeit aushalten, wenn sie sich dafür entschied. Keine Macht der Welt konnte daran etwas ändern.

Ich musste zusehen, dass ich bald beim Bladet anrufen konnte. In jedem verfluchten Supermarkt, in jedem stinkenden Bahnhofskiosk in Dänemark lag Bladet und berichtete, was auf Malta passierte, und in der Redaktion saß entweder Otzen oder Michelsen oder vielleicht auch beide und kauten auf ihren Fingernägeln in der Hoffnung, dass wir die Sensation weiterverfolgen könnten. ›Wir‹, das war ich.

Ich war meiner selbst überdrüssig. Das war nicht das erste Mal. Es nützte auch nichts, jetzt daran zu denken.

Der Regen wurde stärker. Jetzt schlug er wie ein bedrohlicher, trommelnder Hagel gegen die Scheiben.

Ehlers saß immer noch stumm da. Irgendetwas musste ich tun, um meinen Kopf auszuschalten. Ich fragte ihn, woran er dachte.

»An Helle Nyman«, sagte er. »Ich bekomme sie einfach nichts ins Bild.«

»Ich auch nicht.«

»Es gibt natürlich die Möglichkeit, dass sie irgendwas gesehen hat, zu viel von diesen Drogengeschäften erfahren hat ...«

»Wie sollte sie?«

»Sie war schließlich mit Hauschildt zusammen, jedenfalls hat Ronnie das gesagt.«

»Glaubst du ihm etwa? Gibt es bei euch Polizisten nicht einen Begriff, der Quellenkritik heißt? Den haben jedenfalls wir Presseleute.«

»Warum sollte er das dann behaupten?«

»Keine Ahnung.«

Also waren wir wieder so weit wie vorher.

Ich bestellte mir noch einen Whisky, während Ehlers eine abwehrende Geste machte. Muscat kam herunter, setzte sich und bestellte Kaffee.

»Okay«, sagte er. »Jetzt sind alle Wege so gut wir können gesperrt, und die Haupttruppe ist in Mellieha und durchkämmt das Gebiet, bis sie ihn findet. Das wird ein nasser Abend. Ein Regen wie dieser, der dauert normalerweise die ganze Nacht hindurch.«

Ehlers erzählte ihm, worüber wir gesprochen hatten.

»Ja, lasst uns lieber nachfragen, wie es Ronnie geht«, erwiderte Muscat. Er stand wieder auf, um zu telefonieren. Wenn er eines Tages der staunenden maltesischen Bevölkerung seine Erinnerungen erzählen würde, müssten sie ›Mein Leben am Telefonhörer‹ heißen.

»Ich würde gern ein wenig Stoff nach Hause schicken«, sagte ich Ehlers. »Wie viel darf ich schreiben?«

Er sah aus, als hätte ich ihn bei einer Gedankenreihe unterbrochen, die sehr weit entfernt war.

»So viel, wie du verantworten kannst«, sagte er lakonisch, nachdem die Frage ihn erreicht und er seine private Erdverbindung wieder gefunden hatte. »Du kannst gern von der Hausdurchsuchung bei Hauschildt schreiben, das ist offiziell genug. Aber warte lieber noch ein bisschen, es kann heute Abend noch was passieren.«

»Kann auch sein, dass nichts passiert. Ein Spatz in der Hand, würde mein Chefredakteur Otzen sagen, ist besser ...«

»Den Rest kannst du dir schenken, den kenne ich.«

Muscat kam zurück.

»Sullivan hat ihn gerade unterm Messer«, sagte er. »Nicht der richtige Zeitpunkt, um ihn zu stören. Er ruft nach der Operation zurück. Wir können ebenso gut jetzt etwas essen, bevor die Jagd ernsthaft losgeht.«

In dem Moment, als wir aufstanden, um ins Restaurant hinaufzugehen, kam ein junger Typ in die Bar, ein großes Paket unter dem Arm, eingewickelt in tropfnasses braunes Papier.

»Ein Paket für Inspektor Muscat«, sagte er. »Von Herrn Grech. Keine Rückantwort.«

»Dankeschön«, sagte Muscat und riss das Paket auf.

Der Bote ging.

Im Paket lagen eine edle graue Hose, ein sauberes Hemd, ein Jackett und sogar ein Schlips.

Muscat grinste.

»Er denkt aber auch an alles, dieser Grech«, sagte er und reckte sich behaglich. »Oh, das wird herrlich, diese Fetzen loszuwerden.«

»Das hat Azzopardi sicher auch bald nötig«, sagte ich. »Wenn er nicht Selbstmord begeht, dann wird er bei diesem Wetter an doppelseitiger Lungenentzündung sterben.«

»Das würde uns einige Anstrengungen ersparen«, sagte Muscat, ernsthaft die Möglichkeit überdenkend. »Aber leider auch verhindern, dass wir ihn verhören und somit die einzelnen Teile zusammenfügen können.«

Er ging zur Herrentoilette und zog sich um. Der Barkeeper lächelte anerkennend, als er wieder herauskam, und sodann gingen wir zu Tisch.

Das war nicht die vergnügte Party vom gestrigen Abend, die Schatten waren zu lang geworden. Die beiden Polizisten waren verschlossen und konzentriert, während sie automatisch das Essen in sich schaufelten. Möglicherweise wussten sie alles über sämtliche Indizien und die Alibis aller Beteiligten, aber hätte man sie gefragt, was sie gerade aßen, glaube ich nicht, dass sie hätten antworten können, ohne zuvor auf ihre Teller zu gucken.

Nicht, dass ich ihnen das vorwarf. Ich selbst war auch nicht sonderlich unterhaltsam. Ich war absolut nicht der sprudelnde Charmeur der kleinen Gesellschaft.

Aus irgendeinem Grund – aber fragen Sie mich bitte nicht, aus welchem, sonst riskieren Sie noch, dass ich zu antworten versuche – tauchte eine Seite aus einem alten Schulbuch in meinem Unterbewusstsein auf. Darauf stand ein Abschnitt über die Philosophie im 17. Jahrhundert, und genau darüber wurde ich geprüft, als ich noch jung genug war, Prüfungen zu machen und zu glauben, dabei geschähe etwas.

Damals gab es in England, so stand es in meinem Buch, dessen Typografie ich immer noch erinnern konnte, zwei Philosophen namens Hobbes und Locke, von denen jeder seine Ansicht von der menschlichen Natur hatte. Thomas Hobbes meinte, der Mensch wäre verantwortungslos, aggressiv und egoistisch. John Locke meinte, dass der Mensch als vernünftiges, verantwortungsvolles und verständiges Wesen anzusehen sei – bis, wenn ich die Worte im Buch noch richtig erinnerte, ›bis das Gegenteil bewiesen sei‹.

John Locke hätte vielleicht mit seiner Shagpfeife im Mund einen kleinen Abendspaziergang an seinem örtlichen Polizeirevier vorbei machen sollen. Wenn er hier vorbeikäme, könnte ich ihm jedenfalls ein paar Takte erzählen.

Die beiden Polizeibeamten kauten hastig und diszipliniert, mit regelmäßigem Blick auf die Uhr, während sie eine Art von Unterhaltung darüber in Gang hielten, wo die Unterschiede und die Parallelen in den Arbeitsmethoden der dänischen und der maltesischen Polizei bestanden. Die Ähnlichkeiten waren offensichtlich größer als die Unterschiede, aber Polizei ist wohl überall so ziemlich das Gleiche. Hätten wir als vierten Mann einen maltesischen Journalisten am Tisch gehabt, hätte ich mich am Gespräch beteiligen können.

Sie nippten nur flüchtig an ihrem Marsovin, sodass ich diesbezüglich den größten Teil der Arbeit übernehmen musste. Schön, wenn man merkt, dass es doch noch Bereiche gibt, in denen man nützlich sein kann. Gut zu wissen, dass man gebraucht wird. Viele Menschen werden krank, weil sie in ihrem Alltag dieses Gefühl vermissen.

Helles Gesicht schwebte erneut durch den Raum. Halluzinationen. Wiederholungshalluzinationen, 2. Auflage.

Scheiße, alles in diesem Leben wiederholt sich unaufhörlich, genauso sicher wie der Morgenkaffee, das Zähnebürsten und die Post, genauso sicher wie die nächste Zeitung, genauso sicher wie die Tatsache, dass auch morgen wieder jemand irgendwo sitzen und sich die Augen aus dem Kopf heulen wird, während ein anderer auf der Flucht vor einem Dritten sein wird, weil ein Vierter tot ist und von einem Fünften begraben wird, der seinen Morgenkaffee und seine Zahnbürste genau damit verdient. Scheißleben.

Der Kellner kam und überbrachte Muscat eine Nachricht. Muscat stand auf. Die Leute stehen auf, wenn adrett gekleidete Kellner sie ans Telefon rufen. Ordentliche Leute zumindest. Leute wie Muscat.

Ich ging, um den Marsovin wegzupissen. Am Pissoir standen zwei Männer, der eine ließ die übliche Leier erklingen, es war, als höre man ein altes Hörspiel. »Jetzt lasse ich mir das nicht mehr gefallen. Jetzt mache ich eine eigene Firma auf!«

Sein Freund war zwanzig Jahre älter. Er nickte zurückhaltend aufmunternd und sah aus, als hätte er bereits hunderten anderer Männer zurückhaltend aufmunternd zugenickt, die im Laufe ebenso vieler Jahre genau das Gleiche gesagt hatten.

Ich dachte, dass das Leben ja weitergehen müsste. Und ich war sicher nicht der Erste, der so dachte.

Dann ging ich, um im Bladet anzurufen und ihnen die Krumen zu geben, die ich hatte, und pflichtbewusst zu versuchen, so viele Spalten wie möglich damit zu füllen. Über das Morphium in Hauschildts Wohnung freute Michelsen sich natürlich am meisten, das versteht sich von selbst. Die Bredgade kennen die Leser des Bladets. Drogen in der Bredgade, das interessiert. Irgendwelche ermordeten Malteser in einem Land, das man kaum kennt – ›Das ist doch irgend so eine englische Kolonie, oder?‹ –, kann nicht mit sehr großem Interesse rechnen, es sei denn, es lägen ganz besondere Umstände vor. Besondere Umstände wie zum Beispiel, dass die Leichen nackt waren oder Kleinkinder, dass ihnen die Geschlechtsteile abgeschnitten worden wären oder ein Hakenkreuz in den Bauch geritzt wäre.

Keines dieser Gewürze lag zur Disposition.

Ich fügte hinzu, dass ich später nochmal anrufen würde, wenn Hauschildts Mörder im Laufe des Abends gefangen würde. Abmelden, Roger and over. Der tapfere kleine Knecht der Firma setzt sich wieder zu Tisch und greift nach dem Rotwein, verfolgt von seltsamen Schatten aus seinem bewegten Leben.

Kaffee danach, ja danke. Kaffee täglich, ja danke. Kaffee in die Kaffeetasse aus der Kaffeekanne, ja danke.

Ehlers sah fast munter aus, als ich zurückkam, fast. Muscat sprach mit dem Kellner.

»Nun«, sagte Ehlers, »ich freue mich, dass du nicht das nächste Opfer geworden bist. Du warst verdammt lange weg.«

»Ich habe mit Kopenhagen telefoniert.«

»Das hätte ich schon lange tun sollen. Ich mache es jetzt, lass mir noch ein bisschen Kaffee übrig. Inzwischen kann Muscat dir die guten Neuigkeiten erzählen.«

Und weg war Ehlers.

Ich dachte, dass wir drei die Teppiche vom Arches reichlich strapazierten.

»Was sind das für gute Neuigkeiten?«, fragte ich.

»Sullivan hat angerufen. Er sagt, Ronnie wird es schaffen, da ist er zu 99 % sicher, und sicherer kann ein Arzt nie sein. Und er meint, wenn alles erwartungsgemäß läuft, dann kann Ronnie morgen Früh reden.«

»Wenn er reden will.«

»Kugeln im Körper können die Leute ziemlich offen und mitteilsam werden lassen.«

Als Ehlers zurückkam und seine Tasse Kaffee getrunken hatte, bezahlten wir, oder genauer gesagt Muscat – vermutlich mit dem Kleingeld der maltesischen Steuerzahler.

Dann gingen wir aus dem Arches, durch die Bar hindurch, hinaus in eine wahre Sintflut, hinein in einen Polizeiwagen.

Die Jagd hatte begonnen.

33

Muscat startete den Wagen und fuhr langsam die Straße hinauf, während er den Polizeifunk abhörte. Bei jedem Meter, den wir vorankamen, stürzte ein wahrer Wasserschwall auf die Windschutzscheibe. Die Scheibenwischer mühten sich ab wie schwarze Sklaven auf einem Baumwollfeld vor dem Bürgerkrieg.

»So ein Scheißwetter«, brummte Muscat gutmütig zu Ehlers. »Denkst du eigentlich nie daran, ob du nochmal was anderes als Polizist sein möchtest, solange noch Zeit ist?«

»Nee«, antwortete Ehlers. »Ich bin was anderes gewesen ...«

»15 ruft ... 15 ruft ...«, erklärte der Sender.

»Kommen, 15«, lud Muscat ihn ein.

»15, Borg und Micallef. Haben die Mitteilung empfangen, dass der Gesuchte von 12, Pellegrini und Camilleri gefunden worden ist. Sie befinden sich vor Ronnies Bar in Bahar-ic-Caghaq.«

»Wir fahren hin.«

»Können wir nach Hause fahren?«, fragte Borg hoffnungsvoll.

»Wartet auf weitere Befehle. Ende.«

Mit einem optimistischen Griff ans Steuerrad steigerte Muscat das Tempo. Das Wasser spritzte nach allen Seiten. Die Straße an der St. Paul's Bay war nicht länger eine Straße, es war ein Kanal.

»Habt ihr hier oft so ein Wetter?«, fragte Ehlers.

»Nur zu dieser Jahreszeit«, antwortete Muscat. »Das ist der schlimmste Monat im Jahr.«

»14 ruft … 14 ruft …«

»Kommen, 14.«

»Gesuchter in Bugibba von zuverlässigen Zeugen beobachtet, die ihn zuvor im Fernsehen gesehen hatten. Ging vor ca. einer Stunde die Hauptstraße an der Küste entlang.«

»Verstanden. Danke. Macht weiter. Ende.«

»Das passt ausgezeichnet«, bemerkte Muscat zu Ehlers. »Vor einer Stunde in Bugibba, jetzt in Baharic-Caghaq.«

»Das läuft fast zu gut«, sagte Ehlers.

»Vielleicht ist es ja unser Glückstag«, antwortete Muscat hoffnungsvoll. »Ich finde, den hätten wir auch verdient.«

Während wir die Küste entlangfuhren, wuchsen die Wellen immer höher. Es sah aus, als hätte das Wasser sich vorgenommen, letztendlich Rache am Land zu nehmen, die gesamten Felsen, Felder und Häuser von Malta zu ertränken, um endlich diese ganze Geschichte zu beenden und alles zu einem einzigen Mittelmeer zischender Wassermassen zu machen. Es war großartig, aber auch erschreckend.

Ronnies Bar stand bis zur Klinke unter Wasser. Davor hielt ein Polizeiwagen.

Muscat bremste, rutschte mit dem Wagen einen halben Meter ins Wasser und sprang mit uns zusammen aus dem Auto. Es dauerte genau eine Sekunde, bis wir vollkommen durchnässt waren.

Und das ohne jeden Nutzen.

Der Mann, den die beiden Beamten vom Rücksitz ihres Autos hervorzogen, war zweifelsfrei groß, schlank und dunkelhaarig. Er entsprach wunderbar der Beschreibung. Aber Tony Azzopardi war es nicht, auch wenn er der kleine Bruder hätte sein können.

»Das ist er nicht«, sagte Muscat ohne Umschweife.

»Er hat keine Papiere bei sich«, erklärte einer der Beamten. »Er weigert sich zu sagen, wer er ist. Er ist bei diesem Wetter hier herumgelaufen. Wenn er nicht der Mörder ist, dann ist er auf jeden Fall verdammt verdächtig.«

Der Mann sagte kein Wort.

»Okay«, sagte Muscat. »Fahrt ihn ins Revier und nehmt dann die Suche wieder auf.«

Wir stiegen wieder ein, jeder mit fünf bis zehn Liter Wasser in der Kleidung und in den Schuhen.

»Mist«, sagte Muscat. »So ist es immer. Das ist wie ein Ameisenhaufen. Sobald man auf der Suche nach bestimmten Ameisen darin herumstochert, kommen all die anderen Ameisen zum Vorschein. Vielleicht können wir noch zehn Azzopardis begrüßen, die gar nicht Azzopardi sind.«

Ehlers machte eine Geste, wie ›so ist nun mal das Leben‹.

»Wenn wir bei uns zu Hause eine Razzia machen, pflegen wir zu sagen, dass wir, auch wenn wir nicht den Fisch erwischen, hinter dem wir her sind, doch einige andere fangen.«

»Das stimmt schon«, bestätigte Muscat. »Das gilt auch für uns. Kein normaler Mensch wird bei diesem Wetter spazieren gehen und sich weigern, seinen Namen zu nennen. Ich wette 10:1, dass er ein Einbrecher ist. Aber er ist nicht auf frischer Tat ertappt worden, und deshalb werden wir ihn morgen wieder freilassen müssen. Nun gut, wir müssen weiter.«

Er wendete den Wagen und bahnte sich seinen Weg durch den Ozean nach Mellieha.

»Gleich gibt es Nachrichten«, sagte er. »Lasst uns mal hören.«

Das Autoradio verabreichte uns den Rest eines italienischen Schlagers, der irgendwas mit ›Arrividerci‹ hieß, bevor die Nachrichten kamen. Die verkündeten, dass Premierminister Dom Mintoff heute im Parlament eine längere Rede über die Notwendigkeit einer Wohnreform gehalten habe. Sie teilten mit, dass die maltesischen Meisterschaften im Boxen am kommenden Weekend stattfinden würden. Sie teilten mit, dass ein Priester, dessen Namen ich nicht verstand, in Msida verstorben sei, 87 Jahre alt. Und schließlich teilten sie mit, dass die Polizei den 30-jährigen Tony Azzopardi suche, ca. 1,85 groß, von schlankem Körperbau, dunkelhaarig mit Schnurrbart, und zwar im Zusammenhang mit einer Reihe von Verbrechen. Die Polizei wisse, dass Tony Azzopardi bewaffnet sei und bitte die Bürger, sich umgehend an sie zu wenden, wenn sie ihn sähen, jedoch nicht selbst den Versuch zu machen, ihn aufzuhalten. Die Polizei hoffe, dass die Bevölkerung mitarbeiten würde.

Danach ging der Sprecher dazu über, übers Wetter zu referieren. Ein Kind war vom Hafenkai in Marsaxlokk ins Wasser gespült, aber von einem Fischer gerettet worden. Der Regen würde wahrscheinlich die Nacht über anhalten.

Der Polizeifunk übertönte den zivilen Radiosprecher. Muscat würgte den zivilen ab.

»7 ruft ... 7 ruft ...«

Ein einzelnes Auto überholte uns und verschwand wie zwei Lichtblitze im Regen. Das Wasser spritzte gegen die Fensterscheibe, dass man nichts mehr sehen konnte. Es war ein Wunder, dass Muscat den Wagen auf der Straße halten konnte.

»7 ruft ...«

»Kommen, 7.«

»7, Grech. Der Gesuchte ist nahe bei seinem Wohnsitz in Mellieha von einer Nachbarin gesehen worden. Er versuchte anscheinend sein Auto zu holen, wurde aber gestört und ist wieder geflohen.«

»Eine zuverlässige Zeugin?«

»Auf jeden Fall. Mrs. Mifsud – die Frau des Apothekers. Sie hat ihn durchs Fenster gesehen und wollte ihm was zurufen. Wird von Spiteri bestätigt, der in der Türöffnung stand.«

»Alle Wagen nach Mellieha. Gib die Order weiter.«

»Verstanden. Ende.«

Die nächsten Kilometer, während wir uns langsam auf Mellieha zubewegten, hörten wir Grechs Meldungen im Radio. Ein Auto nach dem anderen wurde nach Mellieha dirigiert. Autos, die in Qormi, in Sliema, in Msida und in Mgarr waren, bekamen eins nach dem anderen den Befehl, ihre Position zu verlassen und sich in dem kleinen Dorf zu sammeln.

Es dauerte nur ein paar Minuten, bis wir das Resultat sahen. Als wir die St. Paul's Bay erreichten, kamen die Polizeiwagen aus allen Richtungen angefahren, und als wir aus der Bucht herausfuhren – in der das Wasser in der kurzen Zwischenzeit um mindestens einen halben Meter gestiegen war –, fuhren wir mit vier Polizeiwagen in geschlossener Kolonne. Ehrbare Bürger, die zufällig aus dem Fenster guckten, wie Mrs. Mifsud es vor ein paar Minuten getan hatte, würden sich sicher bekreuzigen und denken, Chicago wäre nach Malta gekommen.

Ehlers musste dasselbe denken. Er sagte: »Ihr veranstaltet wohl nicht sehr oft so einen Aufmarsch, was?«

»Das erste Mal in meiner Amtszeit«, antwortete Muscat. »Ausgenommen, natürlich, wenn wir Besuch von ausländischen Staatsoberhäupten haben.«

»Habt ihr hier Terroristen?«

»Keinen einzigen, es ist also vollkommen überflüssig, aber das glaubt ja niemand von denen. Die sind es so gewohnt, überall Terroristen zu haben, dass sie nervös werden, wenn sie nicht vor ihnen beschützt werden. Wir hatten hier auf Malta höchsten mal einen Bauern, der bei einer Wahlveranstaltung vor der letzten Wahl dem Kandidaten von der nationalistischen Partei eine weiche Tomate an den Kopf geworfen hat. Und in der Sache hat man sich gütlich geeinigt, weil der Kandidat selbst eingesehen hat, dass er sich verrannt hatte. Er hatte einige derbe Beschuldigungen gegenüber Dom Mintoff aufgestellt.«

Während Muscat so dasaß, die Hände am Lenkrad, verfolgt von seinen Untergebenen, gemütlich über dies und das plaudernd, geschah etwas:

Gott löschte das Licht.

Oder es sah jedenfalls so aus. Wir waren nur noch ein paar hundert Meter vom Ort entfernt, als alle erleuchteten Vierecke verschwanden, wie mit einem Schlag. Alle Fenster waren weg, alle Straßenlampen waren weg, alles war nur noch ein großes, undurchdringliches Dunkel außerhalb unserer Scheinwerferlichter.

Dunkelheit und Wasser, in dieser Welt befanden wir uns. Ein großer, bodenloser Raum.

Muscat fluchte, während er weiterfuhr. Er fluchte auf Maltesisch, sodass ich die Worte nicht verstand, aber vom Ton her gab es gar keinen Zweifel.

Die Räder drehten sich durch orkanartige Brecher.

»Stromausfall!«, stellte er heiser fest. »Das kann die ganze Nacht lang dauern. Wenn das passiert, braucht es seine Zeit.«

»Habt ihr das oft?«, fragte Ehlers unerschütterlich, als wäre er ganz naiv daran interessiert, etwas über das Land, in dem er war, zu erfahren.

»Nur zu dieser Jahreszeit«, antwortete Muscat trocken.

Es war, als führen wir unter Wasser, so kräftig kamen die Schauer. Als wir Mellieha erreichten und vor dem Polizeirevier neben der alten Kirche hielten, stürzte das Wasser von allen Haustreppen hinunter, und die abfallenden Straßen entlang wand sich ein Fluss, der alles mitnahm, was er an Papier und Abfall nur finden konnte. Hier und dort kamen kleine, flackernde Lichtkegel in den Fenstern zum Vorschein, mattes, flimmerndes Licht, Kerzen.

Muscat fluchte noch einmal, und dieses Mal sorgfältiger als vorher, mit einer Gründlichkeit, als wäre er ein katholischer Priester, der eine Liste sämtlicher im Rahmen des Glaubens anzurufender Schutzheiliger verlas.

Vor der Kirche, auf einem kleinen Marktplatz, beleuchtet von den immer noch brennenden Scheinwerfern, stellte Muscat sich hin und hielt, vollkommen durchnässt, seinen augenblicklich ebenso durchnässten Leuten eine kleine Rede. Er teilte sie in Divisionen ein, während immer noch weitere Polizeiwagen ankamen, Leute heraussprangen und sich der Gruppe uniformierter Verschworener anschlossen. Er gab einigen der Autos den Befehl, auf den Straßen von Mellieha in bestimmten, regelmäßigen Abständen zu patroullieren. Andere Autos hieß er die Ausfallstraßen zu bewachen.

»Da haben wir ja ziemliches Glück«, bemerkte Ehlers leise zu mir. »Er wird nicht sehr weit kommen, wenn es kein Licht gibt. Er hat ja wohl kaum daran gedacht, eine Taschenlampe mitzunehmen.«

Als hätte er gehört, was Ehlers gesagt hatte, schickte Muscat einen Mann in das geschlossene Polizeirevier, Taschenlampen zu holen. Jeder Beamte bekam eine. Auch Ehlers und mir wurden Lampen anvertraut, große, klobige, schwere, gelb glänzende Metalltaschenlampen. Wie wir dort im Dunkel standen, ein gutes Dutzend Männer, jeder mit seiner Lampe, mögen wir ausgesehen haben, als nähmen wir an einem Hexensabbat teil oder an irgendeinem anderen mystischen Ritual magischen Charakters.

Die letzten – und meisten – Polizisten wurden unbarmherzig dazu abkommandiert, sich zu Fuß auf die Suche zu machen.

»Am ehesten ist wohl davon auszugehen, dass er oben in den Felsen ist«, überlegte Muscat. »Wir verteilen uns und suchen nach ihm. Wir wissen nicht, wie viele Kugeln er noch in seiner Pistole hat, aber schießt nur, wenn es unbedingt notwendig ist.«

Alle nickten, wie ein einziger Kopf, so ernsthaft, als legten sie einen Fahneneid ab.

Muscat beendete die Seance mit etwas, das wie ein leises Gebet klang.

Dann bewegten wir uns langsam, halb blind aufgrund des Regens, einer nach dem anderen, durch die Wassermassen stolpernd, zu den Felsen hinauf.

34

Mit dem flackernden Lampenlicht als einzigem Führer, das nur bescheiden von den flimmernden Kerzenflammen rundherum erwidert wurde, arbeiteten wir uns die steilen Wege zu den Klippen hinauf. Zu deren Füßen, auf einer offensichtlichen kleineren Müllkippe, auf der Flaschen, Dosen, abgeschlagene Zweige, Kompost und alte Autoreifen nur so herumschwammen, wurden wir schnell und effektiv in Zweimanngruppen eingeteilt mit dem Befehl, miteinander den Kontakt zu halten.

Ehlers und Muscat bildeten natürlich eine Gruppe. Ich bekam Grech zugeteilt, oder umgekehrt.

Ein großer Vorteil. Denn als wir angestrengt und vorsichtig den Aufstieg begannen, darauf bedacht, nicht auf den glatten Steinen auszurutschen, blieb er einen Augenblick stehen, gerade als wir hinter einem Busch angekommen waren, griff in seine Innentasche und sagte: »Hier.«

Das war eine flache Cognacflasche. Ich nahm einen tiefen Schluck und spürte die Wärme wie eine Feuersäule durch den Körper schießen.

»Bei diesem Wetter ist das notwendig«, sagte Grech nach seinem Schluck, »Gut zwanzig Meter höher werden wir uns aufteilen und nach links und rechts gehen – da sind zwei Pfade. Achte auf die Höhlen, wenn du so weit gekommen bist. Normalerweise spielen Kinder darin, aber wenn man bei diesem Wetter hier herumirrt, dann ist das fast der einzige Ort, sich zu verstecken.«

»Wenn man in eine Höhle zu ihm hineingehen will, dann braucht er ja nur ruhig dazusitzen und einen nach dem anderen niederzuknallen, als wenn er Kegel spielt.«

»Nicht mehr, als er Patronen hat.«

»Das wird ein großer Trost sein für denjenigen, der als Erster dran ist.«

»Ohne Licht wird er verdammt wenig sehen. Da wird man wahrscheinlich nur von oberflächlichen Fleischwunden sprechen.«

»Na, das ist ja prima.«

Etwas bewegte sich hinter einem Busch, und ich zuckte zusammen, als dieses Etwas mich kurz darauf am Bein berührte. Ich sagte etwas wie: »Was ...« oder so.

»Nur ein Kaninchen«, sagte Grech. »Von denen gibt's Massen hier. Eigentlich sollte ich ein paar fürs Sonntagsessen mitnehmen.«

Wir mühten uns weiter ab, zu angespannt, um auch nur zu fluchen. Um uns herum, in einem großen Kreis, sahen wir die übrigen Polizeilampen uns beruhigend optimistisch zublinken. Wir waren nicht allein.

Tony Azzopardi war allein. Er war das Kaninchen.

»Hier«, sagte Grech, als wir eine kleine Lichtung mit zwei schmalen Wegen erreicht hatten, Wege, die ganz offensichtlich von Generationen von Kindern geschaffen worden waren, die Jahr für Jahr hier herumgestapft waren. »Geh nach rechts, dann gehe ich nach links. Signalisiere mir SOS mit der Lampe, wenn du was rausfindest, dann komme ich. Nimm noch einen Schluck mit auf dem Weg.«

Ich musste Muscat Recht geben: Grech war ein höchst aufmerksamer Polizist.

Wir trennten uns. Irgendwo ertönte ein Schuss.

Vielleicht war das Ganze ja bereits überstanden.

Der Gedanke versetzte mich in bessere Laune, und ich schaute zu dem sehr blassen, gezackten, dünnen Mond hinauf, der ab und zu für eine Sekunde hinter den dunklen Wolken auftauchte, als wolle er nur kurz sehen, ob es etwas Neues gäbe, bevor er sich wieder zurückzog.

Im gleichen Augenblick stolperte ich über eine verfluchte Baumwurzel, die sich halb über den Weg gelegt hatte und genau in der Höhe eines normalen Schuhs aus der Erde ragte.

Ich fiel hin. Ich hatte zwar Erde im Mund, eine halb zerquetschte Schnecke oder ähnlich Klebriges am Jackenaufschlag und eine größere, wohl sortierte Sammlung von Hautabschürfungen. Aber das waren nur Kleinigkeiten.

Schlimmer war, dass die Lampe es nicht überstand. Sie traf auf einen Stein und ging aus.

Die Dunkelheit schloss sich um mich.

Was nun: Nach vorn oder zurück? Selbst im Dunkeln würden die Füße – und die Augen während der flüchtigen Mondspotlights – sicher den weiteren Verlauf des Wegs finden. Aber es gab überall Löcher und verräterische Absätze und Felskanten.

Und es war schon mehrere Jahre her, dass ich das letzte Mal in den Felsen herumgeklettert war.

Ich machte ein paar vorsichtige, zögernde Schritt vorwärts auf dem Pfad. Von nirgendwoher war ein

Ton zu hören, nichts außer dem Trommeln der Regentropfen gegen die Felsen und dem Heulen des Windes, sobald er ein paar vereinzelte Blätter fand, in denen er heulen konnte. Rundherum war das Echo von Höhlen und Löchern zu hören.

Unten leuchteten Melliehas Kerzen aus so großer Entfernung und so vereinzelt und schwach, dass sie keine Hilfe waren. Unten dröhnte das Meer, aber das erreichte mich nur wie ein fernes Echo.

Nach jedem Schritt hielt ich an, weil ich ein Geräusch zu hören meinte. Die Anzahl von raschelnden, scharrenden und knackenden Geräuschen schien sich jeden Augenblick zu verdoppeln.

Die Dunkelheit konnte viele Geheimnisse in sich bergen.

Plötzlich ließ mich ein Instinkt, so einer, über den man immer wieder liest, das instinktive Gefühl einer Gefahr anhalten. Ich blieb wie versteinert stehen und wartete auf etwas, von dem ich gar nicht wusste, was es war. Der siebte Sinn hatte zugeschlagen.

Der Mond schickte mir einen freundlichen Blick und zeigte, dass ich nur einen halben Meter vom Abgrund entfernt stand. In der Dunkelheit war ich vom Weg abgekommen. Noch drei Schritte, und ich wäre die Böschung hinuntergestürzt.

Seitdem habe ich nie wieder ein böses Wort über den Mond verloren, ganz gleich, wie er sich auch aufgeführt hat.

Mit seiner Hilfe fand ich auf den Weg zurück, langsam und ganz gefühllos vor Nässe und Kälte. In so einer Nacht, in solcher Umgebung, da brauchte es schon diverse Cognacs, um sich warm zu halten.

Ich wusste nicht, wie spät es war. Ich wusste

überhaupt nicht, wie lange es eigentlich her war, dass Grech und ich uns getrennt hatten, wie lange wir schon auf den Felsen herumkletterten. Jegliches Zeitgefühl war verschwunden.

Und das Zeitgefühl hatte den Orientierungssinn gleich mitgenommen, als es abhaute. Vielleicht hatten die beiden diesbezüglich schon seit langem Pläne geschmiedet. Vielleicht hatten sie bereits seit Jahren geplant, zu desertieren, weil sie mit meiner Art, mit ihnen umzugehen, unzufrieden waren.

In diesem Fall hatten sie sich genau den richtigen Zeitpunkt ausgesucht.

Es gelang mir nicht, den Weg zu finden, auf dem wir hergekommen waren.

Ich stand schnuppernd wie ein unsicherer Novize von einem Jagdhund da und versuchte, mich im Terrain vorwärts zu schnüffeln.

Irgendwo meinte ich einen Lichtschein zu sehen. Aber er verschwand sofort wieder wie ein Kerzenlicht, das im Zugwind nur kurz aufflackert.

Langsam verstand ich, warum Buddha dieses Universum als grundlose Leere bezeichnet hatte. Ich war nicht abgeneigt, ihm Recht zu geben.

Dann kam, wie durch ein Wunder, das Licht zurück.

Mit einem Mal erhellten sich alle Fenster in Mellieha, und von der Höhe aus konnte man die gesamte Küstenstraße entlang gelbe Vierecke aufleuchten sehen, ein Ort nach dem anderen. Der eigentlich ganz gewöhnliche, übliche Anblick von Licht in den Häusern der Leute wurde zu mehr als einem Jahrmarkt, er wurde zu einer Illumination, einer Verblendung, einer kosmischen Zaubernummer, einer Flut von Märchenlichtern. Der Strom war zurückgekommen, und die Welt existierte wieder.

Und ich stand nur wenige Meter entfernt von der Stelle, an der Grech und ich uns getrennt hatten.

Ich hielt nach ihm Ausschau, und als ich nach oben spähte, konnte ich nicht umhin, ich stieß eine Art Schrei aus.

Am äußersten Ende eines Felsvorsprungs, auf einem spitz zulaufenden Felsrücken direkt über dem Wasser, standen sich zwei Männer gegenüber. Der eine hielt eine Pistole in der Hand. In dem neuen Licht erschienen die beiden wie dramatische schwarze Silhouetten, gegen den Himmel von einer gigantischen Hand gezeichnet, wie ein Stillleben, wie eine Collage, in einer eingefrorenen, ballettartigen Bewegung.

Es war unmöglich, die beiden Männer zu identifizieren. Der eine war größer als der andere, das war alles. Und der größere stand außen am Felsrand, und der kleinere hatte eine Pistole, die er hob, während er langsam nach vorn ging.

Mit einem Mal sprang der Große vor und schlug dem anderen in einem Tigersprung in den Bauch, während er gleichzeitig nach der Hand mit der Pistole trat. Die Pistole ging in der Luft los und verschwand aus dem Blickfeld, und die beiden Männer wälzten sich auf der Erde, sodass nicht zu erkennen war, wer wer war oder wer in diesem Gewühl von menschlichen Gliedern die Oberhand hatte.

Kurz darauf standen beide wieder, der Große immer noch am äußeren Rand, beide gekrümmt und vornübergebeugt, als schnappten sie nach Luft.

Hinter mir hörte ich Lärm. Zwei Beamte, die ich nicht kannte, kamen zwanzig Meter unter mir zum

Vorschein und stellten sich neben mich. Der eine Beamte zog eine Pistole hervor, betrachtete erneut die Szenerie, fluchte leise und schob sie wieder in die Tasche.

»Das wird bös enden«, sagte der andere. »Vielleicht wäre es am besten, wenn wir beiden in die Beine schießen.«

Lärm von den verschiedenen Seiten bewies, dass weitere Patrouillen von dem Anblick angezogen worden waren und sich heranarbeiteten, aus verschiedenen Höhen und Himmelsrichtungen nach vorn, nach oben oder nach unten. Wer sich da auch schlug, sie würden bald umringt sein.

Die Silhouetten sahen aus, als boxten sie jetzt, als führten sie ein vollkommen stilsauberes Match nach Punkten durch. Der Kleinere deckte seinen Unterkörper mit einer Hand, als wäre er dort verletzt oder wüsste zumindest, dass das sein schwacher Punkt war. Der Große ging mit beiden Fäusten vor und warf den Kleineren zu Boden. Dann wälzten sie sich wieder umeinander.

»Halt! Sie sind umstellt!«, rief eine verzerrte Stimme, die ich als Muscats erkannte.

Ein Warnschuss wurde über ihre Köpfe abgefeuert. Keiner von beiden schien etwas davon zu bemerken. Sie rollten, und sie rollten bedrohlich nah an den Abgrund.

Der Kleine erhob sich in beunruhigender Eile, – plötzlich schien es, als spulte jemand den Film vor oder ließ ihn in doppelter Geschwindigkeit durchlaufen – und gab dem Großen zwei kräftige Kinnhaken. Der Große war noch nicht ganz hochgekommen, er war gerade dabei, aufzustehen, und die Schläge schickten ihn wieder einen halben Meter zurück. Der Kleine rückte behände vor und versetzte ihm einen Tritt zwischen die Beine.

Der Große schwankte, versuchte sich nach vorn zu werfen, traf aber auf einen Stiefelabsatz und fiel dadurch noch einen Schritt weiter zurück.

Einen Schritt zu weit. Er war so nah am Abgrund, dass er das Übergewicht bekam.

Für einige Sekunden stand er schwankend auf der äußersten Felsenspitze und tanzte ein wahnsinniges Ballett, als hoffte er immer noch, er könnte die Schwerkraft überwinden. Dann knickten die Beine unter ihm weg, und er kippte nach hinten in einer Bewegung, die einem halben Salto mortale rückwärts ähnelte – in die Tiefe hinab, hinunter in Buddhas endlose Leere.

Wir alle standen wie angewurzelt und verfolgten seinen unendlich langsamen, unabwendbar langsamen Fall. Wir alle sahen ihn zu Füßen der Klippen landen, auf den großen Felsen direkt am Rand des Wassers. Wir bildeten uns sicher alle ein, dass wir hörten, wie seine Hirnschale auf den Steinen zerbrach.

Danach lag er unbeweglich da.

Eine stille Prozession, eine kleinere Völkerwanderung folgte. Aus allen Ecken heraus holten Polizisten tief Luft und gingen dann zur Felsenspitze, wo der kleinere Mann stand und seine Arme und Beine massierte, sich vor und zurück beugte, wohl um zu untersuchen, ob er irgendeinen Dauerschaden davongetragen hätte, und schwer pustend wieder zu Atem kam.

Nach drei, vier Minuten waren die Ersten von uns auf dem Felsvorsprung angekommen. Der allererste Mann schwenkte seine brennende Taschenlampe, als wollte er eine frohe Botschaft signalisieren.

Die frohe Botschaft war, wie ich feststellen konnte, als ich angekommen war, dass Grech der Überlebende war.

35

Grech stand da – so eng von seinen Kollegen umringt, dass sie bei der geringsten Bewegung, der äußersten, dasselbe Schicksal wie Azzopardi ereilen würde – und sah aus wie ein professioneller Fußballspieler, der von seinen Mannschaftskameraden geküsst und umarmt wird, nachdem er den Siegesschuss gelandet hat. Er war knallrot im Gesicht und schnappte nach Luft.

»Bist du verletzt?«, fragte Muscat unruhig.

»Das ließ sich nicht vermeiden«, sagte Grech mit einem schiefen Grinsen. »Aber es ist mein Fehler. Ich hatte eine Flasche Cognac in der Brusttasche. Ich glaube, deren Splitter stecken überall im Körper.«

»Wie oft habe ich dir gesagt ...«, begann Muscat.

»Ja, das hast du«, fiel Grech ihm ins Wort. »Das hast du.«

Ein paar der Polizisten grinsten auch.

»Woher kam er?«, fragte Muscat, mit einem Finger auf die Felsen in der Tiefe deutend.

»Er hatte sich in eine der Höhle verkrochen«, sagte Grech. »Ich habe ihn entdeckt und wollte ihn aufhalten. Er schoss einmal nach mir, hat aber nicht getroffen. Dann ist er abgehauen. Er lief schneller als ich, aber ich hatte die Taschenlampe und konnte ihm folgen. Entweder kannte er den Steilhang hier nicht, oder er war einfach in Panik – jedenfalls nahm er den idiotischsten Weg, der direkt auf die Felsspitze führt. Und entweder hat er seine Pistole unterwegs verloren, oder er hat sie mit dem Fehlschuss auf mich leer geschossen. Ich versuchte ihn dazu zu bringen, freiwillig mitzukommen, aber das wollte er nicht, und nachdem er mir die Pistole aus der Hand getreten hatte, wusste ich, es hieß nur: er oder ich.«

»Ist vielleicht am besten so«, murmelte Borg.

Die typische Banalität, jedes Mal, wenn ein Verbrecher stirbt. Dann gibt es immer mindestens einen Bullen, der sie aus dem Klischee-Lager hervorzieht und für solche Gelegenheit herausputzt.

»Das war ganz fantastisch gemacht«, sagte Muscat bewundernd. »Ich wusste gar nicht, dass du solche Kräfte hast.«

»Habe ich auch nicht«, erwiderte Grech trocken. »Das war ganz einfach ein ekliger, fieser Tritt ins Zwerchfell, der den Ausschlag gegeben hat. Ich hätte es keine zwei Minuten länger durchgehalten. Da war nichts anderes zu machen.«

»Komm, wir müssen runter und die Leiche holen«, sagte Muscat, den Arm um Grechs Schulter gelegt. »Dich fahren wir auf dem Rückweg nach Hause.«

»Fahrt mich lieber zu einer geöffneten Bar«, brummte Grech.

Borg flüsterte mir leise zu: »Dieses eine Mal bin ich ja sogar verdammt nochmal seiner Meinung. Wir brauchen alle zusammen einen großen Drink auf Kosten der Firma.«

Borg fluchte sogar. Der Tod kann die Menschen ziemlich verändern, wenn er ab und zu sein Knochengesicht vorzeigt und sein Skelett zum Lüften heraushängt.

Im Gänsemarsch, ein wenig von den letzten Lichtern der Stadt erleuchtet, ein wenig von den restlichen Taschenlampen sowie noch ein wenig extra von dem krummen, jetzt bösartig und arrogant aussehenden Mond, stiegen wir zum Fuß der Felsen hinunter. Der Regen war inzwischen etwas schwächer geworden. Nicht, dass das einen größeren Unterschied für uns machte.

Einige rutschten unterwegs aus und fluchten, aber niemand kümmerte sich wirklich um so etwas. Die Jagd war vorbei.

Zwei Beamte, die ich nicht kannte, unterhielten sich vor mir über Kaffee. Wenn man sie hörte, sollte man meinen, es wäre das erste Mal in ihrem Leben, dass ihnen wirklich klar war, wozu Kaffee gut war. Vielleicht stimmte das ja auch.

Azzopardi lag auf den Felsen, als wäre er im letzten Augenblick aus seiner zusammengekrümmten Sprunghaltung gestreckt worden. Der Hinterkopf war eine unförmige Masse, voll mit Blut, das sein Haar in dem jetzt herrschenden Licht einer obszön grinsenden, maskenartigen Mondsichel rot färbte. Seine Augen waren offen. Ich hatte noch nie zuvor eine Leiche mit offenen Augen gesehen.

Sie starrten zum Felsvorsprung hinauf, als überlegten sie immer noch, wie sie dort wieder hinaufkämen, um Rache zu nehmen, auch wenn der Rest des Körpers sie verlassen hatte. Sie sahen aus, als wären sie der einzige Teil von Tony Azzopardi, der den Sturz überlebt hatte.

Einen Moment lang kam mir der Gedanke, dass er noch am Leben sein könnte, ein Leben wie das einer Qualle mit Augen und Mund, während alles andere am Körper gebrochen und kaputt wäre.

Dem war aber nicht so. Als Muscat seine Augen schloss, blieben sie geschlossen.

Zwei Beamte versuchten ihn an Armen und Beinen zu fassen. Sie mühten sich reichlich mit ihm ab.

»Nun kommt schon«, sagte Muscat ungeduldig mit einem Blick über die Regentropfen auf dem Meer. »Nun kommt schon, so verdammt schwer ist er ja nun auch nicht.«

»Nein«, bestätigte Borg, der an der einen Seite der Leiche stand. »Nein, aber schwer zu tragen. Er hat beide Beine gebrochen.«

Mit einer leichten Bewegung, als wäre er in einem früheren Leben Chirurg gewesen und hätte sich dabei die notwendig sicheren und geschmeidigen Finger angeschafft, hob er Azzopardis rechtes Bein an und demonstrierte, dass es so gliedlos wie das einer Stoffpuppe und in alle Richtungen zu bewegen war.

»Dann müssen wir ihn im Krankensitz tragen«, sagte Muscat.

Drei Beamte trugen Tony Azzopardis gebrochene Leiche zurück, die Hände unter seinem Hintern und die Arme um seinen Hals in festem Griff. Das sah grotesk aus. Er sah aus wie ein Weltmeister im Profi-Weltergewicht, der nach dem Kampf im Triumph von seinen begeisterten Anhängern in die Kabine getragen wurde.

Dann setzte sich die Prozession – nunmehr etwas formloser als bei ihrem Aufmarsch – wieder in Gang, zurück nach Mellieha.

Ehlers war irgendwo in der Mitte.

»Nun«, sagte ich und schlug ihm auf die Schulter, »was meinst du, du alter Kopfjäger?«

Meine Stimme zitterte leicht. Aber ich hatte die Genugtuung, dass seine das auch tat.

»Ich habe selten Schlimmeres erlebt«, sagte er nachdrücklich. »Und ich dachte eigentlich, ich wäre ein ziemlich erfahrener Polizist! Ich bin seit Jahren nicht mehr so nervös gewesen.«

»Dann denk an Grech«, schlug ich hilfsbereit vor.

»Ich denke lieber an was anderes«, sagte Ehlers. »Woran ich am liebsten denken möchte, das sind meine Frau und meine Kinder und die Stimmung zu Hause, kurz bevor wir alle zusammen essen wollen, wenn ich mal zu Hause bin, und die Stimmung, wenn wir die Kinder ins Bett bringen. Solche Gedanken brauche ich.«

»Aber woran ich wirklich denke«, fuhr er fort, hastig wie immer, wenn ein Fall abgeschlossen oder etwas Furchtbares passiert war, sodass es schien, als gingen derartige Ereignisse ihm so nahe, dass die einzige Möglichkeit, ein zumindest vorläufiges Ventil dafür zu finden, darin bestand, zu reden wie ein Wasserfall: »Woran ich denke, ist die Tatsache, dass wir jetzt höchstwahrscheinlich nie wirklich erfahren werden, was passiert ist.«

»Wir haben ja noch Ronnie. Er wird morgen reden können.«

»Falls er der einzige Überlebende ist, wäre es äußerst klug von ihm, überhaupt nichts zu sagen.«

»Wir haben Schembri, mit dem wir ihn unter Druck setzen können.«

»Wollen wir's hoffen. Auf jeden Fall ist es ziemlich wahrscheinlich, dass es eine ganze Menge gibt, was die beiden nicht wissen und was wir nie erfahren werden.«

»Ich kann ganz gut damit leben, nicht alles zu wissen.«

»Ich auch, aber lieber wüsste ich es.«

»Das ist mir egal. Das Leben ist doch nur eine Geschichte, die von einem Idioten erzählt wird, voller Krach und Radau, und ohne Bedeutung.«

»Wer sagt das?«

»Shakespeare.«

»Er war auch kein Polizist.«

»Aber immerhin eine Art Detektiv.«

Wir hatten den Stadtrand erreicht und gingen alle, wie zufällig, an Tony Azzopardis Haus vorbei.

In der Stadt waren nicht mehr viele Lichter zu sehen. Spiteri stand immer noch Wache und bekam den Befehl, dort zu bleiben.

Gleiche Order ließ Muscat Fenick zukommen.

»Wir wollen nichts riskieren«, sagte er zu Ehlers.

»Gut«, sagte Ehlers. »Wann willst du ihr Bescheid geben?«

»Morgen«, erklärte Muscat erschauernd. »Um Gottes willen, nicht vor morgen.«

Niemand war bei dem Regen auf der Straße. Niemand würde morgen in den Geschäften klatschen können. Niemand würde wissen, was an diesem Abend in den Felsen hinter Mellieha geschehen war, außer dieser Gesellschaft uniformierter Polizisten sowie einiger Outsider ohne Uniform.

Als wir in die Straße hinab einbogen und übers Meer blicken konnten, bekam ich eine Halluzination. Nicht wie ein Betrunkener, der doppelt sieht, nicht wie einige Alkoholiker, die behaupten, sie sähen rosarote Elefanten oder schwarz glänzende

Büffel, sondern ein klares, deutliches Bild wie das der beiden Männer auf dem Felsvorsprung.

Der Mond war höher gestiegen und schickte seine Strahlen übers Wasser, und die dünnen Strahlen bildeten ein Geflecht aus Haar, aus langen, blonden Haaren. Die Haare verbanden sich mit einem Gesicht aus Wellen, und das Bild wurde zu einer Frau. Die gesamte Mellieha Bay war von einer Frau erfüllt, einer Frau, die sich langsam auf der Wasseroberfläche hin und her wiegte, während ihr langes Haar sie zu allen Seiten umfloss.

Es war Helle. Es war Helle in enormer Größe, die dort unten im Wasser lag und einem Wesen aus einem Märchen oder einem Horrorfilm ähnelte, einem Albtraum von einem Wesen, das zu Wasser geworden war und vom Mond zum Leben erweckt wurde, ein Wesen, das sich aus dem Wasser erheben und mich holen, mich umfangen, mich zu sich ins Wasser ziehen würde, in dem wir verschwinden würden bis auf gewisse Nächte, in denen der Mond uns wieder herausziehen würde. Es war Helles Seele, die der Mond gefunden hatte und nun auf den Wellen abbildete.

Nein, es war nicht Helle, sie hatte einen anderen Blick, sie ähnelte Helle, aber es war Hanne. Es war Hanne, die dort in den Wellen lag, jetzt war also Hanne tot. Ich war es, ich war der Tod, alles, was ich berührte, alle Menschen, die ich traf, vor allem Frauen, waren nach meinem Eintreten in ihr Leben dem Tod geweiht. Ich war schlimmer als der Kaiser aus dem alten Mythos, der alles in Gold verwandelte, denn ich führte den Tod mit mir, er saß in meinen Fingern. Jeder, den ich streichelte, starb.

Nein, es war nicht Hanne. Ein dunkler Schatten

glitt über das Meer, ein dunkler Rauch schien die fließende Frau zu färben, und als sie schwarze Haare bekam, sah ich, dass es Gitte war. Es war Gitte auf Malta mit ihrem langen schwarzen Haar, aber Gitte war nicht tot, konnte nicht tot sein, Gitte war das Leben, Gitte trug das Leben in sich. Das konnte nicht stimmen, das konnte nicht ...

Etwas zerrte und zog inwendig an mir.

Etwas anderes zerrte und zog von außen an mir.

Ehlers.

»Was ist los?«, fragte er. »Bist du krank?«

Ich schaute wieder aufs Meer hinaus. Die Wellen rollten gut gelaunt. Die Wellen rollten, wie sie es seit tausenden von Jahren taten, immer und immer wieder, gegen die Steine, Klippen und Küsten. Die Wellen warfen sich vor und sprangen zurück wie fröhliche Kinder, die immer wieder die Rutsche hinuntersausen.

Der Mond sah glänzend und höhnisch aus. Er sah aus, als wäre er aus Papier und gerade erst vor fünf Minuten von einem japanischen Laternenmacher aufgehängt worden.

»Nein«, sagte ich. »Nein, nein.«

Es schien, als zöge sich das Wasser langsam zurück, sowohl im Meer, in dem die Frau wahrscheinlich langsam wieder hinausgetrieben wurde, als auch unter unseren Füßen in den Straßen, von wo es ins Meer hineinfloss, als hätte das Meer sämtliche Wellen nach dem Manöver nach Hause gerufen, genauso wie Muscat seine Leute nach Haus gerufen hatte.

Ich weiß nicht, was eigentlich passierte. Ich bin kein Psychiater, und ich werde niemals einem Psychiater davon erzählen.

Wir gingen stumm weiter, hinunter zum Platz zwischen Polizeirevier und Kirche, wo die Truppen erneut gesammelt wurden und sich nunmehr erleichtert und abwartend um die Autos aufstellten, die wir vor wenigen Stunden verlassen hatten.

36

Es muss gegen 23.00 Uhr gewesen sein, als der Konvoi sich erneut in Gang setzte und Mellieha mit der Leiche verließ.

Azzopardi war immer noch unter Borgs Kontrolle. Muscat, Ehlers, Grech und ich fuhren an der Spitze des Aufzuges durch die restlichen Brecher, dieselbe Route, die wir inzwischen auswendig kannten – über St. Paul's, durch Bugibba, durch Bahar-ic-Caghaq, wo keiner von uns es lassen konnte, nach links auf Ronnie's Bar hinauszusehen, durch St. Andrew's, St. Julian's, Sliema, Valletta ...

Unterwegs lösten sich ab und zu Polizeiwagen aus dem Konvoi, um ihre normalen Abendrunden in Qormi, Sliema, Msida, Mgarr, oder wo sie sonst hingehörten, wieder aufzunehmen. Jeder ließ zum Abschied ein Hupen ertönen, wie eine Art Pfadfindergruß.

In Valletta hatte der Weihnachtswahnsinn seit letztem Mal noch um einen Zahn zugelegt. Ein großer, mechanischer Santa Claus begrüßte uns in einem erleuchteten Schaufenster und sang von einer Kassette von Frieden, Vergebung und dem Fest des Herzens, umgeben von Krippen, Tannenzapfen und künstlichem Schneetreiben. Ich hätte ihn am liebsten dort getreten, wo Grech Tony Azzopardi getreten hatte.

Bei dem großen Polizeirevier, genau neben der Klinik, blieben die drei Wagen, die noch übrig waren, stehen. Die Insassen des hintersten Wagens eilten hinein zum Dienst, die des mittleren, Borgs, begannen Azzopardi in die Klinik zu tragen. Die des ersten Wagens, wir, standen einen Augenblick lang stumm vor dem Polizeirevier.

»Willst du, dass wir dich nach Hause fahren?«, fragte Muscat Grech.

»Nein, danke«, entgegnete Grech. »Ich wohne nicht so weit von hier, weißt du. Ich geh noch runter ins Britannia und gönne mir einen Drink. Den brauche ich.«

»Aber deine Verletzungen?«, fragte Muscat.

»Geht schon in Ordnung«, antwortete Grech. »Ich bin schon früher von Flaschen verletzt worden.«

Er sagte das, als meine er etwas ganz anderes.

Ich wollte Ehlers gerade die traditionelle Frage stellen, ob ich beim Bladet anrufen dürfte und was ich im gegebenen Falle erzählen dürfte, als ein neuer Bulle aus dem Polizeirevier angelaufen kam und Muscat zur Seite zog, was umgehend dazu führte, das Muscat Ehlers zur Seite zog. Als sie mit ihrem hübschen Tête-à-tête endlich fertig waren, hatte ich Gelegenheit, meine Frage zu stellen.

»Ja«, sagte Ehlers. »Ja, natürlich. Wann hast du deine Deadline?«

»Spätestens um 2 Uhr. Wenn's sich lohnt um 2.30 Uhr. Wenn es um das geht, was mein Chefredakteur als ›Dynamit, mein Junge!‹ bezeichnet, kann es bis 3 Uhr sein.«

»Dann warte noch eine Stunde. Damit verlierst du nichts. Ich werde dir dann einen Bescheid zukommen lassen.«

»Komm mit ins Britannia und hol dir einen Drink«, schlug Grech leutselig vor.

Muscat stampfte ungeduldig auf den Boden. Ganz gleich, was er und Ehlers tun wollten, auf jeden Fall eilte es.

»Was ist denn los?«, fragte ich.

»Warte noch diese eine Stunde«, entgegnete Ehlers, und fast lief er hinter einem äußerst geschäftigen Muscat – nicht zum Polizeirevier, sondern zum Krankenhaus.

Grech steuerte in seinem üblichen, langsamen Trab das Britannia an, quer über den großen, leeren Platz des Ausstellungspalastes und runter in den halb gefüllten Bierkeller mit den Dartscheiben. Ein Radio lief und ließ verkünden, fast genau in dem Moment, als wir eintraten, dass die Bevölkerung nicht länger Grund habe, sich über die früheren Mitteilungen hinsichtlich des gesuchten, bewaffneten Tony Azzopardi Sorgen zu machen, da die Polizei ihn am Abend ›aufgegriffen‹ habe. Die Polizei danke der Bevölkerung für deren Hilfe.

Grech zeigte sein schiefes Grinsen. »›Aufgegriffen‹ ist genau das richtige Wort, nicht wahr?«

Ich nickte, und er führte uns zu einer ruhigen Ecke, von der aus wir alle sehen konnten, aber kaum jemand uns.

Die meisten sahen aus, als wären sie schon seit Beginn des Stromausfalls hier.

»Jetzt bin ich dran«, sagte ich. »Und vielen Dank fürs letzte Mal.«

Er grinste noch schiefer, ein Clownsgrinsen. Wir

tranken Kaffee und Cognac, und dadurch strömte ein wenig Wärme in den Körper zurück.

»Die sahen aus, als wäre gerade etwas passiert, nicht wahr?«

»Dem ist auch so«, antwortete Grech und leerte sein Glas. Dieser Mann war wie ein Fass ohne Boden. »Verflucht, es ist was passiert, schon wieder.«

»Woher weißt du das?«

»Nun ja, ich habe gute Ohren. Ich habe gehört, was Polizeiassistent Fava Muscat gesagt hat.«

»Und was war das?«

»Zwei Cognac! Doppelte! Nun ja, er hat gesagt, dass Ronnie bei Bewusstsein sei und bereit, eine ganze Menge Dinge und Tatsachen zu erzählen.«

»Das ist ein guter Grund, es eilig zu haben.«

»Na ja, ich hätte es ihnen ebenso gut erzählen können.«

»Was meinst du damit?«

»Hör zu«, sagte Grech und stützte seine Ellbogen auf den Tisch, während er sich vorbeugte und mich mit einem scharfen, vogelähnlichen Blick ansah. »Hör zu, ich weiß bis aufs i-Pünktchen, was passiert ist.

Aber wenn ich dir was erzählen soll, musst du mir eine Sache versprechen. Ist das in Ordnung?«

»Wenn ich nicht gerade jemanden erschießen soll.«

»Du sollst nur eine Nachricht überbringen.«

»Wem?«

»Muscat.«

»Okay.«

»Nun hör zu: Hauschildt und Azzopardi hatten diesen kleinen Drogenring, wie du weißt, und sie haben sich zerstritten. Azzopardi hat herausgefunden, dass Hauschildt ein Trottel ist. Er wäre nicht nur reichlich unzuverlässig, sondern auch noch ziemlich unausgeglichen – aufgrund seines Schnapskonsums, meinte Tony, obwohl ich mir dessen nicht so sicher bin, mich hat der Schnaps immer eher ausgeglichen gemacht. Noch zwei Cognac!

Und dann kriegte er langsam Verfolgungswahn, deinen Landsmann meine ich. Als er die Frau da oben im Holiday Centre sah, glaubte er, ihm würde nachspioniert. Er kannte die Frau, und soweit ich verstanden habe, arbeiteten die beiden in derselben Firma, und vielleicht stimmte ja auch was zwischen ihm und seiner Firma nicht, ich weiß es nicht, aber so unwahrscheinlich klingt es nicht für mich.

Er dachte also, sie wäre von der Firma geschickt, um ihn im Auge zu behalten, und dass man ihn eventuell bei der Kopenhagener Polizei angeschwärzt hatte, und dann gingen ihm die Nerven durch – er bekam die absolute Panik, und er hat sie vollkommen kopflos und ohne echten Grund umgebracht.

Er hätte sich sowieso nicht mehr lange gehalten, sage ich dir. Wenn es etwas gibt, was ein Drogenhändler braucht, dann ist es Ausgeglichenheit.«

Grech trank.

»Nun ja, Tony fürchtete, dass Hauschildts Idiotie das Geschäft kaputtmachen würde, wenn er wegen der einen Sache geschnappt werden würde, gäbe es das Risiko, dass er über die andere plauderte, und deshalb sprach er mit Ronnie drüber, und sie wurden sich einig, dass Hauschildt, weil er der Einzige war, der die beiden miteinander in Verbindung bringen konnte, lieber aus dem Weg geräumt werden sollte.«

»Ja«, bestätigte ich. »Maria Azzopardi hat das gesehen.«

Er stellte sein Glas ab. »Wirklich, hat sie das?«, fragte er überrascht. Dann verschwand seine Verwunderung, und er fügte hinzu: »Dann verstehe ich gewisse Dinge besser.

Um aber die ganze Geschichte abzukürzen: Sie haben ihn erschossen und rausgeworfen. Um jetzt ihre Schäfchen im Trocknen zu haben, mussten sie nur noch das Morphium beseitigen, und das taten sie auf die Art und Weise, der du selbst beigewohnt hast. Und weil sie keine Lust hatten, es bei sich zu Hause aufzubewahren, kam Tony drauf, es in den Safe seines Vaters zu legen.

Das heißt, das hatte er eigentlich nicht so geplant, er hatte nur die Idee, den Stoff irgendwo im Haus seines Vaters unterzubringen, weil niemand dem alten Mann misstrauen würde. Aber als er dann dorthin kam und seinen Vater tot auffand ...«

»Was sagst du?«

»Ich sagte, dass der alte Paul bereits Selbstmord begangen hatte, als Tony ankam. Ganz hübsch und ordentlich. Er ahnte nichts, von den Sachen mit Tony meine ich, da bin ich mir ganz sicher, und ich glaube, er hat seinen Selbstmord schon lange geplant. Ich bin trotz allem in den letzten zwanzig Jahren bei ihm aus und ein gegangen, und ich habe gesehen, wie es ihm immer dreckiger ging. Ich wusste ebenso wenig wie alle anderen, dass er drogensüchtig war, aber ich wusste, dass er ein Scheißleben hatte, und deshalb hat es mich nicht sonderlich überrascht. Tony hat es überrascht, als er von der Obduktion gehört hat. Tony bewunderte seinen Vater, aber er verstand überhaupt nichts von ihm, er konnte nicht mit ihm empfinden, er hatte keine Ahnung, wie es ihm in Wirklichkeit ging. Das ist sicher das übliche Verhältnis zwischen Eltern und Kindern. Nun ja, der alte Paul war auch so ein Fassadenmensch. Man musste ihn schon lange kennen, um ihn ein wenig zu durchschauen. Und außerdem durfte man ihn möglichst nicht bewundern, so wie Muscat es tat, denn dann sieht man gar nichts.

Du bist an der Reihe«, schloss Grech.

Erst als der Kellner gegangen war, fuhr er fort: »Auf jeden Fall kam Tony so weit über den Schock hinweg, dass er es schaffte, sein Morphium in den Safe zu verfrachten – ironischerweise ohne zu wissen, dass sein Vater abhängig war –, und dann ging er wieder, runter zu Ronnie. Habe ich vergessen, dass er ganz einfach die Pistole seines Vaters ›geliehen‹ hatte, als er Hauschildt erschoss, und sie dann zurücklegte, als Paul in Mellieha war? Verflucht dumm und typisch fantasielos, aber er konnte natürlich nicht wissen, wozu Paul sie benutzen würde, oder dass Paul sie überhaupt benutzen würde. Ein richtiges Schoßkindchen, dieser Tony. Immer hinter Papa verstecken, nicht wahr?

Und dann kam erst die wirklich gefährliche Phase, denn jetzt wusste Ronnie einfach zu viel, und ich möchte wetten, dass Ronnie Tony die Daumenschrauben angesetzt hat und ihm zu verstehen gegeben hat, dass er der Polizei sehr interessante Geschichten erzählen könnte, wenn nicht mehr Geld nach Bahar-ic-Caghaq hinausflösse. Tony grübelte darüber nach und kam zu dem Ergebnis, dass er etwas tun müsste. Also ging er hin und schoss ihn nieder, mit einer Pistole, die er sich von ihm selbst geliehen hatte, und das machte er unglaublich tollpatschig, was schuld daran ist, dass Muscat und dein Polizistenfreund jetzt alles wissen – oder jedenfalls einen sehr großen Teil davon.«

Er leerte erneut sein Glas mit einem Zug.

»Und woher weißt du das?«, fragte ich.

»Von Tony«, antwortete Grech mit einem erneuten schiefen Grinsen und einem komödienhaften Augenzwinkern. »Er hat mir alles hinterm Haus erzählt, während ihr drinnen gesessen und mit Maria geredet habt, oder genauer gesagt hat er mir alles das erzählt, was ich noch nicht wusste oder nicht erraten hatte. Deshalb taten wir danach, als wenn er fliehen würde. Eine äußerst gute Vorstellung, wenn ich es selbst so bezeichnen darf. In meiner Jugend war ich Amateurschauspieler.«

»Warum?«, fragte ich.

»Warum was?«, fragte Grech, »Amateurschauspieler?«

»Nein. Warum hat er dir alles erzählt?«

»Kannst du dir das wirklich nicht selbst zusammenreimen? Ich habe immer gedacht, ihr Journalisten wärt so schlau. Ich habe nie gedacht, dass ihr besonders klug oder besonders tief schürfend wärt, aber für einigermaßen schlau habe ich euch doch schon gehalten.

Überleg mal«, sagte Grech, erneut mit den Armen auf dem Tisch. »Glaubst du, so ein junger Typ wie Tony könnte ganz allein ein funktionierendes Drogennetz organisieren? Glaubst du, er hatte genügend Kontakte nach Sizilien? Glaubst du, er könnte dafür sorgen, mit einem geeigneten dänischen Agenten in Kontakt zu kommen? Glaubst du nicht, dass das alles einen Funken mehr Erfahrung, Routine und organisatorisches Talent erfordert?«

»Er hatte also einen Hintermann?«

»Er hatte einen Hintermann. Einen ziemlich tüchtigen und gerissenen Hintermann, wenn ich es selbst sagen darf. Mich.«

»Dich?«

»Ja. Ich bin schon seit Jahren der Polizeiarbeit überdrüssig. Als ich einmal auf Sizilien war, bekam ich die Chance. Ich hatte gehofft, ich würde so viel damit verdienen, dass ich aufhören könnte, als Bulle zu arbeiten. Das tat ich auch, aber mein größtes Kapital bestand ausgerechnet darin, dass ich ein Bulle war, deshalb konnte ich doch nicht aufhören. So saß ich zwischen allen Stühlen. Und das seit mehreren Jahren. Und das habe ich schon seit langem satt.«

Ganz automatisch streckte ich die Hand nach meinem Cognac aus, um diese Neuigkeiten hinunterzuspülen. Sein Glas war leer.

»Du siehst nicht empört aus?«, fragte er.

»Junkies wollen ihre drugs«, sagte ich, »und die besorgen sie sich unter allen Umständen. Wenn der eine sie ihnen nicht verkauft, dann der andere. Man weiß, es wird sowieso gemacht. Aber manchmal ist man doch überrascht, wer das so macht.«

»Tja«, entgegnete Grech sanft, »der gleichen Meinung war ich auch immer. Aber ich muss zugeben, ich bekam doch einen ziemlichen Schock, als ich entdeckte, dass der alte Paul einer meiner potenziellen Kunden war.«

Er starrte inspizierend zum Ausgang.

»In kurzer Zeit, wenn Ronnie fertig geredet hat, werden sie zu mir kommen«, sagte er. »Tony hat Ronnie viel zu viel erzählt, und Muscat ist nicht dumm. Ich bin zu alt, um auf die Nachforschungen und das Gerichtsverfahren zu warten, von beidem habe ich schon genügend gesehen. Wenn sie also kommen, werde ich auf die Toilette gehen und mich erschießen, ich habe die Pistole oben auf dem Felsen aufsammeln können. Lass mich noch einen letzten Cognac trinken, okay?«

Ich bestellte. Mein Gehirn war ein chaotisches Flimmern von Gedanken, die versuchten, sich auf das zu konzentrieren, was er alles gesagt hatte.

»Ja, aber«, sagte ich verwirrt, »du und Tony da auf dem Felsen?«

»Er hat anderthalb Morde begangen«, erklärte Grech. »Da gab es keinen Weg zurück, er würde dafür zur Rechenschaft gezogen werden. Und auf diese Art und Weise war es besser für Maria.«

»Für Maria?«

»Ja, denn jetzt bekommt sie einen neuen Start in ihrem Leben. Tony ist fort, und sie wird den alten Paul beerben. In Zukunft wird sie ihr Leben leben können, wie sie es wünscht. Sie hat alle Möglichkeiten, sie ist frei. Das ist fast das Beste, was ein Vater seiner Tochter geben kann.«

»Bist du Marias Vater?«

»Nicht laut Taufschein, aber in der Praxis, ja. Nur um ihr zu helfen, gab ich Tony Arbeit, damit sie zumindest ein paar Sachen bekam. Im Endeffekt habe ich ihr vielleicht am meisten damit geholfen, dass ich ihn über den Abgrund geschubst habe. Vergib einem sterbenden Mann seine letzten Zynismen.«

Er hob sein Glas. »Das letzte Glas von reichlich vielen«, sagte er mit seinem schiefen Grinsen. Dann kippte er es hinunter und stand auf.

»He«, sagte ich. »Was war das für ein Versprechen, was sollte ich denn Muscat auszurichten?«

Bereits auf dem Weg hinaus zur Toilette drehte er sich um und sagte ruhig: »Dass Maria mich beerbt – so viel Geld, wie als gesetzlich erlaubt angesehen wird, und in dem Zusammenhang werden sie nie etwas beweisen können – und dass weder Muscat noch sonst jemand ihr erzählt, wer ihr biologischer Vater ist. Ihre Mutter ist tot. Lass sie nie etwas von mir erfahren. Leb wohl, und danke für die Drinks.«

Er ging quer durch den Raum, während ich sitzen blieb und ihm nachschaute, seinen gebeugten Rücken betrachtete und seine vorsichtigen Schritte. Merkwürdig, merkwürdig. Das Leben behandelt die Menschen auf die merkwürdigsten Arten, und die Menschen entwickeln sich dementsprechend und behandeln und formen ihr eigenes Leben auf die gleiche Art und Weise. Was hätte nicht alles aus Grech werden können?

Was war dieser Fall nur für ein Blindspiel?

A ermordet B, weshalb C und D A ermorden. E begeht währenddessen zufällig Selbstmord, woraufhin C versucht D zu ermorden und durch die Hand von F stirbt. So sah die Resultatliste aus.

Wenn das ein Kriminalroman wäre, würde jeder denken, dass die Handlung nicht richtig zusammenhing. Aber im Leben hängen die Handlungen nie zusammen.

Vielleicht haben wir deshalb Romane und Filme.

Weiter war ich nicht gekommen, als irgendeins der maltesischen Radios ausgerechnet die Melodie ›Over the Rainbow‹ spielte.

Gleichzeitig kamen Muscat, Ehlers und Borg ins Britannia und sahen sich von der Tür aus forschend um.

Und gleichzeitig ertönte von der Herrentoilette

her ein Schuss. Jetzt hatte auch Grech das andere Ende vom Regenbogen erreicht.

Jedenfalls war er nicht gestorben wie Helle: ›kopflos und ohne Grund‹.

37

Der Schuss hallte in Britannias Kellerakustik wider, aber niemand kümmerte sich darum. Entweder waren die Leute zu blau, oder sie glaubten, draußen sei etwas passiert, was sie nichts anging.

Ehlers ging zum Kellner und sagte ihm ein paar Worte, während Muscat und Borg zur Toilette gingen. Ein paar Minuten später kamen sie wieder zurück, scheinbar mit einem hilflosen Kollegen zwischen sich, einem schlaffen, knochenlosen Kollegen, der gestützt und nach Hause gebracht werden musste. Während Ehlers immer noch mit dem Kellner sprach, gingen sie unangefochten mit ihm hinaus, ebenfalls leicht schwankend, als hätten sie selbst zu viel gekriegt.

Das hatten sie vermutlich auch. Nicht zu viel Schnaps, sondern zu viel Wirklichkeit.

Als sie draußen waren, kam Ehlers zu mir und schaute anklagend die beiden leeren Gläser an.

»Ja«, sagte ich. »Er hat mir alles erzählt.«

»Wiederhole jede Silbe«, sagte Ehlers, »und bestell uns einen Kaffee.«

Als ich halb in meiner Nacherzählung fertig war, kam Muscat und setzte sich zu uns, und ich musste von vorn beginnen. Ich tat es, ohne mich zu beklagen. Je häufiger ich die Geschichte erzählen würde, umso leichter würde es mir fallen, das Bladet anzurufen.

Eine Viertelstunde später sagte Muscat, wobei er sich bekreuzigte:

»Es ist eben nicht gut, dass er keine Familie hatte.«

Ehlers nickte. Die beiden verstanden sich.

»Aber er hatte eine.« Und dann gab ich Muscat Grechs letzten Bescheid.

Danach folgten ein paar Minuten Stille. Es gibt Zeitpunkte, da gibt es einfach nichts zu sagen. Das war so einer.

Muscat sah aus, als wäre er im Laufe dieses Abends ein alter Mannn geworden. Er war ganz grau im Gesicht.

Schließlich öffnete Ehlers den Mund.

»Verfluchter Mist«, sagte er, »das Einzige, was ich nicht verstehe, ist, warum er sich erschossen hat. Er hätte doch nicht mehr als eine Gefängnisstrafe zu erwarten gehabt, oder?«

Ein wenig Blut strömte in Muscats Wangen zurück.

»Er war zu alt, um nochmal von vorn anzufangen«, sagte er. »Übrigens sagt Sullivan, dass Grechs Leber nicht mehr viel wert war. Er hätte wohl kaum einen Gefängnisaufenthalt überstanden.«

»Das will ich glauben, bei dem Alkoholkonsum!«, nickte Ehlers und blickte mich mit Großem-Bruder-Blick warnend an.

Muscat schob seinen Stuhl zurück.

»Nun gut, wir müssen zur Arbeit – wieder«, sagte er müde. »Hier wird gleich geschlossen. Kommst du rüber und schreibst über das Ganze einen vorläufigen Rapport?«

»Ja«,sagte Ehlers.

Kein überflüssiges Wort.

Draußen hatte der Regen jetzt vollkommen aufgehört. In Anbetracht der ungewöhnlichen Umstände bekam ich die Erlaubnis, ein Telefon im Polizeirevier zu benutzen, eine große Ehre. Die Beamten setzten sich in irgendein Büro, um ihre Berichte anzufertigen, und ich setzte mich in eine Kammer, die einem Besenschrank ähnelte, hinter einen altmodischen, schulartigen Schreibtisch mit Telefon und versuchte, mit dem Bladet in Kontakt zu kommen.

Es dauerte lange. Es dauerte sehr lange. Es geschah nichts.

Vielleicht war das Telefon tot.

Ich ging hinaus und fand einen Wachhabenden.

»Versuchen Sie's in Grechs Büro«, sagte er hilfsbereit. »Da ist niemand. Es liegt dort links.«

Wie wahr. An der Tür stand ›R. Grech‹. Und es war niemand da.

Grechs Büro beinhaltete das, was man von so einem Büro erwartete. Einen kleinen Kleiderschrank, ein Waschbecken, einen Rollschrank, einen Schreibtisch, überhäuft mit Akten und Berichten, sowie ein paar Holzstühle, die das Ganze zu einem geschmackvollen Arrangement abrundeten.

Sowie ein Telefon, und genau das brauchte ich momentan.

Als ich endlich die Vermittlung erreicht hatte, bekam ich keine sehr optimistische Auskunft.

»Es ist schwer durchzukommen«, sagte eine freundliche Frauenstimme bedauernd. »Das Unwetter hat sich auf die Kabel ausgewirkt.«

»Es ist äußerst wichtig. Ich rufe aus dem Polizeirevier an.«

»Ich werde es versuchen.«

Sie tat sicher ihr Bestes. Es dauerte nur ein paar Augenblicke, bevor eine automatische Stimme im Telefon mich bat, unbedingt die Vorwahl 01 und 02 zu respektieren.

»Versuchen Sie es noch einmal«, sagte ich hitzig zu der Dame.

»Ja, ja«, antwortete sie müde.

»Sie müssen begreifen, es ist wichtig.«

»Das ist es in der Regel, wenn die Leute um 2 Uhr nachts ins Ausland telefonieren.«

Sie versuchte es weiter, und währenddessen vertrieb ich mir die Zeit damit, Grechs Schreibtischschubladen anzuschauen.

Er musste ein seltsamer Mann gewesen ein. Es gab nichts, was irgendetwas Privates auch nur andeutete, keine Fotos, keine Merkzettel, keine kleinen Dinge mit Erinnerungswert wie sie die meisten von uns bei jedem Umzug mit sich herumschleppen, eine Erinnerung an einen Urlaub, eine ausgediente Pfeife, eine kleine Schnecke, ein Geschenk von einer Freundin ... Nichts. Nur ein Haufen Büroklammern, Kugelschreiber und Bleistifte aller Größen und Farben.

Und eine Flasche Cognac, so eine wie er sie in seiner Tasche auf den Felsen gehabt hatte. Halb voll.

Ich lehnte mich zurück, nahm einen Schluck, schaute auf die nackten Wände ohne ein einziges Fenster oder eine einzige Verzierung bis auf ein großes Foto, das anscheinend den gesamten maltesischen Polizeistab darstellte, vor dem Revier gruppiert, in dem ich mich befand, vor mindestens zehn Jahren.

Ich merkte, dass ich kurz davor war, einzuschlafen. Ich zwang mich, wach zu bleiben.

Dann kam ich durch.

»Bereit«, sagte die Telefonistin.

»Dankeschön«, sagte ich. Ich meinte es so.

»Bist du dir klar darüber, wie spät es ist?«, brüllte Otzens Stimme mir ins Ohr, quer durch Europa.

Er saß in seinem Büro in Kopenhagen. Ich saß im Büro des verstorbenen Grech im Polizeirevier in Valletta. Gegensätze ziehen sich an. Aber nicht einmal das gesamte Mittelmeer zwischen uns konnte Otzens Lautstärke dämpfen.

»Halt's Maul und hör zu«, sagte ich. »Ich bin vorher nicht durchgekommen, hier war heute Abend die reinste Sintflut. Schalte die Nachrichtenredaktion sofort mit ein, damit wir keine Zeit verlieren.«

»In Ordnung. Schieß los.«

»Malta-Morde aufgeklärt. Eine lange Kette tragischer Todesfälle, darunter die zweier Dänen ...«

Ich ging meine Lektion durch. Ich bestand mein kleines Examen wieder einmal. Ich war ein fleißiger Junge.

Das sagte Otzen auch.

»Fantastisch, mein Junge. Das nenne ich eine Reportage! Mal wieder die Titelseite, und du bekommst dein Bild als Korrespondent mitgeliefert. Wunderbar! Du weißt, wir haben schon mal darüber gesprochen, ob du nicht fest beim Bladet angestellt werden willst. Wenn wir nun unser Angebot erhöhen würden ...«

»Nein danke, du weißt, ich bin allergisch gegen feste Arbeit.«

»Denk nochmal in Ruhe drüber nach, mein Junge. Gute Nacht.«

»Gute Nacht.«

Ich legte den Hörer auf und starrte vor mich hin.

›Gute Nacht‹. Eine gute Nacht? Für wen? Eine gute Nacht fürs Bladet, das vielleicht ein paar tausend Exemplare mehr verkaufen wird und das Ganze übermorgen wieder vergessen hat. Eine gute Nacht? Nicht für Helle, nicht für Hauschildt, nicht für Paul, Tony und auch nicht für Maria Azzopardi, nicht für Grech. Nicht für Muscat und Ehlers, die irgendwo in diesem Gebäude mit geröteten Augen saßen. Auch für mich nicht. Nicht für Gitte, die sicher darüber nachdachte, ob sie das Kind haben wollte.

Ganz zu schweigen von allen anderen Menschen auf dieser Welt.

Es war eine dieser Nächte, in der man die ganze Zeit darauf wartet, dass die Welt kentert, dass die Welt aufgibt, dass die Welt wie ein großes Tier auf den Rücken fällt und sich diskret und leise zum Sterben hinlegt.

An Grechs trister Bürowand sah ich plötzlich die flammendrote Statue des Heiligen Franz von Assisi stehen und auf mich hinabblicken.

Wieder mal Halluzinationen.

Ich fand erneut die Cognacflasche zwischen dem Wirrwarr von Büroklammern und Stiften. Unterwegs streifte meine Hand ein paar Papiere in dem Haufen und zog sie mit heraus. Meine Hand ist dafür hervorragend geeignet.

Es war ein geschlossener Briefumschlag ohne Aufschrift. Er war so dick, als enthielte er einen Roman von Durchschnittslänge in Taschenbuchausgabe.

Nach einem Schluck entschloss ich mich, ihn zu öffnen.

Es stand nichts drin, nichts außer Zahlen. Es waren nur Scheine.

Viele Scheine. £M, maltesische Pfund.

Nach einem schnellen Durchblättern, wie ein misstrauischer Falschspieler für sich eben mal die Karten auffächert, um sie dann zu mischen, überschlug ich den Betrag auf ungefähr 10.000. In großen Scheinen.

Ein kleiner, verführerischer Teufel begann vor meinen Augen zu tanzen. Ein kleiner, verführerischer Teufel begann mich darauf aufmerksam zu machen, wie leicht es doch wäre, diesen Briefumschlag in die Innentasche zu stecken und den Betrag in kleine Beträge umzutauschen, oder ihn zu verbergen, bis man in einem anderen Land war.

Aber es war nicht mein Geld, erklärte ich mir geduldig selbst. Es war Maria Azzopardis, oder vielleicht das des maltesischen Staates.

10.000 £M sind fast 150.000 dänische Kronen, erklärte der kleine Teufel, geduldig, als wäre ich ein Kind mit langsamer Auffassungsgabe.

Das Geld gehörte niemandem. Es war herrenloses Geld, Blutgeld. Es war das Geld, das ein Alkoholiker verdient hatte, indem er Süchtigen Drogen verkauft hatte, und wenn er selbst noch lebte, würde er sich Alkohol davon kaufen. Es war Geld, das mit jedem erdenklichen Laster und jeder Schäbigkeit befleckt war.

Der Teufel gewann natürlich. Der Teufel gewinnt immer. Ich steckte das Kuvert in meine Innentasche, leerte Grechs Cognac, wischte die Flasche in einem Anfall von Galgenhumor mit meinem Taschentuch ab, damit niemand meine Fingerabdrücke entdecken könnte, und warf sie in den Papierkorb.

Ich verließ Grechs Büro, oder genauer gesagt: Jemand verließ Grechs Büro, jemand, der schon seit langem sich meiner bemächtigt hatte. Jemand fand Muscat und Ehlers eifrig über ihre Berichte gebeugt. Jemand wünschte ihnen eine gute Nacht und erhielt eine eilige, geistesabwesende Antwort. Jemand wurde von einem freundlichen Fahrer in einem Polizeiauto nach Hause gefahren, ohne es eigentlich wahrzunehmen. Jemand stellte unterwegs fest, dass alle Lichter erloschen waren, und so ging es jemandem selbst: Alle Lichter waren erloschen.

Eine Stunde später fand jemand seinen Bungalow im Mellieha Holiday Centre. An seiner Tür steckte ein Brief. Der Brief war von einer Hanne und brachte deutlich zum Ausdruck, dass ›das‹ ein Missverständnis gewesen sei und sie es vorziehen würde, jemanden nie wieder zu sehen.

Jemand war fast erleichtert. Jemand dachte nicht darüber nach. Jemand dachte an ein schwaches Wissen über Fledermäuse, das jemand irgendwann einmal in der Schule erworben oder vielleicht auch in einer Zeitung in einem Bahnhofscafé in der Provinz gelesen hatte, während jemand auf den Zug wartete. Jemand dachte daran, dass die meisten Fledermausarten 4-6 Monate Winterschlaf im Jahr machen. Jemand dachte daran, dass sie die übrigen 6-8 Monate bis zu 22 Stunden am Tag schlafen. Jemand dachte, dass die Fledermäuse fast ihr ganzes Leben damit verbringen, zu schlafen.

Jemand verstand sie voll und ganz.

Vollkommen kopflos und ohne Grund.

38

Die Erde bestand aus Wasser. Das Wasser floss zu einem Frauengesicht zusammen. Das Gesicht nahm feste Formen an und wurde zu einem Felsen.

Ein Gesicht, das aus Wasser entsteht, dann zu einem Felsen wird und wieder als Wasser endet. Aus Wasser bist du gekommen, zu Wasser sollst du werden. Das Gesicht trieb ins Meer hinaus. Das Meer war so glatt und gnadenlos wie der Mond.

Der Mond beugte sich über mich und zerrte an mir.

Der Mond war Ehlers.

Ich erwachte, zehn Jahre älter als ich ins Bett gegangen war, und sah ihn an. Er war erschöpft, aber bemüht.

»Wenn du mit nach Hause willst, in zwei Stunden geht eine Maschine«, sagte er. »Du musst in einer Viertelstunde fertig sein.«

Während ich versuchte, mich aus den Strömen geträumter Gesichter zu befreien, die mich von allen Seiten umringten, sagte ein automatischer Anrufbeantworter irgendwo in meinem Körper: »Es gibt nur montags Flüge.«

»Wir fliegen über Rom«, erwiderte Ehlers schnell. »Es geht um 10.30 Uhr ein Flugzeug nach Rom, und von dort um 13 Uhr eins nach Kopenhagen. Nun komm schon. Die Sonne scheint.«

Ich rappelte mich auf. Ich stand.

Ich konnte wirklich stehen.

Wie eine Aufziehpuppe sah ich mich um.

Stimmte, die Sonne schien. Die große, glühende

Kugel hatte sich über Mellieha und das Gebirge erhoben und strahlte auf die nassen Wassertropfen vom gestrigen Tag. Die Bauern waren unterwegs, nach ihren Feldern zu schauen, die Boote bewegten sich auf dem Wasser. Die Sonne hatte alles von gestern vergessen, heute war ein neuer Tag, und nur der zählte. Die Sonne hat ein äußerst kurzes Gedächtnis.

»Muscat kann den Rest allein machen«, sagte Ehlers. »Jetzt muss nur noch zusammengepackt und aufgeräumt werden. Willst du mit?«

Es war nicht viel zu packen. Mein Koffer stand ehrlich gesagt genauso ungeöffnet da wie bei unserer Ankunft.

Zum letzten Mal gingen wir durch die afrikanische Landkarte, um unsere Schlüssel abzuliefern.

»Kaffee trinken wir unterwegs«, sagte Ehlers.

Ich übergab mich seinen Händen. Ein Roboter.

Wir schmissen unsere Koffer in den Gepäckraum und fuhren los, die Küste entlang.

Noch nie hatte Maltas Wüste so fruchtbar und anmutig ausgesehen wie an diesem Morgen. Regen und Sonne gemeinsam ließen alles mit heimlichen Signalen blinken und glitzern.

Wir tranken in Sliema Kaffee, beim Magic Kiosk direkt am Hafen, und blickten auf die Rundfahrtsboote, die gerade ablegten. Fröhliche Touristen gruppierten sich mit ihren Kameras darum. Niemand sah aus, als hätte er auch nur die geringste Sorge auf dieser Welt.

»Ich werde bald wieder herkommen«, sagte Ehlers. »Mit meiner Familie. Wir wollen Muscats in den Sommerferien besuchen. Dann will Muscat mir

Malta zeigen, und die Kinder können zusammen spielen.«

»Und ihr werdet sicher Kaninchen essen?«, fragte ich.

»Ja«, bestätigte Ehlers. »Das hat er gesagt. Und etwas, das heißt ›bragioli‹.«

»Rindfleisch mit Oliven«, übersetzte ich. Reiseführer bis zum Letzten.

Nach dem Kaffee fuhren wir nach Valletta. Muscat nahm freundlich von mir Abschied, fast herzlich von Ehlers. »Und vergiss nicht unsere Abmachung!«, schloss er mit einem Schlag auf die Schulter. »Ich werde bald anrufen oder schreiben!«

Ein Wagen fuhr hinter uns nach Luqa. Ein großer, schwarzer Leichenwagen mit Helle Nyman und William Hauschildt, die mit zurücksollten, um in dänischer Erde begraben zu werden.

Die Reise war nur ein Flimmern. Es gab die Passkontrolle, es gab die Zolluntersuchung, es gab die Boarding Card und die Tickets. Ich registrierte nichts davon. Ich trieb dahin wie ein Stück Treibholz, von der Schranke ins Flugzeug wieder zur Schranke ins Flugzeug, lange weiße Gänge mit Gatenummern entlang. Flugkapitän Soundso hieß mich ein paar Mal vergeblich willkommen und dankte mir ebenso vergeblich für den Flug. Flinke junge Damen in hellblauer Uniform servierten Plastiktabletts, die sie später pflichtbewusst wieder abholten. Eine von ihnen fragte mich, ob ich krank sei.

Ehlers kümmerte sich gewissenhaft um seine Leichen, kontrollierte sie ab und zu und saß ansonsten stumm neben mir und machte sich Notizen.

Irgendwann fühlte ich einmal nach meiner Jackentasche mit den £M 10.000.

Als wir in Kopenhagen landeten, war es 17 Uhr, es war dunkel und kalt, und es schneite. Ehlers musste den Leichentransport überwachen. Während wir uns voneinander verabschiedeten, sah ich am Kiosk das Bladet mit der Titelzeile: ›Malta-Morde aufgeklärt‹. Direkt neben: ›Situation in Polen verschlechtert‹.

Ehlers folgte meinem Blick.

»Ja«, nickte er, »Muscat hat seine Pressekonferenz gehabt, während wir geflogen sind. Verdammt, was freue ich mich, meine Familie wiederzusehen. Tschüs solange, und pass auf dich auf.«

Ich war allein auf dem Flughafen. Ich bekam einen Drink und dachte daran, dass es Freitagabend in Kopenhagen war, und daran, dass Malta weit entfernt war. Ich dachte daran, dass am Montag die Vegetarier, die Hippies, die Ebbas und Lene Prahm hier stünden.

Ich musste herausfinden, wo man am besten maltesische Pfund wechselte. Es gab überhaupt ziemlich viel, was ich herausfinden musste.

Ich nahm ein Taxi zu Gitte. Unterwegs, als ich nach einer Zigarette in meiner Jackentasche suchte, fand ich Helles grüne Wohltätigkeitslose und riss sie langsam in kleine Fetzen, die ich auf dem Weg durch die Amagerbrogade aus dem Autofenster warf.

»Knallhart, gleichzeitig mit feinem Humor und voller Poesie. Einfach toll.«

JYLLANDS POSTEN

Dan Turèll
MORD IM HERBST
Kopenhagen-Krimi
288 Seiten
ISBN 978-3-404-15370-1

Kopenhagen in den achtziger Jahren: In dem heruntergekommenen Kopenhagener Viertel Vesterbro wird ein Mann auf offener Straße erschossen. Zur gleichen Zeit wird ein Mädchen im schwedischen Lyngby vermisst gemeldet. Als unser namenloser Journalist und Polizeiinspektor Ehlers ein Photo des verschwundenen Mädchens in der Wohnung des Ermordeten finden, und ein weiteres Mädchen entführt wird, leiten sie eine für sie ungewöhnlich verbissene Menschenjagd ein – eine Jagd, bei der das Leben zweier junger Mädchen auf dem Spiel steht …

Der 7. Band aus der Feder des dänischen Kult-Autors – und sein bester …

Dan Turèll
MORD IN DER
DÄMMERUNG
Kopenhagen-Krimi
240 Seiten
ISBN 978-3-404-15479-1

Wenn ein Reporter ständig über Leichen stolpert, dann ist der Chef der Mordkommission entweder sein größter Feind – oder sein bester Freund … Doch glücklich macht es Inspektor Ehlers nicht, als ein Gitarrist mitten im Kopenhagener Jazzfestival tot von der Bühne und vor die Füße seines Freundes fällt. Im heißesten Sommer seit Jahren. Die Diagnose: vergiftetes Morphium. Während Ehlers ermittelt und in der Drogenszene ein Bandenkrieg auszubrechen scheint, lässt sich der Journalist auf der Suche nach einem Motiv durch die Jazzclubs, die Hinterhöfe und die Rotlichtviertel der Stadt treiben. In der schwülen Dämmerung und den heißen Nächten erwachen die Swinging Sixties zu neuem Leben. Liegt die Ursache für den Mord tief in dieser Vergangenheit begraben, oder ist es doch der moderne, eiskalte Drogenkrieg, der wahllos neue Opfer fordert?

Bastei Lübbe Taschenbuch

»Dies ist ein extrem packender und lebendiger Kriminalroman.«

VESTKYSTEN

Dan Turèll
MORD IM
STRASSENGRABEN
Krimi
240 Seiten
ISBN 978-3-404-15630-6

An einem kalten Winterabend wird eine Frau von einem Streifschuss getroffen – auf offener Straße, mitten in Kopenhagen. Während die Frau in einem Krankenhaus um ihr Leben kämpft, fällt ein weiterer Schuss, in derselben Straße. Wieder ist das Opfer ein unschuldiger Passant. Er stirbt. Als kurze Zeit später ein weiterer sinnloser Mord im gleichen Stadtteil geschieht, bricht dort Panik aus. Die Polizei hat keine Spur, die sie verfolgen kann. Der Mörder scheint wahllos zu töten …